講談社文庫

審問(下)

パトリシア・コーンウェル｜相原真理子 訳

THE LAST PRECINCT
by
PATRICIA DANIELS CORNWELL

●目次

審問(下)

●主な登場人物〈審問〉

ケイ・スカーペッタ　バージニア州検屍局長
ピート・マリーノ　リッチモンド市警察警部
ルーシー　スカーペッタの姪、ATF捜査官
ベントン・ウェズリー　元FBI心理分析官
フィールディング　副検屍局長
ローズ　スカーペッタの秘書
アナ・ゼナー博士　精神科医
ジャン・バプティスト　殺人鬼〈狼男〉
マイク・ミッチェル　バージニア州知事
ビューフォード・ライター　バージニア州検事
ジェイミー・バーガー　NYの女性検事
ティウン・マガヴァン　元ATF捜査官
ジェイ・タリー　ATF捜査官（リヨン勤務）
スタンフィールド　ジェームズ・シティ郡刑事
ロッキー・カジアーノ　弁護士
ベヴ・キフィン　モーテル経営者
ダイアン・ブレイ　惨殺された女性副署長
サム・テリー　法歯学者
バンク・プリユイト　FBI特別捜査官
ミッチ・バーボサ　トラック運転手

ふたたびアーロンに導かれて階段をおりた。彼はかすかにほほえんで、玄関のドアをあけた。車で門をでるとき、警備の警官が手をふった。キャピトル・スクエアをぐるっとまわり、バックミラーにうつる官邸が遠ざかっていくのを見ながら、何かが終わったような、区切りがついたような気がしていた。私は何かをあとにしたのだ。これまで慣れ親しんだ生活に別れを告げると同時に、あれほど尊敬していた相手に一抹(いちまつ)の不信感を抱いた。ミッチェルは間違ったことをしたわけではない。だが彼が私にすべてを打ち明けていないこともたしかだ。シャンドンが私たちの管轄をはなれるように手配したのはミッチェルだ。その理由は正義ではなく、政治的なものだ。それが感じられる。はっきりわかる。マイク・ミッチェルはもはやかつてのような検事ではない。彼は知事だ。驚くにはあたらない。私はいったい何を期待していたのだろう？

高速にのろうと、八番ストリートを走った。ダウンタウンはよそよそしく、見覚えのない町のように感じられる。とおりすぎる車に乗っている人々の顔を見て、だれもいまのこの瞬間に注意をはらっていないことに驚いた。運転しながらミラーをのぞいたり、座席のうえの何かに手をのばしたり、ラジオをいじったり、電話をかけたり同乗の人としゃべったりしている。私に見られていることには、だれも気づかない。彼らの顔ははっきり見える。ハンサムか美人か、にきびのあとがあるか、歯ならびがいいかといったことがわかるほどだ。殺人者と被害者とのあいだの大きなちがいのひとつは、殺人者はゆだんなく気を配っている点だ。彼はその瞬間を生きている。まわりに注意を向け、すべてを目にとめて、それが自分に有利にはたらくか不利になるかを考えている。彼らは他人を見る。ある顔に目をとめると、その人のあとをつけて家をつきとめようとする。私のもっとも新しい患者であるふたりの青年は、そうやって選ばれたのだろうか？　犯人はどんな人間だろう？　知事が今夜私に会いたがった本当の理由と、彼と妻がジェームズ・シティ郡の事件について私に質問したわけも知りたかった。何かがおこりつつある。何かよからぬことが。

家に電話すると、留守電にメッセージが七つ入っていた。そのうち三つがルーシーからだ。何の用かは言わず、ただ連絡してほしいという。彼女の携帯電話にかけた。電話にでたルーシーは、緊張しているようだ。だれかそばにいるらしい。

「何かあったの？」と、きいた。

ルーシーはためらった。「ケイおばさん、ティウンをつれていきたいんだけど」

「マガヴァンがリッチモンドにいるの？」驚いてきいた。

「十五分ぐらいでアナの家にいけるわ」と、ルーシーが言う。

強いシグナルがやつぎばやに送られてくる。何かが私の無意識をゆさぶって、きわめて重大な事実を告げようとしているが、それが何かわからない。ああ、もどかしい。不安でたまらず、頭が混乱しびくびくしている。後ろの車が警笛(けいてき)を鳴らした。ぎょっとして心臓がとまりそうになり、息をのんだ。気がつくと信号が青に変わっていた。月は欠けて、雲におおわれている。

ユグノー橋をわたって市の南側へ入った。橋のしたのジェームズ川はまっ暗な平野のように見える。アナの家の前にルーシーのサバーバンがとまっている。その後ろに車をとめたとたん、玄関のドアがあいた。ルーシーとマガヴァンもいま着いたところらしい。ふたりとアナが、玄関広間のきらきら光るクリスタルのシャンデリアのしたに立っていた。

マガヴァンは私と目があうと、大丈夫よというように、自信ありげにほほえんでみせた。髪を短くしたマガヴァンは、あいかわらずとても魅力的だ。黒いスパッツに長いレザーのジャケットを着たところはほっそりして、ボーイッシュに見える。抱きあうと、彼女が力強くしっかりしており、それでいてやさしいことを思いだした。彼女に会えて、心からうれしかった。

「さあ、どうぞ、入って」と、アナが言った。「もうすこしでメリー・クリスマスイブね。楽しいわ！」だがその表情は楽しいどころではない。顔はやつれ、目は疲労と心配のためおちくぼんでいる。私に見つめられていることに気づき、なんとかほほえもうとした。全員がいちどにキッチンへ向かった。アナが飲み物とスナックのことをきいている。みんなもう食事はすんだの？　ルーシーとマガヴァンも今夜はここに泊まっていく？　クリスマスイブをホテルですごすって法はないわ。それはあんまりよ。アナはしゃべりつづけた。おぼつかない手つきでキャビネットからボトルをとりだし、ウイスキーやリカーをならべる。シグナルがあまりすばやく送られてくるので、みんなの言うことがほとんど耳に入らない。そのとき、稲妻のようにひらめいた。わかった。アナがスコッチをついでくれるあいだ、電流のように真実が体をかけぬけた。

私には暗い秘密などないとバーガーに話した。昔からあまり自分のことを人に話さないという意味で言ったのだ。自分に不利になるようなことは言わないように気をつけている。もともと用心深いたちなのだ。けれども最近アナと話をした。何時間もかけて、ふたりで私の心の奥をさぐった。自分でも気づいていなかったことを彼女に話した。それに対してお金をはらったわけではない。つまり、アナに話したことは医師と患者のあいだの秘密情報とはみなされない。ロッキー・カジアーノは彼女を召喚することができるのだ。アナの様子を見て、きっとそういう事態になったのだろうと思った。スコッチの入ったタンブラーを受けとり、彼女と目を合わせた。

「何かあったのね」

アナは目をそらせた。そのシナリオの先を考えた。バーガーが召喚状を無効にしてくれるだろう。こんなことはばかげている。カジアーノは私をおどそうとして、いやがらせをしているのだ。だがそうはいかない、くそくらえだ。私はあっというまに、頭のなかでことを解決した。自分の感情や心の平安をおびやかすような事実から目をそらせることにかけては、プロなのだ。「教えて、アナ」と、言った。

キッチンは沈黙に包まれた。ルーシーとマガヴァンは話をやめた。ルーシーがそばにきて私を抱きしめた。「あたしたちがついてるわ」

「まかしといて」マガヴァンが親指を立てた。

励ましの言葉をかけてふたりは居間へ消え、私は不吉な予感とともに残された。アナが私を見た。いつも冷静なこのオーストリア人の友人の目に、涙らしきものの痕跡を見たのは、これがはじめてだった。

「ひどいことをしてしまったのよ、ケイ」アナは咳払いして、べつのタンブラーにぎこちない手つきで製氷器の氷を入れた。氷がひとつ床に落ち、くずかごの裏の手の届かないところへすべっていった。「保安官代理という人がやってきてね。今朝門のブザーが鳴ったときは、信じられなかった。保安官代理が召喚状をもってきたの。自宅にそれをもってくるなんて。いつも召喚状はオフィスに届けられるの。それはそう珍しいことではない。あなたも知っているとおり、ときどき専門家証人として呼びだされるから。彼がこんなことをするなんて、信じられない。信頼していたのに」

疑いと否定の気持ちがうごめく。恐怖の最初の息吹が神経にふれた。

「ロッキー？」「あなたにそんなことをしたのはだれ？」と、きいた。

「だれですって？」アナはきょとんとした顔をした。

「ああ、なんてこと」と、私はつぶやいた。「なんてことなの」思わずカウンターによりかかる。これはシャンドンのことではない。そのはずがない。アナを召喚したのがカジアーノではないなら、残る可能性はひとつしかなく、それはバーガーではない。検察がアナの話などきく理由はないのだ。銀行からの妙な電話やAT&Tからのメッセージのことや、ライターの態度と先週の土曜日の夜、マリーノのトラックに乗っている私を見たときの彼の顔つきを思いだした。知事が急に会いたいと言いだしたことや何かをはぐらかそうとするような態度をとったこと、マリーノがこのところ機嫌が悪く、私を避けようとすることについても考えた。フィールディングの髪が急にうすくなり、局長になることについての不安を口にしていたことも気になる。あらゆる断片がひとつにまとまり、信じられないような図式が見えてきた。私はたいへんな事態に直面している。このうえなく深刻な事態だ。手がふるえはじめた。

アナはとりとめなくしゃべりつづけている。生まれてすぐおぼえた言葉、英語ではない母国語に無意識にもどってしまったかのように、どもったり口ごもったりしながら。彼女は必死に説明し、私が疑わざるをえなかったことが事実であることを裏づけた。アナは特別大陪審に召喚されたのだ。リッチモンド市の特別大陪審が、ダイアン・ブレイ殺害容疑で私を起訴するのにじゅうぶんな証拠があるかどうかを調査している。自分は利用された、罠にかけられたのだ、とアナは言う。

「だれに？　ライター？　ビューフォードが黒幕なの？」と、きいた。

アナはうなずいた。「絶対あの男を許さないわ。彼に言ってしまったの」と、強い調子で言う。

いっしょに居間へいき、私は優美なイチイ材の台のうえのコードレス・フォンをとりあげた。「私にそういうことを話してくれなくてもいいのよ、アナ」マリーノの自宅の番号をダイアルしながら言った。落ち着くよう自分に言いきかせる。「ビューフォードはいやがるでしょうから。私と話をしないほうがいいかもしれない」

「何をすべきで何をすべきではないかなんて、気にしないわ。召喚状を受けとったとたんビューフォードが電話をかけてきて、わたしに何をしてほしいかを説明した。それですぐルーシーに電話したの」アナはあいかわらずぎごちない英語でしゃべりながら、マガヴァンをぼんやり見つめた。マガヴァンが何者で、なぜ自分の家にいるのかわからない、と急に気づいたかのようだ。

「保安官代理が召喚状をもってやってきたのは、何時ごろだったの？」と、アナにきいた。

マリーノへの電話は、直接彼のメールボックスへつながった。「やれやれ」と、小声で言った。彼は話し中らしい。緊急事態がおきたのですぐ連絡してほしいというメッセージを入れた。

「今朝十時ごろよ」アナが私の質問に答えた。

「おもしろいわね。ちょうどシャンドンがここからニューヨークへ移送されたころね。それからブレイの葬儀があって、はじめてバーガーに会ったのよ」

「その一連のできごとが、どんなふうに関連していると思う?」マガヴァンは経験豊かなするどい目でこちらを見つめながら、注意深く私の言うことに耳をかたむけている。マガヴァンはATFのもっとも優秀な放火特別捜査官だった。その後管理職に昇進したが、彼女を昇進させた人々とうまくいかず、いまはATFをやめている。

「よくわからないわ」と、私は答えた。「ただ、バーガーは葬儀にだれがくるかを知りたかったんじゃないかしら。いま思うと、私がくるかどうかを見たかったのかもしれない。ということは、私が調査されていることを知っていて、独自に私を調べようとしていたのかしら」

電話が鳴った。「ゼナーですが」私が電話にでた。

「いったい何がおこったんだ?」マリーノがテレビに負けないように声をはりあげた。

私の口調から、何もきかずにすぐトラックに乗ってかけつけたほうがいい、とマリーノは判断したようだ。

「それがわかりはじめたところよ」と、答えた。

そろそろ本当のことを言ってちょうだい。ごまかしや秘密はもうたくさんよ、と彼に言った。私たちはアナの居間の暖炉の前で、マリーノを待った。居間には白いライトと花輪がかけられたクリスマスツリーがたっている。ガラスの動物や木製のフルーツで飾られたツリーのしたには、プレゼントがおかれている。

私はアナに話したことを一言一言頭のなかでたどっていた。宣誓したうえでライターに私のことをきかれたら、私が殺人容疑で起訴されるべきか否かを厳正に判断することを誓ってすわっている陪審員の前で、アナはすべてを話すにちがいない。冷たい手で心臓をわしづかみにされたかのような、激しい恐怖を感じた。だが話しはじめるとふつうにしゃべることができる。表面的には冷静に、どんなふうに罠にかけられたのかをアナがくわしく話すのをきいた。

十二月十四日火曜日に、ライターから電話があったのがことの発端だった。アナはたっぷり十五分かけて、ライターが友人として、私の身を気づかうともだちとして電話してきたことを説明した。みんなが私のうわさをしている、とライターは言ったらしい。耳に入ってくることが本当かどうか確かめなくてはと思い、アナと私が親しいことを思いだして電話したという。

「おかしいわね」と、ルーシーが言った。「そのときにはダイアン・ブレイはまだ殺されていなかったのに。なぜライターはそんなころにアナに連絡したのかしら？」

「たしかに変だわ」マガヴァンも同意した。「どうもうさんくさいわね」

彼女とルーシーは暖炉の前の床にすわっている。私はいつものように揺り椅子にすわり、アナはオットマンに身をかたくして腰かけている。

「十四日にライターが電話してきたとき、あなたに何て言った?」と、アナにきいた。「どんなふうに話をきりだしたの?」

アナは私と目を合わせた。「あなたの精神状態について懸念がもたれている。まずそう言ったわ」

私は黙ってうなずいた。怒りは感じなかった。ベントンが殺害されたあと、私の精神状態がひどく不安定になったのはたしかだが、精神に異常をきたしたことはない。気はたしかだし、理性的に考えることもできる。とがめられるとしたら、自分の苦しみから目をそらそうとしたことだけだ。「ベントンの死にうまく対処できなかったことはたしかね」と、認めた。

「あんなことにうまく対処できる人なんている?」と、ルーシーが応じる。

「いえ、いえ、ビューフォードが言ったのはそういう意味ではないの」と、アナが言った。「あなたがどんなふうに悲しみに対処しているかを知りたくて、電話してきたわけではないのよ、ケイ。彼はダイアン・ブレイについて、彼女とあなたの関係についてきいてきたの」

「関係って?」ブレイがライターに電話したのだろうか、と一瞬思った。またしても私を罠にかけるつもりだったのだろうか? 「彼女をほとんど知らなかったのに」

アナは私に目をすえていた。暖炉の火のゆらめく影が顔にうつっている。彼女がひどく老けて見えることに、あらためて驚いた。たった一日で十年も年をとったかのようだ。「彼女と対決する場面が何度かあったでしょう。そう言っていたわね」と、アナが言った。

「向こうからしかけてきたのよ」急いで言った。「彼女とのあいだに個人的な関係はなかったわ。社交上のつきあいもなかった」

「だれかとけんかするのは、個人的なことでしょう。憎しみあっている人たちのあいだにも、個人的な関係があると言える。わかるでしょう、わたしのいう意味？　彼女があなたに個人的な感情をもっていたのはたしかよ、ケイ。いろんなうわさを流したり、あなたのことでうそをついたり。インターネットでにせの医学相談サイトをつくって、あなたがそれを書いているように見せかけて、あなたを物笑いの種にしようとした。おかげであなたは保健社会福祉局長官や知事にまでにらまれることになった」

「いま知事と会ってきたところよ。知事ににらまれているような気はしないけど」そう言いながらも、ふしぎに思った。ミッチェルは私が特別大陪審に調査されていることを知っているにちがいない。それならさっさと私の辞職を受けいれて、私と私の面倒な問題をやっかいばらいできたことを神に感謝しそうなものなのに。

「彼女はマリーノのキャリアもつぶそうとしたわ。彼があなたの相棒だから」と、アナはつづけた。

マリーノは私の相棒と呼ばれるのをいやがるだろう、とちらっと思った。ちょうどそのときインターコムが鳴り、マリーノが門のところにいることを告げた。

「要するに、彼女はあなたの人生をめちゃめちゃにしようとした」アナは立ちあがった。

「そうでしょう？　あなたはそう話したわね？」彼女は急に活気づいて、壁のうえのコンソールのボタンを押した。怒りが重苦しい気分をふきとばしたかのようだ。「はい？　だれなの？」スピーカーに向かってがみがみ言う。

「俺だよ、ベイビー」マリーノと彼のトラックの荒々しい声と音が、居間を満たした。

「またわたしのことをベイビーと呼ぶ。ほんとにどうしようもないやつね」アナは両手をあげた。

彼女がドアをあけ、マリーノが居間へ入ってきた。あわてて家をでてきたらしく、コートを着ておらず、グレーのスエットスーツにテニスシューズというかっこうだ。暖炉のそばにマガヴァンがすわり、床に足を組んで彼を見上げているのを見て、仰天した顔をした。

「これはこれは」と、マリーノは言った。「猫がすげえものをひっぱりこんだようだな」

「会えてうれしいわ、マリーノ」と、マガヴァンが答えた。

「いったい何がおこったのか、だれか教えてくれねえか？」彼は袖椅子を暖炉のそばへひっぱっていってすわり、状況をおしはかろうとするようにみんなの顔を順にながめた。何がどうなっているのかわからないという顔をしている。だがおそらく彼は知っているのだ。マリーノがなぜあんなおかしな態度をとっていたのか、やっとわかった。

私たちはそれについて話した。ジェイミー・バーガーがリッチモンドへくる何日か前のことを、アナはひきつづき語った。バーガーはあたかも座の中心にいるかのごとく、あいかわらずこの場を仕切っている。私は彼女を信用していない。だが同時に、自分の運命が彼女の手に握られているようにも感じる。今日は十二月二十三日だ。そこからさかのぼり、十二月十四日の火曜日に自分がどこにいたのかを思いだそうとした。その日、私はフランスのリヨンにいた。インターポールの本部ではじめてジェイ・タリーに会ったのだ。それについての記憶をさぐり、彼とふたりだけでインターポールのカフェテリアにいたことを思いだした。

マリーノは最初からジェイに敵意をもち、どこかへ姿を消していた。昼食のあいだに、ダイアン・ブレイのことをジェイに話した。彼女が私にいやがらせをしていることや、マリーノを苦しめようと彼を制服警官にもどし、真夜中の勤務につかせたことなどだ。ジェイはたしか彼女のことを、ぴちぴちの服を着た有害廃棄物と呼んだ。ブレイがワシントンDCの警察にいて、彼が短期間ATFの本部に勤務していたとき、ふたりは何度か会ったことがあるらしい。ジェイはブレイのことをよく知っているようだった。私が彼にブレイのことを話したその日にライターがアナに電話して、私とブレイとの関係をたずねたり、私の精神状態がおかしいのではないかとほのめかしたりしたのは、偶然だろうか？

「あなたにそのことを話すつもりはなかったんだけど」アナは緊張した声でつづけた。「話すべきではないのはわかっている。でもあなたに不利な証言をさせるつもりなのがはっきりしたから……」

「不利な証言て、どういうことだ？」マリーノが口をはさんだ。

「わたしはあなたの力になるつもりだったの。あなたの精神状態についてのうわさを打ち消す手助けをしたかったの」アナは私に言った。「そんなうわさは信じなかった。もし多少疑っていたとしても……かすかな疑いはあったかもしれない。長いこと会っていなかったからね。でもどっちにしてもあなたと話をしたかった。心配だったから。ともだちとして。どんなことがわかろうと、それを何かに使うつもりはない、とビューフォードははっきり言ったのよ。彼との会話は、ふたりだけのことにとどめておくはずだった。彼はあなたを告発するなどとは、ひとことも言わなかった。それこそ、おくびにもださなかった」

「ライターが？」マリーノがこわい顔をした。「告げ口をするようにあんたにたのんだってわけだな？」

アナは首をふった。「力になるようにと」アナはさっきと同じ言いかたをした。

「それでわかったぞ。あの負け犬野郎め」マリーノは怒りを爆発させた。

「ビューフォードはケイが精神的に安定しているかどうかを知る必要があったの。それは当然だと思ったわ。ケイが彼のもっとも重要な証人になるのなら。そのためだとわたしはずっと思っていた。あなたが重要な証人だからと。まさかあなたが容疑者扱いされるなんて、思ってもいなかった！」

「容疑者なんて、冗談じゃねえよ」マリーノは顔をしかめた。とぼけるのはやめたようだ。何がおこっているのか、じゅうぶん承知しているのだ。

「マリーノ、私がダイアン・ブレイ殺害の容疑で特別大陪審の調査を受けていることを、私に言ってはいけないことはわかっているわ」平静な口調で彼に言った。「ほんの好奇心からきくんだけど、いつからそのことを知っていたの？　土曜日の晩に私を家からつれだしてくれたときは、もう知っていたんでしょう？　だから家にいるあいだ、私の一挙一動に目を光らせていたのね？　私がこっそり証拠を隠滅したりしないようにね。私に自分の車を運転させなかったのもそのためね？　車のなかに証拠がないか、警察が調べる必要があったから。ダイアン・ブレイの血とか繊維とか毛。彼女が殺された夜に、私が現場にいたことを示す何らかの証拠ね？」冷静だがとげのある声だ。

「いいかげんにしてくれよ！」マリーノは大声をだした。「あんたが何もしちゃいねえのはわかってるよ。おかしいのはライターのほうだ。やつにそう言ってやった。毎日そう言いつづけてるよ。いったいやつに何をしたんだ？　なんであいつはあんたにこんなことをするんだ？」

「あのねえ」私は彼をにらみつけた。「何もかも私のせいだと言われるのはもうたくさん。ライターに何もしてはいないわ。なぜ彼がこんなばかげたことをやりはじめたのか、わけがわからない。ジェイが何か画策したのでもないかぎり」

「それもあんたのせいじゃねえっていうんだな。やつと寝たのも」

「ジェイが何かしたのは、私が彼と寝たからじゃないわ」と、言い返した。「彼が何かしているとしたら、私が一度しか彼と寝なかったからよ」

マガヴァンは暖炉の脇によりかかって、顔をしかめている。「なつかしのジェイ。ミスター・クリーンともハンサムボーイとも呼ばれる男。おかしなことに、わたしは最初からなんとなくうさんくさいやつだと思っていたわ」

「あなたはまったく正常だとビューフォードに言ったわ」アナは歯をくいしばり、私をじっと見つめた。「あなたに協力を求めても大丈夫か、安定した精神状態にあると思うか、と彼はきいてきた。うそをついたのよ。シャンドンの裁判で、わたしたちが彼を助けることができるかどうかという話だったの。まさかこんなことになるとは。ビューフォードが卑怯にも岩のしたから這いだしてきて、わたしを召喚するなんて」心臓のぐあいがおかしいとでもいうように胸に手をあて、しばし目をつぶる。

「大丈夫、アナ?」私は立ちあがりかけた。

彼女は首を横にふった。「だめ。大丈夫にはなれないわ、もう二度と。こんなことになると知っていたら、あなたと話したりしなかったのに」

「彼女との会話を録音したり、書きとめたりした?」と、マガヴァンがきいた。

「もちろんしないわ」

「よかった」

「でももしきかれたら……」と、彼女は言いかけた。

「いいのよ、アナ」と、私は言った。「気にしないで。しかたないもの」ここでマリーノにもうひとつのニュースを伝えなければと思った。どうせおそろしい話をしているのだから、ついでに話してしまおう。「あなたの息子のロッキーね」名前だけ言って、口をつぐんだ。マリーノがもう知っているのかどうか、ためそうとしたのかもしれない。

彼は顔をこわばらせた。「やつがどうしたんだ？」

「シャンドンの弁護をひきうけたらしいわ」

マリーノの顔がぞっとするような赤黒い色に染まった。一瞬、みんな押しだまった。彼は知らないのだ。やがてマリーノが抑揚のない耳ざわりな声で言った。

「そういうことをやるやつなんだ、あいつは。ひょっとするとあんたの身におこってることにも、やつが一枚かんでるのかもしれねえ。もしそんなことが可能ならな。妙なことに、シャンドンがここへきたことにもやつがかかわってるんじゃねえかと、ずっと思ってたんだ」

「なぜそんなふうに思ったの？」マガヴァンが驚いてきいた。

「やつは組織犯罪と通じてるからだ。たぶんパリのシャンドン親分とも知りあいなんだろう。ここで俺をやっかいな目にあわせることが、やつのなによりの願いなんだ」

「そろそろロッキーのことを話してもらったほうがよさそうね」と、彼に言った。

「バーボンあるか？」マリーノがアナにきいた。

アナは立ちあがって部屋をでていった。

「ケイおばさん、もうこの家にはいないほうがいいわ」ルーシーが切迫した低い声で言った。

「彼女と話もしないほうがいい」と、マガヴァンが言いそえる。

私は答えなかった。ふたりの言うことが正しいのはわかっている。あれだけのことに加えて、私は友人まで失ってしまったのだ。

「彼女に何か話したのか？」いまやおなじみの非難がましい口調でマリーノが私に言う。

「ダイアン・ブレイがいないほうがいい、みんなのために、と言ったわ。つまり、彼女が死んでよかったと言ったようなものね」

「彼女を知ってるやつはみんなそう思ってたよ」と、マリーノが言った。「特別大陪審とやらにそう言ってやる」

「あまり望ましい発言ではないけど、だからといってあなたがだれかを殺したとは言えないわ」と、マガヴァンが私に言う。

「あまり望ましいどころじゃねえや」マリーノがぶつぶつ言った。「くそ。ブレイがやられてよかったとあんたが言ったなんて、アナがライターに言わねえといいけどよ」と、私に言う。

「ばかげてるわ」というのが、私の答えだ。

「まあな」と、マリーノが言う。「どっちとも言えねえよ、先生」

「このことについて私と話をしなくてもいいのよ」と、彼に言った。「自分の立場を悪くするようなことをしないで、マリーノ」

「やめてくれよ！」彼は一笑に付した。「あんたがあのくそったれたあまを殺しちゃいねえことぐらいわかってる。でもやつらの側から見てみな。あんたはブレイともめてた。あいつはあんたをくびにしようと企ててた。あんたはベントンが死んで以来、おかしくなってた。すくなくとも、そううわさされていた。そうだよな？　あんたは駐車場でブレイと対決した。あんたは警察に新しく赴任してきた、このはなばなしい女性幹部に嫉妬していた、というのがやつらの説だ。彼女のおかげであんたの立場が悪くなったうえに、彼女があんたについて文句を言っていた。それで彼女を殺して、キム・ルオングをやった犯人のしわざのように見せかけたというわけだ。それをするのに最適な立場にいるからな。あんた以上にそれをうまくやってのけられる人間はいねえ。そうだろう？　それにあんたは何でも手に入れることができた……あらゆる証拠をな。だから彼女をなぐり殺して、狼男の毛を遺体につけとくこともできた。やつのDNAが見つかるように、標本をすりかえることもできた。パリのモルグから証拠をとって、ここへもち帰ったのもまずかった。水のサンプルをとったこともな。言いたかないが、あんたは頭がおかしいとライターは思ってる。ついでに言うと、やつは個人的にもあんたが好きじゃねえ。昔からな。なぜかっていうとやつは意気地なしだから、力のある女がきらいなんだ。本当のことをいうと、アナのことも好きじゃねえ。バーガーのことも復讐みてえなもんだな。心の底じゃ彼女を憎んでるんだ」

沈黙。

「あたしも召喚されるのかしら」と、ルーシーが言った。

20

「ライターはおまえもいかれてると思ってるぞ」マリーノがルーシーに言った。「その点だけだね、やつと同感なのは」

「ロッキーがシャンドン一家とかかわっていた可能性はあるの?」マガヴァンはマリーノを見た。「過去に。そうじゃないかと思っていたってさっき言ったけど、本気だったの?」

「ふん」マリーノは鼻をならした。「ロッキーは物心ついてからずっと犯罪者とかかわってきたからな。でもやつが毎日何やってるかを具体的に知ってるかと言われりゃ、ノーだ。正直言って、よく知らねえ。俺にわかってるのは、あいつがくずみてえな人間だってことだけだ。生まれたときからワルだった。悪い種ってやつだな。俺はあいつを息子とは思っちゃいねえ」

「でもあなたの息子でしょう」と、私は言った。

「俺に言わせりゃちがうね。あいつは一族の悪いほうの血筋を受けついでるんだ」と、マリーノはむきになって言う。「ニュージャージーにはいいマリーノと悪いマリーノがいてな。俺のおじきのひとりはギャングのメンバーで、もうひとりはおまわりだった。兄弟なのに、昼と夜ほどちがう。俺が十四のとき、くそおじきのルーイのさしがねで、もうひとりのおじきが殺された。警官のほうの。ピートって名前でね。俺はそのピートおじさんにちなんで名づけられたんだ。自分んちの前庭で新聞をとろうとしたときに撃たれて殺された。ルーイおじがその裏にいたことは結局証明できなかったんだが、一族のものはみんなそう思ってた。俺はいまでも思ってる」

「そのルーイおじさんはいまどこにいるの?」ルーシーがきいたとき、アナがマリーノの酒をもってもどってきた。

「数年前に死んだって話だ。それまでどうしてたかは知らねえ。そいつとはかかわらねえようにしてたから」彼はアナからグラスを受けとった。「でもロッキーはそのおじきにそっくりなんだ。十代のころは顔まで似てた。生まれたときからひねくれて根性の曲がった、どうしようもないやつだった。やつがなぜカジアーノって名前にしたと思う? それがおふくろの旧姓だからだ。それを名のったら俺が頭にくることがやつにはわかってたんだ。煮ても焼いても食えねえ人間っているんだよ。生まれつきねじ曲がってるのが。なぜかって言われても説明はできねえ。ドリスと俺はあいつのためにできることはなんでもした。軍隊式の私立学校へもやってみたけど、失敗だったよ。やつはそこが気に入ってね。いじめの部分が。ほかの生徒にひどいいたずらをしたんだ。あいつにはだれも手がだせなかった。入学したその日からだ。俺に似て体がでかくてとにかく乱暴だったから、ほかの子はあいつには髪一本ふれることもできなかった」

「なんということかしら」アナはまたオットマンに腰かけながらつぶやいた。

「ロッキーがこの事件の弁護をひきうけた動機は何かしら？」バーガーが何と言ったかわかっているが、マリーノの考えをききたかった。「あなたをいやがらせるため？」

「注目をあびてえんだろう。マスコミが大騒ぎするだろうからな」父親をやっつけたい、恥をかかせたいというのがロッキーの動機かもしれないというわかりきったことを、マリーノは言いたくないのだ。

「彼はあなたを憎んでいるの？」と、マガヴァンがきいた。

マリーノがまた鼻をならしたとき、彼のポケットベルが振動した。

「ロッキーは結局どうなったの？」と、私はきいた。「軍隊式の私立学校へ送って、そのあとは？」

「家からたたきだしてやった。この家のルールが守れないなら、ここに住まわしてやるわけにはいかねえと言って。軍隊式高校での一年が終わったときだ。それで悪ガキはどうしたと思う？」マリーノはポケットベルのディスプレーを見て立ちあがった。「ニュージャージーへいって、ルーイおじのところへころがりこんだんだ。例のマフィアのおじきさ。そのあと、やつは厚かましくももどってきてこっちの大学へいった。ロースクールもだ。ウイリアム・アンド・メアリー大。頭はいいんだ、おそろしく」

「バージニアで弁護士の資格をとったの？」

「ああ。それであちこちで開業してる。もう十七年も会ってねえよ。アナ、電話を借りてもいいか？　こいつは携帯電話を使わねえほうがよさそうだ」ちらっと私に目をやって、居間からでていく。「スタンフィールドだ」

「さっき遺体の身元のことで彼から電話があったでしょう？　あれはどうなったの？」と、きいた。

「たぶんこれはそのことだと思う。もし事実なら、これがまた妙なんだ」

マリーノが電話をかけているあいだに、アナは居間からいなくなった。トイレにいったのだろうと思っていたが、いつまでたってももどってこない。彼女がどんな気持ちでいるか、想像するしかなかった。いろいろな点で、自分のことよりむしろ彼女のことのほうが心配だ。アナがどんな人生を送ってきたかを知ったおかげで彼女のもろさがわかったし、その心がいかに深い傷をおっているかということにも気づいた。

「ひどいわ」しだいに冷静さを失ってきた。「こんなひどい話ってないわ」私のうえに積み重ねられていたすべてのものがくずれて、すべり落ちはじめた。「どうしてこんなことになったのか、だれか教えてくれない？　私が前世で何か悪いことをしたとでもいうの？　こんな目にあわされるすじあいはないわ。私たちみんなそうよ」

ルーシーとマガヴァンは私が怒りを吐きだすのを黙ってきいていた。何か考えがあるようだが、いまはまだ私に教えるつもりはないらしい。

「何か言ってよ」と、ふたりに言った。「かまわないからどんどん言って」これは主に姪に向けた言葉だ。「私の人生はめちゃめちゃだわ。私がやることなすこと、すべて裏目にでたわね。ごめんなさい」涙があふれそうだ。「たばこがほしいわ。だれかもってない？」

マリーノはもっているが、彼はキッチンで電話をかけている。ここぞ入っていって電話している彼に、たばこちょうだいなどと言うことは断じてできない。そもそもたばこがほしいと認めることさえ恥ずかしいのに。

「いちばんがまんできないのは、自分がもっともきらっていることをやったと言われていること。私はどんなときでも力を悪用するようなまねはしない。平然と人を殺したりはしない、絶対に」私はしゃべりつづけた。「死は大きらい。殺人もきらい。毎日仕事で見ていることのすべてがきらい。それなのに私がまさにそれをやったと世間は思ってるの？　私がそれをやったかもしれないと、特別大陪審は思ってるわけ？」その問いを投げかける。ルーシーもマガヴァンも答えない。

マリーノは大声で話している。彼の声はその体と同じように大きくて迫力があり、導くというより押しやり、相手にあわせるよりも対決心むきだしのように聞こえる。「その女性はほんとに彼のガールフレンドなのか？」と、電話で言っている。たぶん相手はスタンフィールド刑事だろう。「ただのともだちじゃなくて。どうしてはっきりそう言えるんだ？　ああ。うん。えっ？　わかったかって？　いや、わからんね。まるでつじつまがあわねえじゃねえか、スタンフィールド」マリーノは話しながらキッチンを歩きまわっている。スタンフィールドの首をへし折りたい心境のようだ。「おまえみたいなやつに俺が何て言うか知ってるか、スタンフィールド？」マリーノがかみつくように言う。

「じゃまくせえからどけって言ってやるんだ。おまえのくそったれた義兄がだれだろうが、かまやしねえ。わかったか？　俺のケツにキスしてベッドに寝かせつけて、ねんねのおはなしでもしてやれってそいつに言っとけ」スタンフィールドはなんとか口をはさもうとしているらしいが、マリーノがそうさせない。

「わあ、すごい」マガヴァンがそうつぶやくのがきこえ、ふたたび居間へ、自分自身のややこしい問題のほうへ注意をひきもどされた。「おそらく拷問されて殺されたという、ふたりの男性の捜査をしている刑事でしょう？　マリーノが話してる相手？」と、マガヴァンがきいた。

私は不審な目で彼女を見た。一瞬いぶかしい思いにとらわれる。「殺されたふたりの男性のことを、どうして知ってるの？」見逃しているにちがいない答えを必死でさがした。マガヴァンはいままでニューヨークにいたのだ。ふたり目のジョン・ドウはまだ検屍もすんでいない。なぜ急にみんながあらゆることを知りはじめたのだろう？　ジェイミー・バーガーのこと、そしてミッチェル知事とディンウィディ下院議員、それにアナのことを考えた。恐怖のおぞましいにおいが、シャンドンの体臭のように空気を汚染しはじめたように感じた。ふたたび彼の臭気が鼻をつき、中枢神経系が無意識の反応をひきおこした。ポット入りの濃いコーヒーか、コラーダと呼ばれる砂糖をたっぷり入れたキューバのエスプレッソを何杯も飲んだかのように、体がふるえだした。これほど不安な気持ちになったことはなく、ありえないことまで考えはじめた。自分は巨大な政治的陰謀の被害者だという、シャンドンの一見ばかげた主張には、ひょっとすると一抹の真実が含まれているのかもしれない。私は妄想にかられているが、無理もないことだと自分に言いきかせる。組織犯罪にかかわっていたと思われる、警察の悪辣な女性幹部を殺したかどで、捜査されている身なのだから。

気がつくとルーシーが私に話しかけていた。暖炉の前から立ちあがって、私のそばに椅子をひきよせている。椅子にすわり、私をおこそうとするかのように身をかがめて、骨折していないほうの腕にさわった。「ケイおばさん？　大丈夫？　きいてる？」

彼女に注意を向けた。マリーノは電話でスタンフィールドに、あすの朝会おうと言っている。まるでおどしてでもいるようだ。「フィルの店で彼と会って、いっしょにビールを飲んだの」ルーシーはそう言ってキッチンに目をやった。それをきいて、ルーシーが俺に何か話があるらしいから、今日の午後会うとマリーノが今朝遅く言っていたのを思いだした。「だからあたしたち、モーテルで見つかった男性のことを知ってるの」これはマガヴァンのことだ。マガヴァンは暖炉のそばにじっとすわって、私を見つめている。ルーシーがつづきを話すのをきいて、私がどんな反応を示すかを見ようとしているのだ。

「ティウンは土曜日からこっちへきてるの」と、ルーシーは言った。「ジェファーソンから電話したでしょう？　あのときティウンもいっしょだったの。すぐきてくれるようにあたしがたのんだの」

「そうなの」としか言う言葉を思いつかなかった。「よかったわ。ひとりでホテルにいるんじゃさびしいだろうと、気になってたの」涙があふれだし、当惑してルーシーとマガヴァンから顔をそむけた。私は強い人間のはずだ。姪をトラブルから……おおむね彼女自身が招いた災難から救いだすのは、いつも私だった。ルーシーに正しい道を歩ませるために、たいまつをかかげるのが私の役目だった。彼女を大学へやり、本を買ってやった。最初のコンピューターを与えたのも私だ。彼女が受講したい特別なコースがあれば、国中どこへでもいかせてやった。ある年の夏には、ロンドンへつれていったこともある。彼女の母親も含めてルーシーのことに干渉しようとするものには、毅然として立ち向かった。母親はそうした私の努力に対して、ののしりの言葉をあびせるだけだった。「あなたには尊敬してもらわなきゃいけないのに」手のひらで涙をぬぐいながら、姪に言った。「これじゃ無理ね」

ルーシーはふたたび立ちあがって、私を見おろした。「ばかなこと言わないで」と、気持ちをこめて言う。バーボンのおかわりを手に、マリーノが居間へもどってきた。「おばさんを尊敬しないなんてことが、あるもんですか」と、ルーシーが言った。「まったくもう。ここにいるものはみんな前と同じように尊敬してるわ、ケイおばさん。でもおばさんにはいま助けが必要なのよ。たまには人に助けを求めなきゃ。これにひとりで立ち向かうのはとても無理よ。プライドをちょっとひっこめて、あたしたちに協力させて。あたしはもう十歳じゃない。二十八なのよ。バージンでもないし。FBIとATFの捜査官も経験してるし、お金はうなるほどあるし。どこの捜査官にだってなれるのよ」ルーシーの傷がうずくのが目に見えるようだ。公務休暇を与えられたことに、やはり傷ついているのだ。当然だ。「今度はフリーの捜査官になって、自分の好きなように仕事をするの」と、つづける。

「私、今夜辞職したの」と、彼女に言った。驚きに満ちた沈黙が流れた。

「なんだって？」暖炉の前で酒を飲んでいたマリーノがきいた。「何をしたって？」

「知事に話したわ」そう答えると、なぜか安らかな気持ちになった。人からされるばかりでなく、自分で何かをしたと思うとうれしかった。自分が被害者であることをついに認めると、仕事をやめたことでその無力感が、多少やわらいだような気がする。でも私が被害者であることはたしかだ。そしてそこからぬけだすには、シャンドンがやりかけたことを自らの手でやりとげるしかない。すなわちこれまでの生を終わらせて、新たにはじめるのだ。なんという奇妙な、驚くべき考えだろう。マイク・ミッチェルに話したことを、マリーノとマガヴァンとルーシーに伝えた。

「ちょっと待ってくれ」マリーノは炉辺にすわっている。もう真夜中近い。アナがあまり静かなので、彼女が家にいることをしばし忘れてしまった。もう寝たのだろうか。「ということは、もう仕事はしねえってことか？」

「そんなことないわ」と、答えた。「知事からほかの指示があるまで、局長代理として仕事をするわ」そのあとどうするつもりかについては、だれもきかない。現在があやういのに、遠い将来のことを心配してもしようがない。質問されないことがありがたかった。たぶんいつものように、きかないでくれというシグナルをだしているのだろう。黙っていてほしいときには、相手がそれを察知する。さもなければ、私が興味をそらすようにする。人に言いたくないことをさぐられないために、私が巧みにみんなを誘導したことに、だれも気づかない。この技術に精通するようになったのは子供のころだ。クラスメートに父のことをきかれたくなかった。まだ病気なのとか、いつかよくなるのとか、お父さんに死なれるのってどんな気持ちなどときかれるのがいやだった。人に話さないこと、そしてきかないことが私の習性になった。父が亡くなる前の三年間、家族全員がいっさいそのことにふれなかった。父自身もだ。いちばん頑(かたく)なだったのが父だ。彼はマリーノとよく似ていた。どちらもマッチョなイタリア男で、どんなに重い病気になろうと外観がそこなわれようと、体が自分を裏切ることはないと信じているかのようだった。父の姿を思いうかべた。ルーシーとマリーノとマガヴァンは、私を助けるためにこれからやることと、もうやっていることについて話している。すでに進めている背景の調査や、ラスト・プリシンクト(最終管区)が提供できるさまざまな活動についてだ。

私はあまり真剣にきいていない。彼らの声はカラスの鳴き声のように耳をすどおりしていく。子供のころに見たマイアミの風景を思いだしていた。生い茂った草とカメムシのひからびた殻、小さな裏庭にあったキー・ライムの木……。父が、ハンマーとドライバーを使って私道でココナツの殻を割る方法を教えてくれた。私は法外な時間をかけて、毛がはえた硬い殻から多肉質の甘い身をほじくりだした。父は私がそれに熱中するのを見て、おもしろがったものだ。ココナツの身は白いずんぐりした冷蔵庫に入れられたが、私も含めてだれもそれを食べはしなかった。

うだるように暑い夏の土曜日に、父は近くの食料品店から大きな氷のかたまりを二個もって帰って、ドロシーと私を驚かせることがあった。妹と私は水を入れた小さなビニールプールに氷を入れてそのうえにすわり、太陽にじりじりと焼かれながら、おしりを冷やした。冷えすぎたらプールから出て、またすべすべした冷たい玉座に王女様のように腰かける。父は居間の窓から笑いながらそれをながめていた。ハイファイのボリュームをいっぱいにあげてファッツ・ウォーラーをききながら、窓ガラスをたたいてげらげら笑ったものだ。

父はいい人だった。まっとうな気分のときは親切で思いやりがあり、ユーモアたっぷりで楽しかった。背丈は中くらい、金髪でハンサムで、白血病に冒される前は肩幅が広かった。正式な名前はケイ・マーセラス・スカーペッタ三世で、祖先がヴェローナにいたころから代々受けつがれている自分の名前を、長子につけることを強く希望した。最初に生まれたのは私、つまり女の子だったが、かまわなかった。ケイは男にも女にも通用する名前だが、母は昔から私をケイティと呼んでいる。母の言い分によると、一家にケイがふたりいるとまぎらわしいからということだった。その後、ケイが私ひとりになっても、母は私をケイティと呼ぶのをやめなかった。父の死を受けいれ、それを乗りこえることを拒否したのだ。母はいまだにそれを受けいれておらず、父をはなそうとしない。父が死んだのは私が十二のときで、それから四十年近くたつのに、母は一度もほかの男性とデートしたことがない。まだ結婚指輪をしているし、私のことをケイティと呼ぶ。

ルーシーとマガヴァンは、真夜中すぎまで計画を練っていた。ふたりとも私を会話にひきこもうとするのをあきらめ、私が心のなかで昔にもどっていることにも気づかないようだった。私は暖炉の火を見つめながら、こわばった左手をぼんやりもみ、空気に飢えたかわいそうな皮膚を掻くために、ギプスのしたに指をさしこんでいた。やがてマリーノがクマのような大あくびをして、立ちあがった。バーボンのためにすこしふらつき、すえたばこのようなにおいをさせている。彼は目にやわらかな光をたたえて私を見た。マリーノの私への本当の気持ちを受けいれる気があったら、悲しい愛情のこもった目とでも呼ぶところだ。

「いこう」と、マリーノは私に言った。「トラックのところまで送ってくれよ、先生」これは仲直りしようという彼なりの呼びかけだ。マリーノは冷たい人間ではない。私があやうく殺されかけて以来、私にそっけない態度をとってきたことを後悔している。しかも今夜のようにぼうっとして妙に静かな私を見るのははじめてなのだ。

寒い夜だ。あたりは静まりかえり、星はうすい雲のうしろに隠れて見えない。私道から、アナの家の窓に飾られた何本ものろうそくの光を見て、明日がクリスマスイブであることを思いだした。一九九九年のクリスマスイブだ。マリーノがトラックの鍵をあける音が静寂を破った。彼はもじもじして、運転席のドアをあけるのをためらった。「やることがいっぱいあるな。明日の朝は早くいくよ、モルグに」彼が本当に言いたいのはそのことではない。マリーノは暗い空を見上げて、ためいきをついた。「くそ、先生。たしかに俺はだいぶ前から知ってたよ。もうわかっただろうけど。あのろくでなしのライターが何をたくらんでるか知ってた。でも黙ってなりゆきを見守るしかなかったんだ」

「いつ教えてくれるつもりだったの？」非難するのではなく、たんに好奇心からきいた。

彼は肩をすくめた。「アナが先にもちだしてくれてよかったよ。あんたがダイアン・ブレイを殺しちゃいねえことはわかってる。あたりめえだろ。でも正直言って、もしあんたがやってたとしても無理はねえと思う。あんなくそったれた根性悪の女はいねえ。俺に言わせりゃ、もしあんたがやつをやってたら、そりゃ正当防衛ってもんだ」

「そうはいかないわ」私は本気で答えた。「そうはいかないわよ、マリーノ。それに私は彼女を殺してはいない」車の明かりや木に飾られたライトのぼんやりした光のなかにうかびあがった、小山のような図体（ずうたい）をまじまじと見つめた。「まさかほんとにそう思ったわけじゃ……？」最後まで言わなかった。彼の答えをききたくなかったのかもしれない。

「ここんところ、何をどう思ってたのか自分でもわかんねえよ」と、彼は言った。「正直なところ。でも俺はどうすりゃいいんだ、先生？」

「どうするって？　何を？」何のことを言っているのかわからない。

マリーノは肩をすくめ、言葉をつまらせた。信じられなかった。マリーノは泣きだす寸前なのだ。「あんたがやめたら」声が高くなり、彼は咳払いしてごそごそとラッキーストライクをとりだした。大きな手で私の手をかこって、たばこに火をつけてくれる。ざらざらした皮膚が手にふれ、手首のおもてにはえた毛が私のあごをかすった。彼は打ちひしがれた様子で、遠くを見つめながらたばこを吸った。「俺はどうなるんだ？　モルグへいってもあんたがいねえんじゃ。あんたがいると思うから、あのいやったらしい場所へいくんだぞ、先生。あんたがあそこでの唯一の救いなんだ。ほんとだよ」

私はマリーノを抱きしめた。私の頭がかろうじて彼の胸のあたりにくる。でっぷったおなかがふたりの心臓の鼓動をへだてている。マリーノはいつも身にまとっているよろいを脱いでみせたのだ。マリーノへの深いあわれみと、私には彼が必要だという思いに打たれた。彼の幅広い胸をたたいて伝えた。

「私たち長いつきあいよね、マリーノ。でも私をやっかいばらいするのはまだ早いわよ」

歯にはその人の歴史がきざまれている。歯の状態は、宝石やブランドものの洋服よりもそのもちぬしのことを雄弁に物語ることが多く、比較のための生前の記録さえあれば、身元を特定するための決め手となりうる。歯からその人の衛生状態がわかる。薬物を乱用したことがあるか、幼年時代に抗生物質を投与されたか、どんな病気やけがをしたことがあり、容姿をどの程度気にしていたかといったことも、歯はそっと教えてくれる。歯科医がずるいやつで、やってもいない治療の代金を保険会社に請求していたら、歯はそのことを暴いてくれる。歯科医が有能か否かも、歯を見れば一目瞭然だ。

翌日の朝早く、マリーノとモルグで会った。マリーノはジェームズ・シティ郡の二十二歳の男性の歯科のカルテを手にもっている。ミッチ・バーボサという名前のその男性は、昨日ウイリアム・アンド・メアリー大学のキャンパスの近くへジョギングにいき、二度と家に帰らなかった。ウイリアム・アンド・メアリーは、フォートジェームズ・モーテルから数キロしか離れていない。ゆうべマリーノがスタンフィールドと話してこの最新の情報を得たとき、まっさきに私の頭にうかんだのは、「おかしなことがあるものだ」という思いだった。

マリーノの息子でいかがわしい弁護士のロッキー・カジアーノは、ウイリアム・アンド・メアリー大学を卒業している。人生にはときとして奇妙な偶然が見られるものだ。

レントゲン室から遺体がのった移動ベッドをだして、解剖室の私の台のそばにおいたときは、六時四十五分だった。今日も部屋はしんとしている。クリスマスイブなので、州の役所はみな休みだ。マリーノは私を手伝うための身支度をととのえている。法歯学者をのぞけば、生きている人間でいまここに姿をあらわすものはいないだろう。硬直して言うことをきかない遺体から衣服を脱がせ、解剖台にのせたりおろしたりするのを手助けするのが、マリーノの役目だ。彼に医学的な処置を手伝わせることは、絶対にしない。もっともマリーノのほうも、手を貸そうと申しでたことはないが。検屍結果を書きとめるのもマリーノにはたのまない。ラテン語の医学用語や表現を、原型をとどめないほどずたずたにしてしまうからだ。

「両側をおさえていて」と、彼に指示した。「そう。そんな感じ」

マリーノは遺体の頭が動かないように両側を手でおさえ、そのあいだに私は刃のうすいのみを口の角に入れ、臼歯（きゅうし）のあいだにさしこんであごをこじあけた。鉄がエナメル質をこする。くちびるを切らないように注意したが、奥歯の表面が削れてしまうのはやむをえない。

「こんなことをされても、もう死んでるからいいけどよ」と、マリーノが言う。「早く二本の手が使えるようになりてえだろう」

「思いださせないでよ」ギプスをはめているのがいやでたまらず、ストライカーのこぎりを使って自分ではずしてしまおうかと思うほどだ。

遺体のあごがようやくひらいた。手術用ランプをつけ、白い光で口のなかを照らす。舌に繊維がついているので、それを採取した。マリーノに手を貸してもらって腕の硬直をとき、ジャケットを脱がせた。ついで靴とソックスをとり、最後にスエットパンツとランニングショーツを脱がせた。ひととおりPERKをとったが、肛門に傷はなく、それまでのところ彼が同性愛だったことを示す兆候は見られない。

マリーノのポケットベルが振動した。またスタンフィールドだった。マリーノは今朝はロッキーのことをひとことも言わない。だがロッキーの影はほの見える。ロッキーの気配が空中に感じられ、そのことが父親に微妙な、だが深刻な影響をおよぼしている。無力感のまじった深い苦悩が、まるで体熱のようにマリーノから伝わってくる。ロッキーが私のことで何をたくらんでいるのかを心配すべきなのに、マリーノはどうなるのだろうという懸念で頭がいっぱいだった。

いまや患者が裸で目の前に横たわったので、彼がどんな肉体のもちぬしだったかをはっきり見ることができた。百七十センチに六十二キロと、ひきしまった体つきだ。脚はたくましいが、上半身の筋肉はさほど発達しておらず、彼がもっぱらランニングをしていたことがわかる。入れ墨はなく、割礼をしている。手足の爪はきちんと切ってあり、ひげもきれいにそっているところから、身だしなみにも気をつけていたことはあきらかだ。それまでのところ体の表面にはけがはなく、X線検査でも弾丸や骨折は見つからなかった。両ひざと左肘に古い傷あとがあるが、縛られてさるぐつわをされたときの擦過傷以外に新しい傷はない。いったい何がおこったの？　なぜ死んだの？　遺体は答えない。マリーノだけが、内心の不安をさとられまいと大声で、ぶっきらぼうに話している。彼はスタンフィールドがばかだと思っており、その気持ちを隠そうとしない。マリーノはいつも以上にいらだち、侮辱的な言葉を吐いている。

「そう、それがわかりゃ、ほんとありがてえよな」彼は壁の電話にむかって皮肉っぽく言った。「人が死ぬのに休日もへったくれもねえからな」と、すこしあとにつけ加える。「俺がいくから家に入れるように、そいつに言っとけ」それから、「ああ、わかってるよ、クリスマスだってことは。いいか、スタンフィールド？　このことをしゃべるなよ。わかったな？　このことがまた新聞にでてるのを見たら、ただじゃ……へえ、そうか、じゃリッチモンドの新聞をまだ見てねえんだな。忘れずに今朝の記事をとっといてやるよ。ジェームズタウンがどうの、ヘイトクライムがこうのって記事だ。今度情報をもらしたら、本気でぶっとばしてやるからな。俺が本気になったとこを見たことねえだろう。見るはめにならないように気をつけろ」。

マリーノは新しい手袋をはめ、脚のまわりで手術着をはためかせながら、移動ベッドのところにもどってきた。「ますますおかしなことになってきたぞ、先生。これがジョギング中に姿を消した男だとすると、こいつはごくふつうのトラック運転手だったようだ。前科もねえし、警察のやっかいになったこともねえ。ガールフレンドとふたりで分譲アパートに住んでる。そのガールフレンドが写真を見て、彼だってことを確認した。スタンフィールドはゆうべ遅く彼女と話をしたらしいんだが、今朝は電話にでねえというんだ」これまでにどこまで話しているかわからなくなったらしく、とまどった顔をする。

「遺体を台にのせましょう」と、私は言った。

移動ベッドを解剖台と平行においた。マリーノが足をつかみ、私が片腕をつかんでひっぱった。遺体が台にあたり、鼻から血がしたたった。蛇口をひねると、水が音をたててステンレスのシンクに流れこんだ。壁のライトボックスにのせた遺体のX線写真が光り、どこも損なわれていない骨と、さまざまな角度からとった頭蓋骨、そして優美な曲線を描く肋骨の両側をはいおりているジャケットのジッパーが見える。肩から肩へメスを入れ、ついでへそのまわりを小さく迂回しながら、体の中央をたてに骨盤まで切ったとき、救急車だまりのブザーが鳴った。有線テレビの画面にドクター・サム・テリーがうつったので、肘でボタンを押して救急車だまりの戸をあけた。彼はうちの検屍局がたのんでいる法歯学者だ。クリスマスイブに呼びだされるはめになったのは、運が悪いとしかいいようがない。

「あっちへいったついでに、そのガールフレンドのところへ寄って話をきこうと思うんだ」と、マリーノがつづけた。「住所はわかってる、彼女の。ふたりが住んでるアパートの」遺体をちらっと見て、「住んでいたと言ったほうがいいかな」。

「スタンフィールドが口を閉じていられると思う?」メスですこしずつ切りながら、ギプスをはめた左手の、手袋をはめた指の先にピンセットをにぎって、組織を折りかえしていく。

「ああ。例のモーテルへいっしょにいくと言ってる。モーテルのほうじゃ、さかんに文句を言ってるらしい。クリスマスイブなのにとか、これ以上注意をひきたくない、もう客足に影響してるとか。ニュースできいたという人たちからの、予約のキャンセルの電話が十件ぐらいあったんだと。でまかせもいいとこだよ。あんなぼろ宿にとまるようなやつらは、そのあたりで何がおこってるか知りもしねえし、気にもしねえだろうよ」

ドクター・テリーが、傷だらけの黒い医療かばんをもって入ってきた。カウンターへ向かって歩いてくると、背中でひもを結んでいない新しい手術着が、風をはらんでふくらんだ。彼は私たちが依頼しているなかでもっとも若い、新しい法歯学者で、身長が二メートル以上ある。うわさによると、プロのバスケットボール選手になることもできたが、ひきつづき教育を受けることを望んだという。しかしきかれれば本人は話すが、彼はバージニア・コモンウェルス大学のバスケットボールチームのごく凡庸(ぼんよう)な選手でしかなかったというのが真相らしい。球をシュートするより銃を撃つ(シュート)ほうが得意で、リバウンド奪取より女性にふられたあとの立ち直り(リバウンド)のほうがめざましかった。歯科学の道にすすんだのはメディカル・スクールに入れなかったからで、本当は法病理学者になりたかったという。ほとんどボランティアでやっているようなこの仕事が、彼のやりたかったことにいちばん近いのだ。

「ありがとう、ありがとう」クリップボードに書類をはさんでいるテリーに言った。「今朝、助っ人としてきてくれるなんて、あなたってほんとにいい人ね、サム」

彼はにやにやして、マリーノのほうに顔をむけ、思いきり誇張（こちょう）したニュージャージーなまりで言った。「調子はどうだい、マリーノ？」

「あの童話みたいに、意地悪なグリンチがクリスマスをだいなしにするのを見たことあるか？　もしなかったら、俺のそばにしばらくいるといい。子供のおもちゃをとりかえして、ママのおしりをなでてから、煙突をのぼってずらかりてえ気分なんだ」

「煙突をのぼるのはやめたほうがいいぜ。絶対、途中でひっかかるから」

「おまえさんなら頭は煙突のうえにでてるのに、足はまだ暖炉のなかってことになるな。まだ大きくなりつづけてるのか？」

「あんたほどじゃないよ。いま体重どれぐらい？」テリーはマリーノがもってきたカルテをぱらぱらめくって見た。「これは簡単にわかりそうだな。右上顎第二小臼歯が曲がってはえていて、奥のほうが内側にとびだしてる。ええと、それから……修復した個所がたくさんある。もしこの人と」と、カルテをかかげ、「その男性が同一人物ならね」。

「そりゃそうと、ラムズがルイヴィルをくだしたときのこと、知ってるか？」水の流れ落ちる音にかき消されないよう、マリーノが声をはりあげた。

「その場にいたのか？」

「いや。おまえさんもだろ。だから連中が勝てたんだ」

「そうかもな」

カートから外科用ナイフをとりあげたとき、電話が鳴った。

「サム、悪いけどでてくれる？」と、たのんだ。

テリーは部屋のすみへかけていき、受話器をとって「モルグです」と言った。私は肋骨の軟骨を切って、三角形の胸骨と胸骨傍の肋骨をはずした。

「ちょっと待ってください」テリーは電話の相手に言った。「ドクター・スカーペッタ？ ベントン・ウェズリーって人からです」

一瞬部屋が真空になり、光と音がすべて吸収されてしまったかのようだった。私はぼうぜんとしてその場にたちすくみ、彼を見つめた。血だらけの手袋をはめた右手に、外科用ナイフをにぎったままだった。

「なんだって？」マリーノが大またでテリーに近づき、彼の手から受話器をひったくった。

「だれだ、てめえは？」送話口に向かってどなる。「くそ」受話器を壁の受け台にもどした。

テリーはすくみあがっている。何がおこったのか見当もつかないようだ。彼は私と知りあってからまだ日が浅い。だれかが話していないかぎり、ベントンのことを知るよしもない。どうやらだれからもきいていないようだ。

「そいつはなんて言ったんだ?」マリーノがテリーにきいた。

「ぼく、何かまずいことをしたのかな」

「そんなことないわ」やっと声がでた。「大丈夫よ」安心させるように言う。

「男の人だった。あなたと話したいとだけ言って、自分はベントン・ウェズリーだとなのった」

マリーノはまた受話器をとりあげ、発信者番号通知サービスが受けられないのを知って、またわめきちらした。モルグの電話にその機能が必要だったことは、これまで一度もないのだ。彼はいくつか数字を押して受話器を耳にあて、番号をかきとってそれをダイアルした。

「もしもし、あんただれ?」電話にでただれかに向かって言う。「どこ? わかった。ちょっと前にだれかがこの電話を使ってるのを見なかったか? いまあんたが話してる電話だ。うん。そうか。うそこけ、あほう」がしゃんと受話器をもどした。

「さっきかけてきた人かな?」テリーがとまどってきいた。「どこにかけたんだ?」

「公衆電話だ。ミドロジアン・ターンパイクのテキサコのスタンドにあると、やつは言うんだが、さっきかけてきたのと同じやつかどうかはわかんねえ。どんな声だった?」マリーノはテリーを見すえた。

「若い人みたいだった。たぶん。はっきりわからないけど。ベントン・ウェズリーってだれ?」

「もう亡くなった人」メスをとり、まないたに刃の先を押しつけ、新しい刃をはめて古いのをバイオハザード用のまっ赤なプラスチック容器に捨てた。「友人だったの。とても親しい友人」

「どっかの頭のおかしな野郎が、たちの悪いいたずらをしたんだ。どうしてここの番号がわかったんだろう?」マリーノは動揺し、頭にきている。電話をかけてきた人物を見つけだして、ぶちのめしてやりたいと思っている。さらに、このいたずらをしかけたのは、性悪の息子ではないかと疑っている。マリーノの目を見ればそれがわかる。ロッキーのことを考えているのだ。

「電話帳にのってるのよ。州政府の役所のところに」そう言って血管を切りはじめた。頸動脈を低い位置で切断し、腸骨動脈と骨盤の血管へと移動していく。

「まさか電話帳に『モルグ』とでてるんじゃねえだろうな」マリーノは例によって、私を非難しはじめた。

「葬式という項目のなかだと思うわ」横隔膜のうすい平らな筋肉を切って臓器のかたまりをとりだせるようにして、それを脊柱からはずした。かたまりをまないたのうえにおき、そっと水をかけて血を流し去る。肺、肝臓、心臓、腎臓、脾臓は、それぞれ色合いのちがう赤色の光沢をはなっている。心臓と肺に、黒っぽい点状出血が見られることに気づいた。ピンでさしたほどのごく小さな出血のあとが、広い範囲にわたって散っているのだ。これは死の瞬間かその前後に、呼吸困難に陥った場合におこる現象だ。

テリーが医療かばんを台のそばにもってきて、手術用カートのうえにおいた。そしてなかから歯科用の鏡をとりだし、遺体の口のなかを調べはじめた。私たちは無言で作業をした。さきほどのできごとが、ふたりのうえに重くのしかかっている。私はもっと大きなメスをとって、臓器を切りはじめた。心臓を切断してみると、冠状動脈はつまっておらず、左心室は幅一センチで弁膜(べんまく)にも異常はない。大動脈に脂肪のすじがすこしある以外は、心臓も血管も正常だ。おかしいところはただひとつ、とまってしまったことだけだ。何らかの理由で、この男性の心臓は動くのをやめた。だがどこを調べても、その理由が見当たらない。

「さっき言ったように、これはすごく楽だ」テリーがカルテに何か書きこみながら言った。不安そうな声だ。電話にでなければよかったと思っているにちがいない。

「やはりこの遺体はその人なのね？」

「間違いない」

頸動脈は線路のように首のなかを走っており、そのあいだに舌と首の筋肉がある。それらを折りかえしてはがし、まないたにのせてくわしく調べた。奥のほうの組織に出血は見られない。U字形をした小さなもろい舌骨も折れていない。彼は首を絞められたのではなさそうだ。頭皮をめくってみたが、その下に打撲傷や骨折はなかった。頭上のコードリールにストライカーのこぎりのプラグをさしこみ、つぎの作業は一本の手ではできないことに気づいた。テリーに遺体の頭をおさえてもらい、うなりをあげて回転する半円形の刃を頭蓋骨に押しあてた。熱い骨の粉が宙に舞い、ズボッという低い音とともに頭蓋帽がはずれ、入り組んだしわのある脳の表面が見えた。ざっと見たところ、とくに異常はなさそうだ。切りとった断片をまないたのうえにおいて洗うと、ふちが灰色でぎざぎざの、クリーム色の瑪瑙のように光った。脳と心臓はさらにくわしい検査をおこなうため、保存する。ホルマリンに漬けて、MCVへ送るのだ。

今朝の診断は、可能性を消去していくことに終始した。病理学的にはっきりした死因が見つからないので、わずかな痕跡をもとに推測するしかなかった。心臓と肺の点状出血と縛られたためのすり傷は、ミッチ・バーボサがストレスによる不整脈によって死亡したことを示唆している。さらに、彼はある時点で息をつめたか気道がつまった、あるいは何らかの理由で呼吸が困難になって、半ば窒息したと思われる。さるぐつわは唾液で濡れたはずだから、そのせいかもしれない。真相が何であれ、頭にうかぶのは単純にしておそろしい光景だ。それは実地にためしてみる必要がある。テリーとマリーノに協力してもらうことにした。

まずY字形切開を縫合するのに使う、太い白のより糸を何本か切り、マリーノに手術着の袖をまくって両手を前にだすようたのんだ。そしてより糸の一本を片方の手首に、二本目をもう一方の手首に巻き、あまりきつくなく、だがしっかり結んだ。それから両腕を高く上げさせ、二本の糸の端をもって上にひっぱるようテリーに指示した。テリーは背が高いので、椅子や踏み段に乗らなくてもそれができる。縛った糸はたちまちマリーノの手首の裏側にくいこみ、結び目のほうへひっぱられた。さまざまな姿勢で、両腕をあわせたり大きくひらいたりして、同じことをやってみた。もちろんマリーノの足はつねに床についている。体がぶらさがったり、爪先(つまさき)だったりするような状態にはしない。

「のばした腕に体の重みがかかると、息が吐けなくなるの」と、説明した。「吸うことはできるけど、肋間筋(ろっかんきん)がうまく機能しないので吐くのがむずかしくなる。そういう状態がしばらくつづけば、窒息するわ。それに拷問されたための苦痛、さらに恐怖とパニックが加われば、不整脈がおこることはじゅうぶん考えられる」

「鼻血は何のためだ？」マリーノが手首をつきだし、私はその肌についたより糸のあとを調べた。それらは遺体の手首に見られるあとと同じ角度でついている。

「頭蓋内圧が亢進(こうしん)したため」と、答えた。「息をつめていると鼻血がでることがある。外傷がないから、たぶんそれが理由だと思う」

「実際に殺すつもりだったのかどうかが知りたいな」と、テリーが言う。

「だれかをつるしあげて拷問して、そのまま帰すってことはないでしょう。やったことがばれてしまうもの。死因と様態はいまのところ保留にしておいて、毒物検査の結果がでてから確定するわ」マリーノの目を見た。「でもこれを殺人として扱ったほうがいいのはたしかね。

きわめて残酷な殺人」

その後、午前中にマリーノとジェームズ・シティ郡へ向かいながら、そのことを考えた。マリーノは自分のトラックでいくことを希望し、私は川にそってルート五を東へ向かって、チャールズ・シティ郡をぬけていこうと提案した。この道の両脇には、十八世紀の大農園がいくつかある。広大な休閑地のなかに、シャーウッド・フォレスト、ウエストーヴァー、バークリー、シャーリー、ベル・エアなどの、れんが造りの堂々とした邸宅と、離れや納屋が建っている。観光バスや運材用トラックは見られず、道路工事もやっていない。田舎の商店もみな戸を閉めている。今日はクリスマスイブなのだ。はてしなくつづく古木のたわんだ枝のあいだから陽がもれ、舗道にまだらな影を投げかけ、熊のスモーキーの看板が山火事防止をうったえている。こののんびりした土地で、ふたりの男性が悲惨な死をとげた。ここでそんな凶悪な犯罪がおこるはずがないように思えたが、フォートジェームズ・モーテル・アンド・キャンプグラウンドへ着くと、印象がちがってきた。ルート五をそれた森のなかにあるそのモーテルは、いくつかのキャビンとトレーラーハウスとモーテル本体からなっている。いずれもさびたりペンキがはげたりしている。それを見るとFBIアカデミーにあるホーガンズ・アレーを思いだした。そこはいかがわしい連中のたまり場を急襲するための訓練用につくられた、見せかけの建物がならぶ一角だ。

　小さな木造の建物のなかに、宿泊手続きのための事務所があった。建物におおいかぶさるようにひねこびたマツの木がはえており、屋根と地面はその茶色い葉でおおわれている。正面におかれた清涼飲料と氷の自動販売機が、茂ったやぶのあいだから見える。子供用の自転車が何台か倒れて、マツの葉にうまっていた。古いシーソーとブランコは、いかにもあぶなげだ。かたむきかけたポーチにいた不器量な雑種の老犬が、おきあがってこちらを見つめた。犬は何度となく子を産んだために、おなかがたるんでいる。

「スタンフィールドもくるはずじゃなかったの？」ドアをあけながら言った。

「やつの言うことだからな」マリーノはトラックをおり、あたりを見まわした。

　煙突からうっすらと煙がたちのぼり、風にのってほとんど水平に流れていく。窓のむこうで、けばけばしいクリスマスのイルミネーションが点滅しているのが見える。だれかに見られているのを感じた。カーテンがゆれ、奥からテレビの音が小さくきこえてきた。ポーチで待っていると、犬が私の手のにおいをかぎ、私をなめた。マリーノはこぶしでドアをたたいて私たちがきたことを告げ、返事がないので呼びかけた。

「だれかいるか？　もしもし！」こぶしでドアをバンバンたたく。「警察だ！」

「はいはい、いまいくわ」いらだたしそうな女性の声がきこえ、疲れたような険しい顔がドアのすきまからのぞいた。かけたままのチェーンがぴんとはっている。

「ミセス・キフィン？」と、マリーノがきいた。

「あんたは？」彼女はおうむがえしにきいた。

「リッチモンド市警察のマリーノ警部だ。こっちはドクター・スカーペッタ」

「なんでお医者さんをつれてきたの？」彼女は眉をよせ、暗いすきまから私を見た。その足元で何かが動いたと思うと、子供が顔をのぞかせ、こちらを見ていたずらっ子のようにニッと笑いかけた。「ザック、向こうへいってなさい」きたない爪をした手とむきだしの細い腕が、母親のひざに抱きついた。彼女はその腕をふりほどいた。「はやくいきなさい！」彼は母親から手をはなして、姿を消した。

「火事のあった部屋を見せてくれ」と、マリーノが言った。「ジェームズ・シティ郡警察のスタンフィールド刑事もくることになってるんだが。会ったか？」

「今朝は警察の人はだれもきてないわ」彼女はドアをしめ、かちゃかちゃ音をたててチェーンをはずした。今度はドアを広くあけ、きこりが着るような赤い格子縞のランバージャケットの袖に腕をとおしながら、ポーチにでてきた。鍵がたくさんついたリングを手にもっている。彼女は家のなかへ向かって声をはりあげた。「そこにいなさい！　ザック、クッキーの生地を食べるんじゃないよ！　すぐもどるからね」そう言ってドアをしめた。

「あの子はクッキーの生地が大好きでね」と、階段をおりながら私たちに言う。「切って焼くだけのクッキー生地をときどき買ってくるんだけどね。ロール状になったやつを。いつかザックがそれを食べてるところを見つけてね。バナナの皮みたいに包み紙をむいて、もう半分ぐらい食べちゃってたわ。それであの子に言ったの。あんた、それに何が入ってるか知ってんの？　生の卵が入ってるんだよって」

ベヴ・キフィンはせいぜい四十五歳ぐらいだろう。美人と言えるが、その美しさはトラック・サービスエリアのカフェや深夜営業の食堂のように、派手でぎらぎらした感じだった。まっ黄色に染めた髪はフレンチプードルのように縮れており、ほおに深いえくぼができる。体つきはふっくらをとおりこして、ぼってりという形容があてはまりかけている。みがまえたような依怙地な雰囲気は、しょっちゅう面倒な目にあって疲れている人によく見られるものだ。なんとなくあやしげでもある。彼女が言うことは一切信用できないと思った。

「やっかいなことはごめんよ」と、彼女は私たちに告げた。「ただでさえ忙しいんだから。とくにこの時期は」と、歩きながら言う。「あれ以来、朝も昼も夜も人が車でやってきちゃ、見物したり写真をとったりしていくんだから」

「どんなやつらだ？」と、マリーノがきく。

「車に乗った人たちよ。私道に入りこんでくるの。おりてあたりをうろつく人もいる。ゆうべはどっかの車が敷地をとおりぬけていったもんで、午前二時におこされたわ」

マリーノはたばこに火をつけた。私たちはキフィンのあとについて、マツの木陰の、草の生い茂った小道を歩いていった。積もった雪はタイヤに踏みにじられている。航海にふさわしくない船のようにかしいだ、キャンピングカーのそばをとおりすぎた。ピクニックテーブルのそばに、個人の所持品らしきものがたくさんあった。最初見たときは、だれかがキャンプしたあと、掃除せずにごみを残していったのかと思った。だがやがて思いがけないものが目に入った。おもちゃや人形、ペーパーバック、シーツ、枕が二個、毛布、それに箱型の乳母車(うばぐるま)などが、雑然とおかれている。それらは汚れてびしょびしょになっているが、いらなくなって捨てられたのではなく、外におきっぱなしになっていたためにそうなったようにみえる。そのあたりには、ビニールの包み紙の切れはしが散らばっている。最初の被害者のやけどを負った背中にくっついていた断片を、すぐに思いだした。それらは白と青とあざやかなオレンジ色で、いろんなものを細かくちぎる癖のある人がやったかのように、細くさいてある。

「だれかが大急ぎで帰ったようだな」と、マリーノが言った。

キフィンは私を見ている。

「金を払わずにずらかったのか？」

「ううん、そんなことない」キフィンは木立のあいだに見える、安っぽい小さなモーテルのほうへ早くいきたいようだ。「みんなと同じように前払いしてもらったから。小さな子供がふたりいる家族で、テントにとまってたんだけど、急にひきあげてったの。なんでいろんなものをおいてったのか知らないけど。まだ使えるものもあるのに。あの乳母車みたいに。でもそのあと、雪で全部濡れちゃったからね」

風がふいて、包み紙の切れはしが紙ふぶきのように舞った。私はそばへより、足で枕をつついて、それを裏返した。枕の裏側には毛がついていた。よく見ようとしてしゃがむと、つんとするいやなにおいが鼻をついた。うすい長い毛でごく細く、色素がない。ベースドラムをいきなりけとばしたかのように、心臓がどきんと音をたてた。ちぎれた包み紙を指でつついてみた。プラスチック処理をした紙はしなやかだが丈夫で、加熱して接合した端のぎざぎざの部分からはじめないかぎり、なかなか破れない。切れはしのなかには大きなものもあり、ペイデイのピーナツキャラメル・キャンディバーの包み紙であることがすぐわかった。ハーシー・チョコレート社のウェブサイトのアドレスまで読める。毛布にも毛がついていた。黒っぽい短い毛で陰毛のようだ。さっきと同じうすい長い毛もあった。

「ペイデイ・キャンディバーよ」と、マリーノに言った。かばんをあけながらキフィンを見た。「このあたりでペイデイ・キャンディバーをよく食べて、包み紙をちぎる人がだれかいない？」

「うちにはいないわよ」彼女か、甘いものに目がないザックが疑われたとでも思ったように言う。

遺体がない現場へいくときには、犯罪現場用のアルミケースはもっていかない。だがいつもかばんのなかに緊急用キット、つまり使い捨ての手袋と証拠品袋、綿棒、蒸留水の入った小びん、銃の残留物採取用（ＧＳＲ）キットなどが入った丈夫な冷凍用ポリ袋を入れている。GSRキットのふたをとった。なかに入っているのは、透明なプラスチックの短い棒で、先端に接着剤がついている。それを使って枕についた毛を三本と毛布の毛を二本とり、毛のついた棒を小さな透明な証拠品用ビニール袋に入れて封をした。

「きいてもいいかしら?」と、キフィンが言った。「何のためにそんなことするの?」

「このがらくたを袋にいれて、検査室にもっていこうかな。このテントのあとのものを全部」マリーノは急におとなしくなり、ポーカーの名手のように何くわぬ顔をしている。キフィンをどう扱えばいいか、よく知っているのだ。マリーノがここで彼女をうまくあしらおうとしているのは、全身多毛症の患者が独特の毛をもつことを知っているからだ。色素のない未発達のごく細い毛で、一見すると赤ちゃんの毛のようだ。しかし赤ちゃんの毛は、シャンドンが犯罪現場に残す毛のように十五、六センチの長さはない。ジャン・バプティスト・シャンドンはこのキャンプ場にきたのかもしれない。

「ここはあんたひとりでやってるのか?」マリーノがキフィンにきいた。

「まあね」

「テントにとまってた家族はいつ帰ったんだ?　テントをはるのにふさわしいような陽気じゃねえよな」

「雪がふるすこし前よ。先週の末」

「なんでそんなに急いででていったのかわかるか?」マリーノはあいかわらずさりげない様

子でさぐりをいれる。

「でていって以来、うんともすんとも言ってこないわ」

「その一家が残していったものを、もっとよく調べなきゃなんねえな」

キフィンは手袋をしていない手に息を吐きかけてあたためた。風を避けるようにして両腕で体をかかえ、家のほうを見やった。今度はどんな面倒なことが自分と家族を待ちうけているのだろうと考えているのが、ありありとわかる。

マリーノがついてくるようにと私に合図した。「ここで待っててくれ」と、キフィンに言う。「すぐもどる。トラックからとってくるものがあるんだ。何もさわるなよ。いいな？」

彼女は私たちが立ち去るのを見送った。マリーノと私は低い声で話した。シャンドンが私の家へあらわれる数時間前、マリーノはレスポンスチームといっしょに彼を捜索し、シャンドンが隠れていた場所をつきとめた。彼は私の家に近い、ジェームズ川のそばの大規模な改装工事をおこなっている邸にひそんでいた。昼間は外にでないので、邸に出入りするところをだれにも見られず、家のなかに隠れてそこにあるものを勝手に使っていたのだろうと推測された。シャンドンがどこかほかの場所にいた可能性があるなどとは、これまで考えもしなかった。

「やつがテントを使うために、そこにいた人たちを追っぱらったのかな？」マリーノはトラックの鍵をあけ、運転台のうしろに手をのばした。彼がそこにポンプアクション式ショットていた。赤い格子縞のジャケットを着てぽつんとガンをおいているのを知っている。「実はな、先生、ジェームズ川のそばのあの家に入ったとき、スナック菓子の包み紙がそこら中に散らばってたんだ。キャンディバーの包み紙がいっぱいあった」マリーノは赤い道具箱をとりだして、トラックのドアをしめた。「甘いものがよほど好きみてえに」

「どんなスナック菓子かおぼえてる?」バーガーに尋問されているあいだ、彼がペプシを大量に飲んでいたのを思いだした。

「スニッカーズ・バーとか。ペイデイはあったかどうかおぼえてねえな。でもキャンディとかピーナツはあった。小袋入りのプランターズのピーナツ。そういえば、包み紙はみんなちぎってあったな」

「やれやれ」小声で言った。急に背筋がぞくぞくしてきた。「血糖値が低いのかしら」気持ちを落ち着かせようと、つとめて冷静に言った。コウモリの大群のように、ふたたび恐怖が押しよせてくる。

「やつはいったいここで何やってたんだろう?」マリーノは遠くにいるキフィンのほうに何度も目をやる。いまや犯罪現場の一部となったキャンプ場のテントのあとにあるものに、彼女が手をふれないことを確かめているのだ。「そもそもどうやってここへきたんだ? やっぱり車を手に入れたのかな」

「彼が隠れていた家に、車はあった?」と、きいた。

と立ったキフィンは、白い息を吐きながら私たちがもどってくるのを見つめている。

「邸の持ち主は、工事のあいだ車をあそこにおいてなかったようだ」マリーノはキフィンにきこえないように言った。「もしかするとやつは車を盗んで、目につかないところにとめといたのかもしれねえ。あの野郎は運転なんかできるはずねえと思ってたんだ。パリにある家族の家の、地下牢みてえなとこに住んでると思ってたからな」

「そう。それもたんなる推測ね」と、つぶやいた。そういえば、パリの歩道を掃除するグリーンのバイクを運転したことがある、とシャンドンは言っていた。信じなかったが、本当かもしれないという気がしてきた。ピクニックテーブルのところにもどり、マリーノは道具箱をあけた。革手袋をだして手にはめ、五十ガロン入りの丈夫なごみ袋を何枚か広げた。私がその口を広げてもち、三つの袋をいっぱいにした。マリーノは四枚目の袋を切りひらき、その黒いビニールで乳母車をおおい、テープでとめた。こうした作業をしながら、彼はこのテントにとまっていた一家を、だれかがおどして追いはらった可能性があることをキフィンに説明した。もしかすると、無断でここに住んでいた何者かが、占拠者の権利を主張して、一晩だけでもここをあけわたすように命令したのかもしれない。何か変わったことにきづかなかったか？　たとえば先週の土曜日より前に、不審な車を近くで見かけたとか？　マリーノは、彼女が事実以外のことを言うなどとは思ってもいないという様子で、そうしたことをたずねた。

むろん、土曜日以降にシャンドンがここにきたはずがないのはわかっている。その日からずっと監禁されているのだ。キフィンはまったく助けにならなかった。変わったことは何もなかった、ただある朝早く薪をとりにいったら、テントがなくなっているのに一家の所持品、すくなくともその一部が残されていることに気づいたという。それがいつだったかおぼえていないと言っていたが、マリーノがせっつくと、たぶんテントがなくなっているのに気づいたのは、先週の金曜日の朝八時ごろだったと思う、と言いだした。シャンドンは木曜日の夜にダイアン・ブレイを殺害している。そのあとジェームズ・シティ郡へ逃げて、身を隠したのだろうか？　夫婦と幼い子供が二人いるテントに、シャンドンがあらわれたところを想像した。彼を一目見ただけで、彼らが荷造りもせず車にとびのって逃げ去ったことは、じゅうぶん考えられる。

ごみ袋をマリーノのトラックに運び、後ろに入れた。キフィンはジャケットのポケットに手をつっこみ、寒さにほおを赤くして、ふたたび私たちがもどるのを待った。まっすぐ先のマツの木のあいだに、モーテルが見えている。四角い小さな白い建物だ。二階建てで、ドアは常緑樹の色に塗られている。モーテルの裏にはまた森があり、その先にジェームズ川の支流の幅広い川が流れている。

「いまは何人ぐらいここにとまってるんだ？」観光客を食いものにする、このうらぶれたモーテルを経営する女性にマリーノがきいた。

「いま？　十三人かな。でもチェックアウトした人もいるかもしれない。鍵を部屋において黙ってでていく人も多いからね。掃除にいくまで、帰ったことがわからない。たばこを家においてきちゃったんだけど」マリーノのほうを見ずに彼に言う。「一本もらえる？」

マリーノは小道に道具箱をおいた。たばこを箱から一本とりだし、彼女のために火をつけてやる。煙を吸いこむと、クレープペーパーのようにうわくちびるにしわがよる。彼女は深々と吸い、口のはしから煙を吐きだした。それを見てたばこが吸いたいという強い欲求をおぼえた。骨折した肘は、寒さがこたえると訴えている。テントにいた一家と彼らの恐怖のことが頭から離れない。もしシャンドンがここへきたのが事実で、その家族も実在するとすればだが。もし彼が実際にダイアン・ブレイを殺したあとすぐここへきたのなら、衣服はどうしたのだろう？　全身に血をあびていたはずだ。血だらけのままブレイの家からここへきて、テントにいた人たちがおびえて逃げだしたのなら、だれかが警察を呼ぶとか人に話していそうなものだ。

「おとといの夜、火事がおこったときは何人ぐらいとまってたんだ？」マリーノは道具箱をもちあげ、私たちはまた歩きはじめた。

「チェックインしてたのが何人かはわかるけど」キフィンはあいまいに言う。「そのとき何人残っていたかはわからない。チェックインしてたのは十一人よ、彼を入れて」

「火事で亡くなった男性ね？」今度は私がきいた。

キフィンは私をじろっと見た。「そう」

「彼がチェックインしたときのことを教えてくれ」と、マリーノが言った。私たちはすこし歩いては立ちどまってあたりを見まわし、また歩きだす。「俺たちみたいに車できたのが見えたか？　みんな家のまん前まで車でくるようだが」

キフィンは首をふりはじめた。「ううん。車は見えなかったわ。だれかがドアをノックしたからあけてね。となりの事務所へいってちょうだい、いまそっちへいくからと言ったの。ハンサムな人で、身なりもよかったわ。ふだんくる連中とはちがってた。それだけははっきりおぼえてる」

「名はなのったか？」

「ううん、現金ではらったから」

「現金ではらった人には何も書かせねえわけだな」

「書きたい人には書かせるけどね。どっちでもいいの。台帳に記入してもらって、領収書を破りとるんだけど。領収書はいらないって彼は言ったわ」

「なまりか何かあったか？」

「土地の人じゃないみたいだったけど」

「どのあたりからきたのか見当がつくか？　北部？　どっか外国か？」と、マリーノが質問をつづける。マツの木のしたでまた足をとめた。

キフィンはあたりを見まわした。たばこを吸いながら考えているようだ。彼女のあとをついて、モーテルの駐車場へつうじるぬかるんだ小道を歩いた。「南部の奥のほうではないと思う」彼女はしまいに言った。「外国人のようでもなかったわ。あまりしゃべらなかった。必要最小限のことしか。なんか急いでいるような、おどおどした感じだった。話をしたくなかったみたい」これはでまかせのようにきこえた。声の調子まで変わっている。

「そこのキャンピングカーにはだれかとまってるのか？」マリーノがつぎにきいた。

「それはうちで貸しだしてるの。自分のキャンピングカーでくる人は、いまはいないわ。キャンプをするような時期じゃないから」

「いま借りてる人はいるか？」

「ううん。だれもいない」

モーテルの前には、コーラの自販機と公衆電話のそばに、布張りの破れた椅子がおかれている。駐車場には車が何台かとまっていた。いずれもアメリカ車で、新しくはない。グラナダとLTDとファイアバードが一台ずつだ。所有者らしき人たちの姿は見えない。

「いまの時期はどういう客がくるの？」と、たずねた。

「いろんな人がいるわ」駐車場を横ぎってモーテルの南のはしへ向かいながら、キフィンが答えた。

私は濡れたアスファルトのうえをながめた。

「うまくいってないカップルとか。この時期は多いのよ。けんかして片方が家をとびだしたり追いだされたりして、どこかとまるところが必要になるの。あるいは家族に会うために車で遠くからきて、一晩どこかにとまりたい人とか。二、三ヵ月前みたいに川があふれたときに、くる人たちもいる。うちはペットもとまらせるから。それと観光客ね」

「ウィリアムズバーグとジェームズタウンを見にきた人たち?」

「ジェームズタウンを見にくる人はたくさんいるわ。あそこでお墓の発掘をはじめてから、すごく増えたの。おかしなものね」

22

十四号室は一階のいちばん奥にあった。ドアの前に犯罪現場用のあざやかな黄色のテープがはりわたしてある。ここはルート五とモーテルをへだてている深い森のはしの、人目につかない場所だ。

部屋の前のアスファルトのうえに、どんな植物やごみがあるか注意して見た。消防隊員が遺体をひきずりだしたとき、そのうえをとおったにちがいない。アスファルトのうえには、ごみと枯れ葉とたばこの吸い殻が落ちていた。遺体の背中についていたキャンディバーの包み紙のような切れはしは、部屋のなかにあったのだろうか、それとも駐車場に落ちていたのだろうか？　もし部屋のなかにあったのなら、犯人の足にくっついて運びこまれたのかもしれない。あるいは犯人が犯行の前に、テントがはられていたあとかそのそばを歩いたとも考えられる。もし犯行のしばらく前からその紙が部屋にあったとすれば、最後の客がチェックアウトしたあと、キフィンが部屋を掃除しにきたときにもちこんだ可能性もある。証拠には細心の注意が必要だ。見つかった場所から結論をひきだすのではなく、どこからもちこまれたものかを、つねに考えねばならない。たとえば遺体についていた繊維は、殺人犯の体についていたものかもしれない。もともと車のシートについていたのをだれかが家のなかに運びこみ、それが絨毯から殺人犯の体にうつったとも考えられる。

「彼はどんな部屋がいいか指定したの？」リングにつけた鍵をさぐっているキフィンにきいた。

「静かな部屋がいいと言ったわ。十四号室は隣も上もあいていたから、そこにしたの。腕をどうかしたの？」

「氷ですべったの」

「あら、気の毒に。そのギプス、まだずっとはめてなきゃならないの？」

「もうちょっとでとれるわ」

「男はだれかといっしょではなかったんだな？」と、マリーノがきいた。

「だれも見なかったわ」キフィンはマリーノにはそっけないが、私には親しげな口調で話す。私の顔をちらちら見ているのが感じられた。新聞の写真かテレビで私を見たのだろうと思うと、気持ちが沈んだ。「あんたは何のお医者さんだっけ？」と、彼女はきいた。

「検屍官なの」

「あら、そう」キフィンは活気づいた。「クインシーと同じね。あのシリーズ、大好きだったわ。たった一本の骨からその人のことをいろいろさぐりだす話があったでしょう？」キーを鍵あなにさしこんでまわし、ドアをあけた。火災現場特有の不快なにおいがただよってくる。「あれにはびっくりしたわね。人種や性別に職業、体の大きさ、いつどうやって死んだかってことが全部、一本の骨からわかっちゃうんだから」ドアが大きくあくと、炭鉱のようにまっ暗で煤けた現場があらわれた。「これを元どおりにするのにいくらかかることやら」と、キフィンが言う。私たちは彼女のそばをとおりすぎて、部屋のなかへ入った。「こういう被害には保険金がおりないのよね。いつだってそうなんだから。保険会社って、ずるいったらありゃしない」

「外で待っててくれ」マリーノは彼女に言った。

あいたドアから入る光が、唯一の明かりだ。ダブルベッドの輪郭が見えた。まんなかに穴があいている。その部分のマットレスが、下のスプリングのところまで焼けたのだ。マリーノが懐中電灯をつけ、光のすじが部屋を照らしはじめた。まずドアのそばの、私が立っているところの右にある洋服をつるすスペースからだ。ゆがんだワイヤーハンガーが二本、横木にぶらさがっている。ドアのすぐ左がバスルームで、ベッドの向かいの壁際にたんすがある。そのうえに何かのっている。本だ。ひらいておかれている。マリーノが近寄り、そのページに光をあてた。「ギデオン協会寄贈の聖書だ」

光が部屋の奥へ移動した。窓と裏口のドアの前に、椅子が二脚と小さなテーブルがおかれている。マリーノがカーテンをあけると、日の光がうすくさしこんだ。見たところ燃えたのはベッドだけのようだ。ベッドがくすぶって、濃い煙がたくさん出たらしい。部屋のなかのものはすべて煤でおおわれている。犯罪捜査にとって、これは願ってもない状況だ。

「部屋全体がいぶされてるわ」感心して言った。

「えっ？」マリーノがあちこちを照らしているあいだに、携帯電話をとりだした。スタンフィールドがここで潜在指紋をさがそうとした形跡はないが、無理もない。これだけ大量の煤と煙をあびると指紋は消されてしまう、とたいていの刑事は思うだろう。だが実際は逆だ。熱と煤には、潜在指紋をうかびあがらせる効果がある。昔からおこなわれている指紋検出法に、燻蒸法と呼ばれるものがある。光沢のある金属の表面のような、無孔性の物質によく使われる方法だ。こうしたものは、通常の指紋検出用の粉を使っても、テフロン効果のためすべり落ちてしまう。

物質の表面に潜在指紋がつくのは、指や掌の摩擦隆線に脂肪性の残留物がついているからだ。ドアノブやコップ、窓ガラスなどにあとを残すのは、この残留物だ。熱によってそれが軟化すると、煙や煤が付着する。それが冷めると残留物はかたまるので、指紋検出用の粉のように、煤をそっとはらい落とせばいい。スーパーグルーによる燻蒸法や代替光源が開発される前は、松脂や樟脳、マグネシウムを燃やして指紋をうきださせることはよくおこなわれていた。この部屋の煤の薄膜のしたには、すでに処理ずみの潜在指紋が一面に散っているかもしれない。

指紋検査室の責任者のニールズ・バンダーの自宅に電話して、彼に事情を説明した。彼は二時間後にモーテルへいくと言った。マリーノはほかのことに気をとられていた。ベッドのうえの天井に光をあてて、そこを見つめている。

「まいったな」と、小声で言った。「先生、これを見てくれ」薄板をはった天井に九十センチほどの間隔をあけてとりつけられた、煤まみれの二本の輪つきボルトを照らす。

「ちょっと！」ドアの外にいるキフィンに呼びかけた。

彼女は部屋をのぞきこみ、懐中電灯の光があたっているところをながめた。

「なんでここにボルトがついてるのかわかるか？」と、マリーノがきく。

キフィンは妙な表情をうかべた。声が甲高（かんだか）くなる。何かをごまかそうとするとき、そうなるような気がする。「そんなもの見たことないわ。なんでそこにあるんだろう？」と、きっぱり言う。

「最後にこの部屋に入ったのはいつだ？」と、マリーノがきいた。

「彼がチェックインする二、三日前。最後の客がでたあと、掃除にいったとき。彼の前の最後の客ってことだけど」

「そのときはボルトはなかったのか？」

「気がつかなかったわ」

「ミセス・キフィン、じゃまた何かききたいことがあるかもしれねえから、外で待っててくれ」

マリーノと私は手袋をはめた。彼が指を広げるとゴムがのび、ピチッと音をたてた。裏口のドアのとなりにある窓から、汚い水がたまったプールが見える。ベッドの向こうに、ゼニスの小型テレビが台のうえにおかれていた。外出するときはテレビを消すようにという注意書きがはられている。部屋はほぼスタンフィールドの説明どおりだったが、彼はたんすのうえにひらいておかれたギデオン協会の聖書のことや、ベッドの右側の床近くのコンセントのことは何も言っていなかった。コンセントのそばの絨毯のうえに、プラグをぬいた電気のコードが二本あった。ひとつはナイトテーブルにおかれたスタンドのコードで、もうひとつはタイマーつきラジオのものだ。ラジオは古い型で、デジタルではない。プラグがぬかれたときに、時計の針が午後三時十二分をさしてとまったようだ。マリーノがキフィンに、また部屋に入るように言った。

「彼がチェックインしたのは何時だっけ？」

「ええと、三時ごろかな」キフィンはドアのすぐ内側に立って、無表情な顔で時計を見つめている。「部屋へ入って、時計とスタンドのプラグをぬいたみたいだね。なんだか変だけど、何かほかのものをさしこむためにコンセントが必要だったのかもしれない。ああいったビジネスマンみたいな客は、ラップトップ・コンピューターをもってくることがあるから」

「彼はもっていたか？」マリーノは彼女をちらっと見た。

「何ももってなかったようだけど。車の鍵みたいなものと札入れ以外には」

「札入れのことは初耳だな。それを見たのか？」

「代金をはらうためにとりだしたの。たしか黒い革だったと思う。いかにも高そうなやつ。身につけてたものは全部そうだったけどね。ワニ革か何かかもしれない」と、話につけ加える。

「彼はどんな札でいくらはらったんだ？」

「百ドル札が一枚と二十ドル札が四枚。おつりはいらないと言ったわ。料金は百六十ドル七十セント」

「ああ、そうか。一六〇七スペシャルってやつだな」マリーノが抑揚のない声で言う。彼はキフィンを毛嫌いしている。彼女の言うことをまったく信用していないが、それを顔にはださず、うまくあしらっている。マリーノのことをよく知らなければ、私までだまされるところだ。

「脚立かなんかあるか？」マリーノはつぎにきいた。

キフィンはためらった。「ええと、うん、あるわ」ドアをあけはなったまま、またでていく。

マリーノはしゃがんで、コンセントとコードを調べた。「ここにヒートガンをさしこんだのかな？」と、考えていることを声にだす。

「そうかもしれない。もし実際にヒートガンが使われたのならね」念のために言った。「凍った水道管や、家の前の階段の氷をとかすのにヒートガンを使ったことがあるけど。すげえ威力だぜ」懐中電灯でベッドのしたを照らしながら言う。「人間にそれが使われたなんて事件は、はじめてだ。まいったな。よほどきつくさるぐつわをされてたんだろうな。だれにも悲鳴がきこえなかったってのは。なんでスタンドと時計と両方ぬいたんだろう?」

「ブレーカーが落ちないようにじゃない?」

「うん、こういう宿じゃそうかもしれねえな。ヒートガンはヘアドライヤーと同じぐらいのボルトだろう。一二〇か一二五。こんなところでヘアドライヤーを使ったら、たぶん停電しちまうだろうな」

たんすのそばへいって聖書を見た。伝道の書の第六章と第七章のところがひらかれている。ひらいたページには煤がつき、たんすのうえの聖書がのっていた部分にはついていない。つまり火が燃えはじめたとき、聖書はすでにこの形でここにおかれていたのだ。わからないのは、被害者がチェックインする前から聖書はこんなふうにひらかれていたのか、そもそも聖書はこの部屋にあったものなのかという点だ。ページを見ていくと、第七章の最初の節で目がとまった。

良き名は良き油にまさり、死ぬる日は生まるる日にまさる。それを読みあげてマリーノにきかせ、伝道の書のこの部分は、空虚な行為についての記述であることを説明した。

「やつがホモだったことを考えると、ぴったりという感じだな」マリーノがそう言ったとき、外でアルミがこすれる音がきこえ、冷たい風とともにキフィンがもどってきた。マリーノがペンキで汚れてゆがんだ脚立を受けとり、その脚をひらいた。彼はそれにのぼり、ボルトを懐中電灯で照らした。「くそ、新しいめがねがいるな。よく見えねえや」と、脚立をささえている私に言う。

「私が見ましょうか？」と、申しでた。

「たのむよ」マリーノはおりてきた。

かばんから小さな拡大鏡をとりだし、脚立をのぼった。マリーノにわたされた懐中電灯の光で、ボルトを調べた。繊維はついていないようだ。もしあったとしても、この状況でそれを採取するのはむずかしい。証拠を手に入れようとするときは、べつの証拠を破損しないように気をつける必要がある。指紋と繊維と工具痕跡だ。この輪つきボルトには、三種類の証拠がかかわっている可能性がある。指紋と繊維と工具痕跡だ。潜在指紋を見るために煤をはらいおとすと、ボルトの輪にとおしてあったかもしれないひもの繊維が、なくなってしまうおそれがある。それにボルトをはずそうとしてペンチなどの道具を使うと、新たな工具痕跡がつきかねない。最大の懸念は、指紋を消してしまうことだ。実際、部屋の状況や照明の悪さを考えると、ここで何かを調べること自体、無理なのだ。あることを思いついた。

「袋を二枚ほどちょうだい」と、マリーノに言った。「それからガムテープ」

彼は小さな透きとおったビニール袋を二枚わたしてくれた。それぞれのボルトにそれをかぶせ、ボルトや天井にふれないよう気をつけて袋の口をテープでとめた。私は脚立をおり、マリーノは道具箱をあけた。

「悪いんだけどよ」と、ドアの外にいるキフィンに言う。彼女はポケットに両手を深くつっこんで、寒さをしのごうとしている。「天井のこの部分を切りとらせてもらうよ」

「こうなったらもう同じことだからね」彼女はあきらめたような声で言った。それとも無関心なのだろうか？「どうぞ」と、言いそえる。

なぜ火がくすぶっただけで終わったのか、まだ納得できなかった。どうしても理由がわからない。ベッドにはどんな寝具やマットレスが使われていたのかを、キフィンにたずねた。

「ええと、色はグリーンよ」その点は自信があるらしい。「ベッドカバーはダークグリーン。部屋のドアと同じような色ね。寝具はどうなったのかわかんない。シーツは白だったけど」

「素材は何かわかる？」

「ベッドカバーはポリエステルだと思う」

ポリエステルは非常に燃えやすいので、飛行機に乗るときはなるべく化繊(かせん)の服を着ないように気をつけている。強行着陸して機体が燃えはじめたとき、ポリエステルのものを身につけていたら最悪だ。体にガソリンをかけたような効果をもたらす。もし火がつけられたときベッドにポリエステルのカバーがかかっていたら、あっというまに部屋中が炎に包まれていただろう。

「マットレスはどこで買ったの？」と、キフィンにきいた。

彼女はもじもじした。言いたくないようだ。しまいにやっと真実とおぼしきことを打ちあけた。「あの、新品を買うとすごく高くつくから、なるべく中古品を手に入れるの」

「どこから？」

「ええと、二、三年前に閉鎖されたリッチモンドの刑務所」

「そう。だけど、うちに入れたのは自分が使ってもいいようなのだけよ」上質の寝具を選んでいることを強調する。「できるだけ新しいのをゆずってもらったんだから」

マットレスがくすぶっただけで本格的に燃えなかったのは、そのためかもしれない。病院や刑務所では、マットレスに大量の耐燃剤を使う。火をつけたものは、自分が燃やそうとしているのが耐燃剤でとくべつに処理したマットレスであることを、知らなかったにちがいない。むろん常識的に考えて、その人物が火をつけたあとそこに長くとどまっていたはずがないから、火が自然に消えたことも知らないだろう。

「ミセス・キフィン、聖書はどの部屋にもおいてあるの？」と、きいた。

「それだけはだれもとっていかないからね」彼女は質問をはぐらかした。またあやしげな声になっている。

「なぜこの部屋の聖書は、伝道の書のところがひらいてあったのかしら？」

「あたしは聖書をひらいてまわったりはしないわよ。たんすのうえにおいとくだけ。あけたのはあたしじゃないわ」ちょっとためらってから言う。「やっぱり彼は殺されたのね。そうでなきゃ、みんながこんなに真剣に調べるわけないもの」

「あらゆる可能性を考えなきゃなんねえからな」マリーノは小さな弓のこをもって、また脚立にのぼった。弓のこは刃が硬く、角度がついていないので、こういうとき使うのに便利だ。建材などをその場所で切ることができる。壁と天井の継ぎ目のすぐしたのくり形や、壁の最下部の幅木(はばき)、パイプ、この場合には梁(はり)だ。

「これもなかなかきびしい商売でね」と、ミセス・キフィンが言った。「うちの人は旅にでてることが多いからあたしがひとりで切り盛りしてるの」

「ご主人はどんな仕事をしているの？」と、きいた。

「オヴァーランド・トランスファーのトラック運転手よ」

マリーノは、天井のボルトがねじこまれている部分のまわりの、タイル状の薄板をはがしはじめた。

「じゃ、あまり家にはいないんでしょうね」

キフィンのしたくちびるがかすかにふるえ、目につらそうな色がうかんだ。「ここで殺人がおこるなんて、ついてないな。やれやれ、たいへんな痛手だわ」

「先生、懐中電灯もっててくれるか？」マリーノは、彼女の同情をひくようなそぶりを無視した。

「殺人はおおぜいの人に痛手を与えるわ」私は骨折していないほうの腕でまた脚立を支え、懐中電灯で天井を照らした。「悲しいことだし不公平だけど、それが現実よ、ミセス・キフィン」

マリーノは弓のこで天井をひきはじめた。おがくずが舞いおちてくる。

「ここでだれかに死なれるのははじめてよ」キフィンはまた泣き言を言いはじめた。「こういう商売にとっちゃ最悪ね」

「そうでもねえよ」弓のこの音に負けないよう、マリーノが大声で皮肉を言った。「見物しようってやつらが押しかけるんじゃねえか」

キフィンはむっとした顔で彼を見た。「そういう連中はこないでほしいわ」

スタンフィールドに見せてもらった写真から、壁のどのあたりに遺体がもたせかけられていたかがわかり、衣服が見つかった場所の見当もついた。被害者が裸でベッドのうえにいるところを想像した。ボルトの輪にとおしたひもで、両腕をひっぱりあげられている。彼はひざまずくかすわっており、上半身がつりあげられているだけだ。しかし磔のような姿勢とさるぐつわのために呼吸が困難になり、あえぎながら息をしようともがいている。だれかがヒートガンのプラグをさしこむのが見え、トリガーがひかれると空気が吹きだす音がきこえる。恐怖と苦痛に、心臓が激しく打つ。拷問したいという人間の欲望が、私にはどうしても理解できない。理屈はわかる。それが人を支配したいという要求にねざした、力の究極の乱用であることは。だが他の生き物に苦痛を与えることで満足を得たり、それを正当化する気持ちはわからない。まして、それによって性的満足を得るなど、想像もできない。

神経がざわめき、動悸（どうき）が激しくなった。吐く息が白く見えるほど部屋のなかは寒いのに、コートのしたに汗をかいている。「ミセス・キフィン」と、また言った。マリーノは弓のこをしごいている。「五日間……ビジネススペシャル？　こんな時期に？」そこで言葉を切った。彼女はとまどったような顔をしている。私が何を考えているのかつかめないのだ。私にわかることが彼女にはわからない。刑務所の払い下げのマットレスを入れたこの安っぽいモーテルの一室で、私が頭のなかで再現しているおそろしい光景が、彼女には見えていない。

「クリスマスの週になぜ五日間もとまるつもりだったのかしら？　何のためにきたのか、何をしているのか、どこからきたのか……そういったことを知る手がかりになるようなことを、彼は何か言わなかった？　土地の人ではなさそうなしゃべりかただったという以外に？」

「お客には何もきかないことにしてるの」キフィンはマリーノが作業するのを見ている。「きいたほうがいいのかもしれないけど。人によっちゃ、知りたくもないことまでべらべらしゃべるけど、いっさい何も言わない人もいるわ」

「彼はどんな感じだった？」私は追及した。

「そうね、ミスター・ピーナツは彼が気に入らなかったみたい」

「ミスター・ピーナツってだれ？」

マリーノは、十センチ角の梁（はり）にボルトでとめられた薄板を、したにおこうと手をのばした。

「うちの犬。きたときに見たでしょう。メスでいっぱい子を産んでる犬の名前にしちゃおかしいけど、ザックがそうつけたの。あの男性がきたとき、ミスター・ピーナツはすごい勢いでほえたの。そばへ寄ろうとしないで、背中の毛をさかだてて」

「もしかすると、おたくの犬がほえたりいらだったりしたのは、だれかほかの人が近くにいたからじゃない？　あなたには見えないだれかが？」と、言ってみた。

「そうかもね」

二枚目の薄板がはずれ、マリーノが脚立をがたがたさせながらおりてきた。彼はまた道具箱をあけてフリーザーペーパーと証拠品用テープをとりだし、天井の薄板をきちんと包みはじめた。私はバスルームへいって、懐中電灯であたりを照らした。何もかも画一的な白で、カウンターの表面に黄色っぽい焦（こ）げあとがある。客がひげをそったり化粧をしたり髪を整えたりするときに、火のついたたばこをおいたのだろう。スタンフィールドが見逃しているものがもうひとつある。便器のなかにデンタルフロスが一本、ぶらさがっていた。便器のふちにひっかかり、シートのしたに端がはさまっている。手袋をはめた手でそれをつまみあげた。三十センチほどの長さで、便器の水につかっていた先端の数センチが濡れている。だれかがそれで歯をフロスして歯茎(はぐき)から出血したらしく、なかほどの部分がうす赤くそまっていた。この最新の証拠品は完全に乾いてはいないので、ビニール袋には入れず、小さく切ったフリーザーペーパーで包んで封筒に入れた。たぶんこれからDNAがわかるだろう。問題は、だれのかということだ。

マリーノと私は一時半ごろトラックへもどった。キフィンが家へ入ろうと玄関のドアをあけると、ミスター・ピーナツがとびだしてきた。犬はほえながら、トラックを追いかけてくる。サイドミラーで見ると、キフィンが犬にどなっている。

「もどっといで!」腹だたしそうに手をたたく。「早く!」

「どっかのあほうが拷問するのを中断して、歯をフロスしたっていうのか?」と、マリーノが言いはじめた。「そんなばかなことあるかよ。去年のクリスマスからそこにぶらさがってたんじゃねえか?」

ミスター・ピーナツはいまや助手席側のドアのそばまできていた。トラックは森をぬけてルート五へでる未舗装の道を、がたがた走っている。

「早くおいで!」キフィンは大声で呼びかけ、手をパンパンパンと打ちながら階段をおりてきた。

「くそったれた犬め」マリーノがぶつぶつ言う。

「とめて！」犬をひいてしまうのではないかと気が気ではない。

マリーノがブレーキをふみ、トラックはゆれながらとまった。ミスター・ピーナッツはほえながらとびあがり、窓の外にその頭があらわれたり消えたりする。「どうしたのかしら？」わけがわからない。数時間前、私たちがいったときにはほとんどこちらに興味を示さなかったのに。

「もどってきなさい！」キフィンが犬のあとを追ってきた。その後ろの戸口に、子供の姿があらわれた。さきほど見たおさない子供ではなく、キフィンと同じぐらいの背丈がある。

トラックをおりるとミスター・ピーナッツは尾をふりはじめ、私の手に鼻をすりつけた。みすぼらしい犬は、かわいそうに汚れて悪臭をはなっている。首輪をつかんで家のほうへひっぱっていこうとしたが、犬はトラックのそばを離れたくない様子だ。

「おいで」と、犬に言った。「うちへ帰りなさい、ひかれちゃうから」

キフィンが大またで近づいてきた。かんかんに怒っているようだ。彼女は犬の頭を力いっぱいなぐった。ミスター・ピーナッツは傷ついた子羊のようなあわれっぽい鳴き声をあげ、しっぽをまいてちぢこまった。「言うことをきかないとどうなるかわかったね？」キフィンは犬に向かって激しく指をふった。「さあ、早く家にはいりなさい！」

ミスター・ピーナッツはこそこそと私の後ろに隠れた。

「早くいくんだよ！」

犬は私の後ろの地面にすわり、ふるえる体を私の脚に押しつけた。戸口にいた人物は姿を消し、ザックがポーチにでてきた。ジーンズにだぶだぶのスエットシャツを着ている。「おいで、ピーナツ」彼は指をならして呼んだ。犬と同じぐらいおびえているように見える。

「ザック！　家にはいんなさいと何度言ったらわかるの！」母親がザックにどなった。

かわいそうに。私たちがいってしまったら、犬はぶたれるだろう。もしかすると子供も同じ目にあわされるかもしれない。ベヴ・キフィンはいらだち、抑制がきかなくなっている。苦労の多い人生のせいで無力感をおぼえ、みじめさや怒り、恨みが心のなかでうずまいているのだろう。それとも彼女は生まれつき性根（しょうね）が曲がっていて、かわいそうなミスター・ピーナツはいっしょにつれていってほしい、助けてほしいと思ってマリーノのトラックを追いかけているのだろうか。ありえないことなのに、一瞬そう思った。

「ミセス・キフィン」だれかをふるえあがらせるときのための、氷のように冷たい声で言った。「やさしくさわるのでないかぎり、二度とミスター・ピーナツに手をふれないでちょうだい。動物を傷つける人には、がまんならないの」

彼女の顔が険しくなり、怒りがひらめいた。私はそのひとみをまっすぐに見すえた。

「動物に残酷なことをするのを禁じる法律があるのよ、ミセス・キフィン。それにお子さんたちの前でミスター・ピーナツをなぐるのはよくないわ」彼女が言わなかったもうひとりの子供を見かけたことをほのめかした。

キフィンはあとずさりし、くるっと後ろをむくと家へ向かって歩きだした。ミスター・ピーナツはすわって私を見上げた。「おうちへ帰りなさい」悲しい気持ちで言った。「いい子だから。帰らなきゃだめよ」

ザックが階段をおりてこちらへ走ってきた。彼は犬の首輪をつかみ、しゃがんでその耳のあいだをかきながら、犬に話しかけた。「おりこうにして。ママを怒らせちゃだめだよ、ミスター・ピーナツ。おねがいだから」ザックはそう言って私を見上げた。「自分の乳母車をおばさんたちがもっていこうとしてるのが気に入らないんだ」

びっくりしたが、顔にはださなかった。ザックと同じ高さになるようにしゃがみ、ミスター・ピーナツをなでた。むっとするようなにおいがまたシャンドンの記憶をよびさましたが、考えまいとした。胃がむかむかして、唾液がでてくる。

「あの乳母車は、この犬のなの？」と、ザックにきいた。

「うん。子犬がうまれると、それにのっけて散歩させるの」

「なぜそれがピクニックテーブルのそばにあったの、ザック？　キャンプにきてた人がおいていったのかと思ったわ」

ザックは首をふり、ミスター・ピーナツをなでた。「ううん。あれはミスター・ピーナツのなんだ。そうだよね、ミスター・ピーナツ？　もううちへ入らなきゃ」ザックは立ちあがり、ふりかえってあいたままのドアのほうをうかがった。

「それじゃこうしましょう」私も立ちあがった。「ミスター・ピーナツの乳母車を調べる必要があるんだけど、終わったら必ず返すわ」

「うん、わかった」ザックは犬の首輪をもって家へ向かった。なかばひきずるようにして、かけていく。彼が犬といっしょに家へ入り、ドアをしめるのを見つめた。低木のマツのかげになった泥道のまんなかに立ち、両手をポケットに入れて、そちらを見つづけた。ベヴ・キフィンが私を見ていることがわかっているからだ。俗にいえばがんをつけた、つまり自分の存在を誇示したわけだ。ここでの仕事はまだ終わっていない。またくるわ、と心に誓った。

23

ルート五を東へ向かいながら、私は時間を気にしていた。たとえ魔法を使ってルーシーのヘリコプターを呼びだすことができたとしても、二時までにアナの家まで帰るのはとても無理だ。札入れをとりだし、バーガーが電話番号を書いた名刺を見つけた。ホテルへかけたが留守だったので、午後六時に迎えにきてくれるよう伝言を残した。携帯電話をかばんにしまっているあいだ、マリーノは無言でまっすぐ前を見つめていた。トラックは曲がりくねった細い道を、がたごと音をたてて走っている。マリーノはさっき私が話した乳母車のことを考えているらしい。むろん、ベヴ・キフィンはうそをついたのだ。

「まいったな、あのモーテルには」彼はようやく、首をふりながら言った。「ぞっとするなんてもんじゃねえよ。俺たちのやってることが、ずっとだれかに見られているような気がしてた。あの建物が生きてて、だれも知らねえことを知ってるみたいな」

「彼女は知ってるわ」と、私は答えた。「何かを知っている。それはたしかよ、マリーノ。あの乳母車はキャンプ場からでていった人たちがおいていったものだと、わざわざ言ったでしょう。自分から話したのよ。私たちにそう思わせたかったのね。なぜかしら？」

「最初からいねえんだよ、あそこにテントをはってキャンプしてたなんて連中は。もしあの毛がシャンドンのだったら、彼女がやつをとまらせてやったと考えないわけにいかねえな。だからそんなうそをついたんだと」

シャンドンが彼女のモーテルの事務所にやってきて、一晩とめてくれとたのんでいるところは、想像できない。絶対ありえないだろう。ルガルと称するあいつが、そんな危険をおかすはずがない。彼がだれかの家に姿をあらわすのは、その人を殺して暴力のかぎりを尽くそうと思っているときだけであることがわかっている。わかっている……本当にそうだろうか？　実のところ、二週間前よりいまのほうが、わけがわからなくなっているのではないだろうか。「最初からやりなおさなきゃ」と、マリーノに言った。「情報もないのに勝手に人物像をつくりあげてしまった。その結果どうなった？　彼のプロファイリングをして、自分たちが思い描いた像を信じこんだ。でも彼には私たちのまったく知らない面がある。彼は監禁されているように見えるけど、実はそうじゃないのよ」

マリーノはたばこをとりだした。

「私の言ってることわかる？」と、つづけた。「私たちは傲慢にも、彼がこういう人物だときめつけた。科学的な証拠にもとづいてはいるけど、所詮は推測にすぎない。いわばカリカチュアね。彼は狼男ではないわ。人間よ。悪いやつにはちがいないけど、いろいろな面をもっている。それがだんだんわかってきたわけ。そういえば、あのビデオにはっきりでてたわね。なぜ気づかなかったのかしら？　バンダーをあのモーテルにひとりでいかせたくないわ」

「確かにそうだ」マリーノは電話に手をのばした。「あいつといっしょにモーテルへいくから、リッチモンドまでこのトラックに乗ってってくれ」

「戸口にだれかがいたわ。気がついた？　大柄な人だったわ」

「ふーん。気づかなかったな。あの小さなガキしか見えなかった。なんていったっけ？　ザックだ。それと犬と」

「ほかにだれかいたのよ」私は言いはった。

「調べてみるよ。バンダーの番号わかるか？」

それを教えると彼は電話した。バンダーはすでに家をでているということで、彼の携帯電話の番号を奥さんがマリーノに教えた。私は窓の外に広がる、木立にかこまれた宅地を見やった。道から奥まったところにコロニアル様式の大きな邸が建っている。エレガントなクリスマスのデコレーションが、木々のあいだで光っているのが見えた。

「そう、どうもあやしげなところなんだ」マリーノが携帯電話でバンダーに告げている。

「だから俺がボディガードになってやる」彼は電話をきり、しばらくふたりとも無言だった。がたがた走るトラックのなかに、ゆうべの記憶が重くたれこめているような気がした。

「どれぐらい前から知ってたの？」しまいにまたきいた。真夜中すぎに彼をトラックのところまで送ったとき、アナの家の私道でマリーノが言ったことにまだ納得できずにいる。「特別大陪審による調査をおこなうことを、いつライターからきいたの？　その理由を彼は何と言っているの？」

「まだ彼女の検屍もすんでねえときだ」マリーノはたばこに火をつけた。「正確に言うと、ブレイがあんたの解剖台のうえにのってたとき。ライターが電話をかけてきて、あんたに彼女の検屍をさせたくねえと言うんだ。だから俺は言ってやった。『で、どうしろというんだ？　モルグへいって、メスを捨てて手をあげろとでも命令するのかと』とんまなやつめ」

そう言って煙を吐きだす。疑惑が頭のなかでおそろしい形をとりはじめた。「あいつが許可もとらずに、こっそりあんたの家へいったのもそのためだ」と、マリーノはつけ加えた。

すくなくともそれだけはすでにわかっていた。

「警察が何か見つけたかどうか知りたかったんだ」マリーノは言葉を切って、灰をおとした。「たとえばチッピングハンマーとか。とくにブレイの血がついたやつ」

「彼が私をおそったときにもっていたハンマーには、きっとついていたでしょうね」落ち着いて理性的に答えたが、不安が胸に広がっていった。

「問題はだな、彼女の血のついたハンマーが、あんたの家で見つかった」マリーノがその事実を思いださせるように言う。

「そりゃそうでしょう。彼は私を攻撃するためにそれをうちにもってきたんだから」

「確かにそれには彼女の血がついていた」マリーノは言葉をつづけた。「もうＤＮＡ鑑定はすんでる。検査室がこんなにすばやく作業をするのは、はじめてだ。理由はわかるだろう？　知事がこの捜査全般にわたって、目を光らせてる……州の検屍局長が、頭のおかしな殺人犯だと困るからな」

「それからな、先生。バーガーからきいてるかどうか知らねえけど。金物店であんたが買ったというチッピングハンマーな。見つからねえんだ」

「なんですって？」一瞬あっけにとられ、ついで怒りがこみあげた。

「あんたの家にあったのは、ブレイの血がついたやつだけ。一本のハンマー。あんたの家で見つかった。それにブレイの血がついてた」マリーノは気が進まない様子ながら、そう主張した。

「私がなぜそのハンマーを買ったか知ってるでしょう」まるで議論すべき相手がマリーノであるかのように言った。「それをふりおろしたときにつくあとが、ブレイの傷あとと一致するかどうか見たかったの。うちにそれがあったのはたしかよ。警察が捜索したときになかったとしたら、見逃したか、だれかがとったにちがいないわ」

「最後にどこへおいたかおぼえてるか？」

「キッチンでそれを使ってチキンをたたいたの。どんなあとがつくか調べようと思って。それから、コイル状の柄に何かを塗って紙に押しつけたとき、紙に残るもようを見るために」

「ああ、何かでたたいたチキンがごみ入れにあった。それからバーベキューソースのついた枕カバー。そのうえで柄をころがしたように見えるやつ」マリーノはそうした実験が変だとは思っていない。だれかにどんなことがおこったのかをさぐろうとするとき、私がよく型破りな方法をとることを知っているのだ。「でもチッピングハンマーはなかった。見つからねえんだ。バーベキューソースがついたのもつかねえのも」と、マリーノはつづける。「ひょっとして、タリーの野郎がくすねたんじゃねえか。ルーシーとティウンにたのんで、あいつらのけったいな秘密組織に、やつの身辺をさぐらせたほうがいいかもしれねえ。ラスト・プリシンクト(最終管区)がはじめて手がける重要な調査ってわけだ。俺もタリーのクレジットを調べてみる。まず、やつがどっからあんな金を手に入れてるのかつきとめるよ」

私はたびたび腕時計を見て、時間をはかっていた。ミッチ・バーボサが住んでいた分譲アパートは、フォートジェームズ・モーテルから車で十分ほどのところにある。茶色がかった灰色の羽目板をはったタウンハウスは新しく、草木はひとつも見えない。むきだしの地面には短い枯れ草がまばらにはえ、ところどころに雪が残っている。駐車場に入ると、覆面パトカーが何台かあるのに気づいた。フォード・クラウン・ヴィクトリアが三台と、シボレー・ルミナが一台、ならんでとまっている。そのうちの二台にはワシントンDCのナンバープレートがついていることを、私もマリーノも見逃さなかった。

「くそ」と、マリーノが言った。「FBIのにおいがするぞ。やれやれ」トラックをとめながら私に言う。「いやな予感がするな」

マリーノといっしょにれんがの通路を歩いて、バーボサがガールフレンドと称する女性と住んでいたタウンハウスへ向かうあいだに、奇妙なものが目に入った。二階の窓の内側に、釣り竿がある。窓ガラスにたてかけられたそれが、なぜ場違いな感じがするのかよくわからない。いまは釣りのシーズンではないというだけだ。同様にキャンプをするような季節でもない。そう思うとまた、所持品をたくさん残してキャンプ場をあとにした、なぞの、あるいは架空の人たちのことが気になりだした。ベヴ・キフィンがうそをついたことを思いだすと、自分が危険な区域にさらに深くつきすすんでいるような気がした。そこでは私の目には見えず、理解することもできない力が、すさまじい速さで動いているように思える。マリーノと私は、タウンハウスDの玄関の前で待った。応答がないのでふたたびベルを鳴らす。

スタンフィールド刑事がドアをあけ、きょときょとあたりを見まわしながら、とり乱した様子であいさつした。彼とマリーノのあいだに、緊張感が壁のようにたちはだかっているのが感じられる。

「モーテルへいけなくて悪かった」スタンフィールドは脇へどいて私たちを迎えいれながら、そっけなく言った。「事情が変わったもので。どういうことかすぐにわかりますよ」と、約束する。グレーのコーデュロイのズボンに、厚手のウールのセーターを着たスタンフィールドは、私とも目をあわせようとしない。彼が義兄のディンウィディ下院議員に情報をもらしたことを、私が快（こころよ）く思っていないことを知っているからか、それともほかに理由があるのか、よくわからない。私が殺人容疑で調査を受けているのかもしれない、とふと思った。その現実については考えまいとつとめた。いまそれを心配してもしかたない。「みんな二階にいます」と、スタンフィールドは言い、私たちは彼のあとについて階段をのぼった。

「みんなってだれだ?」と、マリーノがきいた。

私たちが絨毯を踏む低い音がひびく。スタンフィールドは動きをとめない。ふりむいたり立ちどまったりせずに、答えた。「ATFとFBIだ」

階段の左手の壁に額入りの写真が飾ってあるのに気づき、足をとめてそれらをよく見た。ミッチ・バーボサが、ほろ酔いかげんの人たちといっしょにバーで笑っているところや、運送トラックの運転台にすわって窓から身をのりだしているところが写っている。ビキニのパンツをはいて、ハワイとおぼしき熱帯の浜辺で日光浴している写真もあった。グラスをかかげて、カメラをかまえている人にむかって乾杯している。そのほかの何枚かは、きれいな女性といっしょに写っていた。いっしょに住んでいたガールフレンドだろうか? 階段の途中に踊り場があり、そこの窓に釣り竿がたてかけてあった。

手をふれずにそれを調べているうちに、妙な感覚に皮膚がざわめいた。シェイクスピアのファイバーグラス製ロッドと、シマノのリールだ。釣り糸にはフックとガン玉オモリがついている。ロッドのハンドルのそばの床に、小さな青いプラスチックの釣り道具箱がある。そのそばに、だれかがこの家に入ってきたときにおいたかのように、ローリング・ロックの空のビールびんが二本と、封をきっていないティパリロの葉巻の箱がひとつ、それに小銭がおかれている。マリーノがふりかえって、私が何をしているのか見た。階段のうえで彼に追いつき、いっしょに明るく照らされた居間へ入った。

「最後に魚釣りにいったのはいつ？」と、マリーノにきいた。

「川や湖にはあまりいってねえな」と、彼は答えた。「最近はこのあたりでは魚釣りにいってねえ」

「そうでしょう」そのとき、居間のピクチャーウインドーのそばに立っている三人のうちのひとりを知っていることに気づき、思考がとぎれた。見おぼえのある黒っぽい頭がこちらを向き、どきっとした。いきなりジェイ・タリーと向きあう形になった。彼はにこりともせず、その目は矢のように鋭い。マリーノが、小さな野生動物のうなり声のような、かすかな音を発した。ここでジェイにだけは会いたくなかったことを私に知らせる、彼なりの合図だ。スーツにネクタイというかっこうのもうひとりの男性は若く、ヒスパニックのようだ。彼がコーヒーカップをおいたとき、上着の前がはだけて、大口径のピストルが入ったショルダーホルスターが見えた。

三人目は女性だ。恋人が殺されたばかりで、打ちのめされ錯乱（さくらん）している人のようには見えない。動揺しているのはわかる。だが感情をおもてにだしてはいない。その目のなかの強い光と、ぎゅっと歯をくいしばった口元には、見おぼえがある。ルーシーやマリーノをはじめ何人もの人々の顔に、そうした表情を見たことがある。彼らは愛する人の身に悪いことがおこったとき、ただ悲しむだけではない。法の執行にたずさわる人々は、仲間に何かがおきると怒りにもえ、目には目をという心境になる。ミッチ・バーボサのガールフレンドは法執行関係者にちがいない、とすぐわかった。たぶんおとり捜査をしているのだろう。ここへきて数分のあいだに、シナリオががらりと変わった。

「こちらはバンク・プリュイト。FBIの」スタンフィールドが紹介した。「ジェイ・タリー。ATFだ」ジェイははじめて会ったかのように、私の手を握った。「こちらはジリソン・マキンタイア」彼女は冷静に、だがしっかり握手した。「ミズ・マキンタイアはATFの捜査官だ」

私たちは椅子を見つけ、互いに顔を見て話しあえるようにそれをならべた。空気ははりつめ、怒りに満ちている。その雰囲気はよく知っている。警官が殺されたとき、何度もそれを経験している。おぜんだてを整えると、スタンフィールドはむっつり黙りこんだ。かわってバンク・プリュイトがFBIの捜査官らしく、その場をとりしきりはじめた。「ドクター・スカーペッタ、マリーノ警部」と、口火を切る。「まず、言うまでもないことを申しあげます。これは極秘にすべき事件です。正直いって、この状況については一切言いたくないのですが、事情を知らないと捜査がすすめられないので」そこで歯をくいしばる。「ミッチ・バーボサはＦＢＩの覆面捜査官です……でした。この地域での大がかりなおとり捜査にたずさわっていました。むろんこうなった以上、それはとりやめざるをえません。すくなくともその一部は」

「麻薬と銃の密売だ」ジェイがマリーノから私へと視線を移しながら言った。

24

「インターポールもかかわっているの？」なぜジェイ・タリーがここにいるのかわからない。わずか十日前にはフランスで仕事をしていたのに。

「その点についてはよくご存知のはずだ」ジェイの声にはかすかな皮肉がまじっているように思えたが、気のせいかもしれない。「身元不明の遺体のことをインターポールに問いあわせたでしょう。この先のモーテルで死んだ男性のことを？　彼が何者か見当がついた。そんなわけで、インターポールもかかわっている。参加したわけだ。全面的にね」

「インターポールから返事をもらったおぼえはねえけどよ」マリーノはジェイに愛想よくしようという努力もしない。「じゃモーテルで見つかった男は、いろんな国をわたり歩いてる逃亡者か何かなのか？」

「そうだ」と、ジェイは答えた。「ロッソ・マトス。二十八歳。生まれは南米のコロンビア。ロサンゼルスで最後に目撃されている。あだ名はキャット。音もなく出没して、殺人をおかすから。それが彼の職業だ。人を殺すのが。つまり殺し屋だ。マトスは高級な服と車、それに若い男を好むことで知られている。知られていた、と言ったほうがいいかな、いまとなっては」ジェイは言葉を切った。みな彼を見るだけで、返事はしない。「わからないのは、彼がバージニアで何をしていたのかという点だ」と、ジェイは言いそえた。

「ここでどんな捜査をやってたんだ？」マリーノがジリソン・マキンタイアにきいた。

「四ヵ月前、ここから数キロ先のルート五を走っている車を、ジェームズ・シティ郡の警官がスピード違反でとめたのが、はじまりなの」スタンフィールドのほうにちらっと目をやる。「車のナンバーから、運転していた男が重罪犯だとわかった。しかもバックシートの毛布のしたから、長い銃床がつきでていることに警官が気づいたの。銃はMAK九〇で、シリアルナンバーが削りとってあることがわかった。ロックヴィルにあるATFの研究所でそれを復元したところ、その銃は中国から船で送られたものだとわかった。リッチモンドへ定期輸送される貨物にまじって。ご存知のとおり、MAK九〇はAK四七アサルトライフルの模造品として人気のあるもので、ちまたでは一丁千ドルから二千ドルで取り引きされている。ギャングのお気に入りの銃よ。中国でつくられて、定期的にリッチモンドとノーフォークにある小さな港に送られてくる。合法的に、内容を表示した木枠に入れられて。それ以外に、ヘロインといっしょにアジアから密輸されるMAKもあるわ。電子機器や東洋段通といった、さまざまな表示のついた木枠で」

たまに内心の緊張を示すようにうわずるが、てきぱきした声で、マキンタイアは事情を説明した。それによると、リッチモンドとノーフォークの港だけでなく、ジェームズ・シティ郡にある運送会社も密輸組織にかかわっているという。おとり捜査の一環としてバーボサは運転手としてその会社で働き、彼女はそのガールフレンドになりすました。やがてバーボサの口利き（くちき）で、彼女も事務員としてその会社につとめるようになった。組織はそこで船荷証券や送り状を偽造することによって、密輸を正規の取引のように偽装し、莫大な利益をあげていた。彼らはバージニアからニューヨークや北西部の他の都市への、たばこの輸送にもかかわっている。密輸された武器の一部は、この地域のいかがわしい銃器販売業者を通じて売られるが、大半は銃器ショーで秘密に取り引きされる。バージニアで銃器ショーが盛んなことは、だれでも知っているから、とマキンタイアは言った。

「その運送会社の名前は？」と、マリーノがきいた。

「オヴァーランド」

マリーノの目がさっとこちらへ向けられた。彼はうすくなった髪を指ですいた。「たまげたな」と、みんなに言う。「ベヴ・キフィンのだんなはそこにつとめてるんだ。こりゃ、おどろきだ」

「フォートジェームズ・モーテルのオーナー兼経営者の女性です」と、スタンフィールドが説明した。

「オヴァーランドは大きな会社で、社員がみんな非合法活動にかかわっているわけではない」プリュイトが急いで事実を述べた。「だからよけい捜査がやりにくいんだ。会社自体と大半の社員はまともだ。丸一日かけてオヴァーランドのトラックをつぎつぎに調べても、あやしいものがひとつも見つからない可能性もある。それでいて、べつの日に出荷された船一隻分の紙製品やテレビなんかの箱に、アサルトライフルや麻薬が隠されている」

「だれかがミッチをちくったんだろうか？」マリーノがプリュイトにきいた。「それで一味が彼を殺すことにしたのかな？」

「もしそうなら、なぜマトスも殺されたんだ？」そう発言したのはジェイだった。「死んだのはマトスのほうが先だろう？」と、私を見る。「非常にあやしげな状況で死んでいるのが発見された。この先のモーテルで。その翌日、ミッチの遺体がリッチモンドで見つかった。そもそもマトスは大男の殺し屋だ。彼が何のためにここへきたのかわからない。たとえだれかがミッチをちくったのだとしても、彼を始末するためにマトスのような殺し屋を送りこむことはありえない。マトスのようなやつは、大規模な犯罪組織の大きな獲物をやるのに使われる。完全武装したボディガードにつねにとりまかれているような連中だ」

「マトスはだれのために働いてたんだ？」と、マリーノがきいた。「それはわかっているのか？」

「金をはらってくれるやつならだれでもよかったようだ」と、プリュイトが答えた。

「彼は世界各国に出没していた」と、ジェイが言いたした。「南米、ヨーロッパ、アメリカ。ひとつのネットワークとか組織には属さず、一匹狼として行動していた。始末したいやつがいたら、マトスを雇うわけだ」

「じゃ、だれかが彼を雇ってここへこさせたのね」と、私は結論づけた。

「そう考えざるをえない」と、ジェイが答える。「ジェームズタウンを見学したり、ウィリアムズバーグのクリスマスデコレーションを見るために、ここにいたわけではないと思うね」

「やつがミッチ・バーボサを殺したわけじゃねえこともわかってる」と、マリーノが言った。「ミッチがジョギングにでかけるころには、マトスは死んで先生の解剖台のうえにのってたんだから」

みんながうなずく。スタンフィールドは爪をいじっている。ぼうっとしているようで、とても居心地が悪そうだ。額(ひたい)の汗をぬぐっては、その手をズボンでふく。ことのしだいを順を追って話すようにと、マリーノがジリソン・マキンタイアにたのんだ。

「ミッチは昼間、昼食の前にジョギングするのが習慣だったの」と、彼女ははじめた。「昼近くにでかけたまま、帰ってこなかった。昨日のことよ。二時ごろ車でさがしにいったけど、見つからなかったので、警察に連絡したの。もちろん局のほう、ATFとFBIにもね。地方局から捜査官たちがきてさがしはじめたけど、やはり見つからなかった。彼がロースクールのあたりで目撃されていることはわかったんだけど」

「マーシャル・ウィス？」メモをとりながらきいた。

「そう。ウイリアム・アンド・メアリーの。ミッチはいつも同じ道を走ったの。ここからルート五をとおってフランシス・ストリートへいって、そこからサウスヘンリーをまわってもどってくる。たいてい一時間ぐらいだったわ」

「彼がどんな服装をして、何をもっていたかおぼえている？」と、たずねた。

「赤いスエットスーツとベスト。スエットスーツのうえにダウンのベストを着ていたわ。ええと、ノース・フェイス製で色はグレー。それから腰にバットパックをつけてたわ。どこへいくにも必ずそれをもっていった」

「そのなかに銃を入れてたんだな？」と、マリーノがきく。

彼女はうなずき、冷静な顔のままごくんと唾を飲みこんだ。「銃とお金と携帯電話。それに家の鍵」

「遺体が見つかったときは、ダウンベストを着ていなかった」と、マリーノが知らせる。

「バットパックもなかった。その鍵はどんなやつだ？」

「鍵は二本あったの」と、彼女は訂正した。「ここの、タウンハウスの鍵と、車の鍵をスチールのリングにつけてたわ」

「タウンハウスのはどんな鍵？」と、私はきいた。ジェイがこちらを見つめているのを感じる。

「真鍮（しんちゅう）の鍵。ごくふつうの」

「遺体がはいていたランニングショーツのポケットに、ステンレス製の鍵が入っていたの。

油性のマジックで二三三と書いてあった」

マキンタイア捜査官は眉をひそめた。その鍵のことは知らないようだ。「変ね。何の鍵かわからないわ」

「つまり、彼はどこかへつれていかれたと考えるしかない」と、マリーノが言った。「縛られてさるぐつわをはめられ、拷問されて、またリッチモンドへ運ばれて、われらが町のうるわしい公営住宅、モスビー・コートの通りに捨てられたんだ」

「そこは麻薬の取引がさかんな地域なのか？」と、プリュイトがきく。

「そうとも。公営住宅は経済発展につとめてるからな。銃と麻薬。盛大に取り引きされてるよ」これはいわばマリーノの専門分野だ。「モスビー・コートみたいな場所のもうひとつのうれしい点はな、だれも何も見ねえってことだ。死体を捨てたけりゃ、そこに人が五十人いようとかまやしねえ。みんな一時的に目が見えなくなるか、記憶喪失になっちまう」

「じゃ犯人はリッチモンドにくわしいやつだな」スタンフィールドがようやく意見を述べた。

マキンタイアは目を見開き、おびえたような表情をうかべている。「拷問されたことは知らなかったわ」と、私に言った。捜査官としての決然とした態度が、切り倒される直前の木のようにゆらいでいる。

バーボサがやけどを負っていたことを伝え、マトスのやけどのこともくわしく話した。縛られたあとやさるぐつわのことも説明し、そのあとマリーノがモーテルの天井にあった輪つきボルトのことを話した。部屋にいる全員が、状況を察した。このふたりの男性がどんな目にあったかを、みな想像することができた。ふたりの殺害には同じ人物がかかわっているとしか思えないが、それが何者か、動機が何かはまるでわからない。バーボサがどこへつれていかれたのかは不明だが、見当はついた。

「バンダーといっしょにまたあそこへいったとき、ほかの部屋も調べたほうがいいかもしれない」と、マリーノに言った。「天井にボルトがついた部屋がないか」

「わかった。どっちみちまたいくんだから」そう言って腕時計を見る。

「今日？」ジェイが彼にきいた。

「そうだ」

「ミッチが最初の被害者と同じように、薬物を与えられていたという形跡は？」プリュイトが私にきいた。

「注射のあとはなかったけど。でも毒物検査の結果がでないとはっきりわからないわ」

「なんてことなの」マキンタイアがつぶやいた。

「ふたりとも失禁していたんだね？」と、スタンフィールドが言う。「人が死ぬときにそうなるんですよね？　膀胱（ぼうこう）が機能しなくなって、尿がもれる。つまり、ごく自然な現象でしょう？」

「失禁するのがまれだとは言えないわ。でも最初の被害者のマトスは、服を脱いでいた。裸だったのよ。ズボンを濡らしたあとに服を脱いだように見えるけど」

「やけどを負う前だね」と、スタンフィールドが言う。

「そうでしょうね。服のうえからやけどを負ったのではないから。ふたりとも膀胱が機能しなくなったのは、おそらく恐怖とパニックのせいだと思う。ひどくおびえると失禁する場合があるから」

「なんてことかしら」マキンタイアがまた低い声で言う。

「どっかのろくでなしが天井にボルトをねじこんで、ヒートガンのプラグをさしこんでるのを見たら、だれだってふるえあがるよ」マリーノが生々しくその状況を説明する。「どんな目にあわされるか、わかるからな」

「なんてことよ！」マキンタイアがたまりかねたように言った。「いったいどういうことなの？」その目が燃えている。

沈黙。

「なぜミッチがそんなことをされたの？　しかもあんなに気をつけてたのに。不用意にだれかの車に乗ったり、道で知らない人に話しかけられて近づいたりするはずないわ」

スタンフィールドが言った。「ベトナムのことを思いだすな。やつらが捕虜にやったことを。口をわらせるために拷問したんだ」

話をさせるために拷問する場合ももちろんある、とスタンフィールドの発言に応えて言った。「でも、力を実感するためでもあるわ。拷問することに快感を感じる人もいるの」

「この場合はそれが理由だと思います？」と、プリュイトがきく。

「わからないわ」それからマキンタイアにたずねた。「通路を歩いているとき、釣り竿が見えたんだけど」

彼女は一瞬とまどったような顔をしたが、すぐに私の言っていることがわかったらしい。

「ああ、あれね。ミッチは釣りが好きだったの」

「この近くで？」

「カレッジランディング・パークのそばの川で」

マリーノを見た。その川は、フォートジェームズ・モーテルのキャンプ場がある森のはしを流れている。

「ミッチは、その川のそばにあるモーテルのことを話したことはないか？」と、マリーノがきいた。

「その川でよく釣りをしていたことしか知らないわ」

「ミッチはそのモーテルの経営者の女性を知ってたかな？　ベヴ・キフィンというんだが。彼女のだんなのことは？　オヴァーランドにつとめてるから、あんたも知ってるんじゃないか？」マリーノがマキンタイアに言う。

「ミッチがそこの子供たちとよく話をしてたのは知ってるけど。彼女には息子がふたりいて、ミッチがそこにいるときにふたりで釣りをしにくることがあったらしい。父親がいつもいないようだからかわいそうだと、ミッチは言ってたわ。でも運送会社にキフィンという人はいないような気がする。経理をやってるから、いればわかるはずだけど」

「それを調べてもらえる？」と、ジェイが言った。

「もしかすると、ラストネームが彼女とちがうのかもしれない」

「そうだな」

マキンタイアはうなずいた。

「ミッチが最後にそこへ釣りにいったのがいつか、おぼえてるか？」マリーノが彼女にきいた。

「大雪がふる直前。それまでいい天気がつづいていたの」

「踊り場に小銭とビールびんと葉巻があったけど」と、私は言った。「釣り竿のそばに」

「雪がふったあと釣りにいってないのはたしかか？」マリーノには私の考えていることがわかったようだ。

マキンタイアの目にうかんだ色を見ると、たしかではないのがわかる。覆面捜査官のボーイフレンドのことを、彼女は実際のところどれぐらい知っているのだろう？

「そのモーテルで何か違法行為がおこなわれているような形跡はなかったか？　あんたとミ

ッチが知ってるかぎりで？」

マキンタイアは首をふった。「ミッチは、そういうことは一度も言わなかったわ。そんな話はしなかった。あのモーテルとのかかわりは、釣りにいくことと、たまに会ったときにふたりの男の子の相手をしてあげることだけだった」

「ミッチが釣りをしてるときに、たまたまふたりがそこへきたらってことか？」マリーノはさらに追及した。「ふたりに会うために、ミッチが家のほうまでいった可能性はないか？」

彼女はためらった。

「ミッチはやさしかったか？」

「それはもう。ほんとにやさしい人だったわ。もしかすると家までいったことがあるかもしれない。わからないわ。子供が大好きだから……だったから」また目をうるませたが、同時に怒りをたぎらせている。

「彼は近所のやつらに自分のことを何て言ってた？　トラックの運転手をしてるって言ってたのか？　あんたのことは？　キャリアウーマンてことになってたのか？　あんたたちは実際は恋人同士じゃなかった。それも偽装の一部だったんだろう？」マリーノには何か考えがあるようだ。両腕をひざについて身をのりだし、食い入るようにジリソン・マキンタイアを見つめている。こういう状態になると矢継ぎ早に質問をあびせるので、相手は答えるひまがなくなる。すると頭が混乱して、あとでしまったと思うようなことを口走る。マキンタイアもそれをやってしまった。

「ねえ、わたしは容疑者じゃないのよ」彼女は鋭く言った。「それにミッチとわたしのことについてどう思ってるのか知らないけど、完全に仕事上の関係だったのよ。でも同じ家に住んで恋人同士のようにふるまって、みんなにもそう思われるように行動していたら、親しみがわくのは当然でしょう」

「でも実際は深い関係ではなかった」と、マリーノが言う。「すくなくとも、ミッチはあんたとはそういう関係ではなかった。あんたたちはいっしょに仕事をしてただけだ。そうだろう？　てことはもし彼が、かわいい男の子がふたりいるさびしい女性にやさしくしてやろうと思ったら、それができたわけだ」マリーノは椅子の背にもたれた。部屋のなかが静まりかえり、かえって耳鳴りがするような錯覚をおぼえた。「ミッチはそんなことをすべきじゃなかった。やつの立場を考えると、おそろしく危険でおろかなことだった。ミッチは女と見りゃやりたがる手の男だったのか？」

マキンタイアは答えない。目に涙があふれた。

「ひょっとするとだな」マリーノはみんなの顔を見まわした。「ミッチはここでのおとり捜査とは、まるで関係ねえことの巻き添えをくったのかもしれねえ。たまたま運悪くそこにいあわせたことで。予想もしてねえ獲物がかかっちまったんだ」

「水曜日の午後三時ごろ、マトスがモーテルにチェックインして火が燃えはじめたころ、ミッチがどこにいたかわかるか？」スタンフィールドがつじつまをあわせようとする。「ここにいたのか、それとも外出していたのか？」

「家にはいなかったわ」マキンタイアはティッシュで涙をふきながら、かろうじて答えた。「どこかへいっていた。どこかは知らないわ」

マリーノが憮然とした顔でふうっと息を吐いた。言わなくてもわかる。覆面捜査官のパートナー同士は、つねに相手の行動を把握していなければならない。もしマキンタイア捜査官が、バーボサ捜査官の居所をいつもつかんでいたわけではないのなら、彼が当面の捜査とは関係ないことをやっていた可能性もある。

「こんなことは考えたくもねえだろうけどな、ジリソン」マリーノがさっきよりおだやかにつづけた。「ミッチは拷問されて殺されたんだぞ。彼は死ぬほどおびえてたんだ。文字どおり。あまりにおそろしいことをされたもんで、心臓発作をおこしたんだ。ズボンも濡らしてる。どこかへつれていかれて、天井からつるされて、さるぐつわをはめられた。ポケットにはあやしげな鍵が入れられていた。なぜだ？　何のために？　俺たちの耳に入れといたほうがいいようなことを、彼は何かやってたのか、ジリソン？　キャンプ場のそばの川で、バスのほかにも何か釣りあげようとしてたのか？」

マキンタイアのほおを涙がつたっている。彼女はティッシュでそれを乱暴にぬぐい、大きな音をたてて鼻をすすった。「ミッチは酒と女が好きだったわ」やっとのことで言う。「それでいい？」

「夜出かけて、バーからバーへはしごするようなことをしたのか？」プリュイトがきいた。

彼女はうなずいた。「それも偽装の一部だったの。見たでしょう……」私に目をやる。「彼を見たわね。髪を染めたり、ピアスをしたりしてたでしょう。ミッチはなんというか、奔放（ほんぽう）な遊び人になりすましていたの。女好きな。わたしが……ガールフレンドということになってるわたしがいても、女性と遊ぶのをやめなかった。世間の目をごまかすためよ。でもそれが彼の地でもあった。そう。たしかにそのことは心配だった。でもミッチはそういう人だったのよ。捜査官としては優秀だった。悪いことは何もしていないと思うわ、もしその点をききたいのなら。でもわたしに何もかも話してくれたわけではない。もしキャンプ場で何か違法行為がおこなわれていることをかぎつけたら、自分でさぐりはじめるかもしれない。その可能性がないとは言えないわ」

「あんたに知らせずにだな」マリーノが確かめる。

彼女はまたうなずいた。「わたしも自分の仕事をしていたから。ずっとここにいて、彼を待っていたわけじゃない。オヴァーランドの事務所で働いていたから。パートタイムだけどね。だからお互いに相手のやっていることを、四六時中知っていたわけではないわ」

「これだけは言えるな」と、マリーノがきっぱり言った。「ミッチは何かに出くわしたんだ。ひょっとして、マトスがモーテルにやってきたころに、そこにいたんじゃねえかな。マトスが何をやろうとしてたにせよ、ミッチは運悪くそこにいるのを見られてしまった。それだけのことかもしれねえ。何かを見た、何かを知ってるとだれかに思われた。それであっというまに拉致(らち)されて、始末された」

　だれも反論しない。いまのところ、マリーノの説以外に説明のしようがないのだ。

「そこで、そもそもマトスはここで何をやっていたのかという疑問にもどるわけだ」と、プリュイトが言った。

　スタンフィールドを見た。彼は話しあいからはずれてしまっている。顔が青ざめ、そわそわして不安そうだ。私と目があうと、あわてて視線をそらせた。くちびるをなめ、何度か咳をする。

「スタンフィールド刑事」みんなの前で言わずにはいられなかった。「たのむから、ここでの話を義理のお兄さんに言わないでね」スタンフィールドの目に怒りがちらついた。彼に恥をかかせてしまったが、かまわない。「おねがいよ」と、言いそえた。

「本当のことを言おうか？」スタンフィールドは腹立たしげに言い返した。「僕はこの事件にはかかわりたくない」ゆっくり立ちあがり、まばたきしながらみんなの顔を見まわした。目がどんよりしている。「何がどうなってるのかわからないけど、とにかく僕はもうやめたいんだ。いっさいごめんだ。きみたちFBIとATFがもう首までこれにつかってるようだから、あとはおまかせするよ。僕は手をひく」彼はうなずいた。「そう。もうたくさんだ」

なんと、スタンフィールド刑事はそう言い終わるとばったり倒れた。その衝撃で部屋がゆれたほどだ。私はぱっと立ちあがった。ありがたいことに、彼は息をしている。脈は乱れているが、心停止をおこしたり生命の危険にさらされてはいない。たんに気絶しただけだ。けがをしていないか、頭を調べた。幸い大丈夫なようだ。やがて意識をとりもどした。マリーノとふたりで助けおこし、カウチまでつれていった。カウチに寝かせ、首のしたにクッションをいくつかあてがった。彼はなによりも、恥ずかしくてたまらないようだ。

「スタンフィールド刑事、あなた糖尿病なの？」と、きいた。「心臓が悪いの？」

「コーラか何か飲ませてもらえば、おさまると思う」彼は弱々しく言った。

私は立ってキッチンへいった。「何かあったかしら」まるでここに住んでいるかのように言った。冷蔵庫のなかからオレンジジュースをとりだした。戸棚にピーナツバターがあったので、スプーンに山盛りすくった。ペーパータオルをさがしているとき、オーブントースターのそばに処方薬のびんがあるのに気づいた。ラベルにミッチ・バーボサの名前が書かれている。彼は抗うつ剤のプローザックを飲んでいたようだ。居間へもどってマキンタイアにそのことをきくと、ミッチは不安にかられたり気分が落ちこんだりするため、数ヵ月前からプローザックを飲んでいたという。おとり捜査のせいだと彼は言っていたが、要するにストレスのせいね、と彼女はつけ加えた。

「へえ」と、マリーノは言っただけだ。

「ここからまたモーテルへもどるんだって？」ジェイがマリーノにきいた。

「ああ。バンダーがいくことになってるんだ。指紋がとれるかどうか調べに」

「指紋？」スタンフィールドが横になったまま、小声で言う。

「ったくもう、スタンフィールド」マリーノがうんざりしたように言った。「刑事の学校で何をならったんだ？　くそったれの義理の兄さんのおかげで飛び級でもしたのか？」

「そう、正直なところ、あの義兄はほんとにくそったれたやつなんだ」彼がいかにもまいったという様子で率直に言ったので、みな思わず笑った。スタンフィールドはすこし元気になり、身をおこしてクッションにもたれた。「あなたの言うとおりだ」彼は私と目をあわせた。「あいつにこの事件のことを話すべきではなかった。これからはもう言わない。絶対に。すべてあの件についての政治的かけひきに使われるんだから。ジェームズタウンのことを言いだしたのは僕ではないからね、念のため」

プリュイトが眉をよせた。「ジェームズタウンのことって？」

「あそこで発掘をやってて、州は盛大な記念行事を計画している。ところが実をいうと、デインウィディにインディアンの血がまじってるというのは、まっ赤なうそだ。彼がポウハタン族長の末裔だなんて、でたらめもいいとこなんだ」スタンフィールドの目には怒りが燃えている。おそらくめったにないことだろう。彼は義兄を憎んでいるにちがいない。

「ミッチにはインディアンの血がまじっていたのよ」マキンタイアが重々しく言った。「アメリカ・インディアンとの混血だったの」

「やれやれ、新聞がそれをかぎつけないことを祈るよ」マリーノが小声でスタンフィールドに言った。スタンフィールドが口をとじていられるとは、まるで思っていないのだ。「ゲイのやつに、今度はインディアンか。こりゃいいや」マリーノは首をふった。「これを政治に利用されちゃならねえ。絶対もらすなよ。いいな」スタンフィールドをまっすぐ見つめ、ジェイに視線を移した。「というのはな。これが真相だと俺たちが考えてることを言うわけにいかねえだろう？　大がかりなおとり捜査のことや、ミッチがＦＢＩの覆面捜査官だったこと。それに、ひょっとするとシャンドンが妙なぐあいにこの事件にかかわってるかもしれねえことなんかを。だからみんながヘイトクライムだなんだといって騒ぎだしても、それを鎮(しず)められねえ。本当のことが言えねえんだから」

「それはどうかな」と、ジェイが言った。「この事件がどういう性質のものか、結論をだすのはまだ早いと思う。たとえば、マトスとバーボサが銃の密輸にかかわっていなかったとは、断言できないだろう。ただ、ふたつの殺人につながりがあるのはたしかだと思うけど」

だれも反論しない。犯行の手口から考えて、このふたつにつながりがあることはあきらかだ。単独か複数かはわからないが、おそらく同じ人間による犯行だろう。

「これがヘイトクライムである可能性も、まだ完全には否定できないと思う」と、ジェイはつづけた。「ゲイの男性にアメリカ・インディアン」肩をすくめる。「拷問するのは、強い憎しみがあるからだろう。被害者は性器に傷を負っていた？」彼はこちらを見た。

「いいえ」その視線を受けとめた。私たちが親密な関係だったことがあると思うと、ふしぎな気がした。彼のふっくらしたくちびるとしなやかな手を見て、その感触を思いだすと、妙な気分になった。いっしょにパリの街を歩いたとき、みんながふりかえって彼を見た。

「ふーむ」と、ジェイは言った。「それは興味深いし、もしかすると重要なことかもしれない。もちろん僕は法精神科医ではないが、ヘイトクライムでは加害者が被害者の性器を傷つけることは、めったにないように思う」

マリーノは信じられないという顔で彼を見た。ばかじゃねえのか、と言いたげに口をあけている。

「がんこなホモ嫌いの連中は、相手の性器にだけは近づきたくないと思うんじゃないだろうか」と、ジェイは言いたした。

「その愚にもつかねえ話をほんとにつづけてえのなら」マリーノがとげとげした口調で彼に言った。「シャンドンのことも考えるといい。あいつも被害者の性器には近づこうとしなかったぜ。下着もとらなかった。顔と胸をさんざんなぐったり嚙んだりしただけだ。下半身のほうにやったことといえば、靴とソックスを脱がせて足を嚙むぐらいだ。なぜか？　やつは女性の性器がこわいんだ。自分の性器が、体のほかの部分と同じように異常だから」マリーノはみんなの顔を見わたす。「あの野郎がつかまって、ありがてえことに体のほかのところがどうなってるのかがわかった。何がわかったかというと、なんとやつにはペニスがねえんだ。というか、やつのもってるものはとうていペニスなんぞと呼べる代物じゃねえ」

スタンフィールドはいまやカウチのうえにおきあがり、驚きに目を丸くしている。

「いっしょにモーテルへいくよ」ジェイがマリーノに言った。

マリーノは立ちあがって窓から外を見た。「バンダーのやつ、どこにいるんだろう」

マリーノはバンダーの携帯電話にかけた。数分後、私たちはバンダーと合流するために駐車場へでた。ジェイは私とならんで歩いた。彼が私と話をしたがっているのが感じられた。なんとか仲直りしたいのだ。この点で彼はきわめて女性っぽいと言える。話をしてことの決着をつけたい、はっきり別れるか、関係を再燃させておいて、その気がないようにふるまってじらそうというのだろう。だが私はとりあうつもりはない。

「ケイ、ちょっと話したいんだが」ジェイが駐車場で言った。

私は足をとめ、コートのボタンをはめながら彼を見た。マリーノはトラックの後部からごみ袋や乳母車をとりだしてバンダーの車にのせながら、こちらをちらちら見ている。

「この状態はお互いに気まずいよね。なんとか改善できないかな。いっしょに仕事をしなきゃいけないわけだから」と、ジェイが言った。

「ジェイミー・バーガーに私たちのことをこと細かに話す前に、それに気がつけばよかったわね、ジェイ」

「きみのことを悪く言ったわけじゃない」真剣な目つきで言う。

「そう」

「バーガーがいろいろきくのは当然だ。それが仕事なんだから」

彼の言うことを信じなかった。私がジェイ・タリーとうまくいかないのは、基本的にそのためだろう。彼を信用できないのだ。一度でも信用したことが悔やまれた。

「おかしいわね」と、私は言った。「だって、みんなが私のことをききはじめたのは、ダイアン・ブレイが殺される前からだそうよ。ちょうど私がフランスであなたといっしょにいたころから、私についての調査がはじまったらしいわ」

ジェイの顔が険しくなった。抑える前に、一瞬怒りが顔をのぞかせた。「やけに疑り深いんだね、ケイ」

「そうなの」と、私は答えた。「そのとおりなのよ、ジェイ」

25

マリーノが乗っているダッジのラム・クワッド・キャブを運転するのは、はじめてだった。状況がこれほど切迫していなければ、自分がこんなピックアップトラックを運転していることを、こっけいに思うところだ。私は体が大きいほうではない。身長は百六十センチをすこし超えるぐらいで、ほっそりしている。型破りなところや過激なところは、どこにもない。ジーンズははくが、今日ははいていない。いつもおおむね局長や弁護士にふさわしい服装をしていると思う。犯罪現場で作業をするとき以外は、テーラードスーツか、フランネルのスラックスにブレザーというかっこうが多い。ブロンドの髪はショートカットにしてきちんと整えており、化粧はうすく、認印つき指輪と腕時計以外には宝石類と縁がない。入れ墨はひとつもない。要するに、飾り用テープで模様をつけ、クロムメッキをかけたダークブルーのばかでかいトラックを、轟音とともに走らせるような人間には見えない。そのトラックたるや、泥よけフラップにスキャナー、CB無線と送受信用無線機のためのおそいかかりそうな大きなアンテナのついた、見るからにマッチョな代物（しろもの）なのだ。

六十四ウエストをとおったほうが早いので、そのルートでリッチモンドへ帰ることにした。私は注意深く運転した。これだけの大きさの車を片手で扱うのはたいへんだからだ。クリスマスイブをこんなふうにすごしたことはない。そう考えるとますます落ちこんだ。いつもならいまごろは冷蔵庫とフリーザーを食料でいっぱいにして、いろいろなソースやスープをつくり、家の飾りつけも終わっているところだ。マリーノのトラックでインターステートハイウェーを走りながら、居場所のない異邦人になったような気がしていた。そういえば、今夜どこで寝ることになるのかもわからない。たぶんアナの家だろうが、ふたりのあいだに流れるにちがいないぎごちない空気のことを考えると、ぞっとする。今朝も彼女と顔をあわせていない。よりどころのない寂しさが私をとらえ、その重みに押しつぶされそうな気がした。ポケットベルでルーシーを呼びだした。「明日、家にもどるわ」と、電話で告げた。

「ティウンとあたしといっしょにホテルに泊まったほうがいいんじゃない」と、ルーシーは言った。

「あなたとティウンがうちへきてくれない？」私は自分の望んでいることを口にするのが苦手だ。しかしいまはふたりが必要だ。ぜひとも。さまざまな理由のために。

「いつそっちへいけばいい？」

「朝、いっしょにクリスマスをお祝いしましょう」

「朝早くね」ルーシーはクリスマスの日に六時すぎまでベッドにいたためしがない。

「早くおきるから、いっしょに家にいきましょう」

十二月二十四日。日は思いきり短くなっている。光がもどってきて私の重苦しい不安な気持ちを消し去るまでには、まだ間がある。リッチモンドのダウンタウンに着いたときには、もう暗くなっていた。六時五分にアナの家へいくと、バーガーがメルセデスのSUVに乗って待っていた。ヘッドライトが闇を照らしている。アナの車は見えない。彼女は出かけているようだ。なぜそのことにこれほど動揺するのかわからない。もしかしたらアナはなぜかバーガーがここで私と会うことを知っていて、わざわざ家をあけたのかもしれないと思ったからだろうか。その可能性があるということは、アナがいろいろな人と話をしていることを意味する。となると、彼女の家で私がきわめて無防備な状態のときに打ち明けたことを、いつの日かアナはみんなに話さざるをえなくなるかもしれない。トラックのドアをあけると、バーガーは車からおりてきた。私の乗り物にびっくりしたとしても、顔にはださない。

「出かける前に何か家からとってくるものはある？」と、バーガーはきいた。

「ちょっと待っててね。あなたがきたとき、ドクター・ゼナーは家にいらした？」

彼女はわずかに身をこわばらせた。「わたしも数分前にここにきたばかりだから」

はぐらかそうとしている。そう思いながら正面の階段をのぼった。ドアの鍵をあけ、警報装置をオフにする。玄関は暗かった。大きなシャンデリアとクリスマスツリーのライトは消えている。アナに手紙を書き、彼女の友情と好意に感謝していることを伝えた。明日自宅へ戻らなければならないが、その理由はわかってもらえると思う。いちばんわかってほしいのは、私が彼女に腹を立ててはいないことだ。彼女も私同様、状況の被害者なのだ。そういった趣旨のことを書いた。状況という言葉を使ったのは、アナの頭に銃をつきつけて私についての秘密を明かすように強制しているのがだれか、もはやわからなくなってきたからだ。つぎはロッキー・カジアーノかもしれない。ただし私が起訴されなければの話だ。もし起訴されたら、私はシャンドンの裁判にはいっさい関与しないことになるだろう。アナの完璧に整えられたビーダーマイヤー様式のベッドに手紙をおいた。それからバーガーの車に乗って、ジェームズ・シティ郡での一日について話しはじめた。人がいなくなったキャンプ場でうすい長い毛を見つけたことも話した。バーガーは、まるで生まれたときからリッチモンドに住んでいるかのように自信をもって運転しながら、一心に耳をかたむけている。

「その毛がシャンドンのものであることを証明できる？」と、彼女はしまいにきいた。「例によって毛根がついていなくても。毛根がついていなかったんでしょう、現場で見つかった毛には？　あなたの現場。ルオングとブレイが殺害された現場では」

「そう、ついていなかった」あなたの現場という言いかたにいらだちをおぼえながら答えた。あれはべつに私の現場ではないわ、と心のなかで抗議する。「抜け落ちた毛だから、毛根はないの。でも毛幹からミトコンドリアDNAをとることはできる。だからキャンプ場で見つかった毛が彼のものかどうか、確実にわかるわ」

「説明してくださる？　ミトコンドリアDNAのことはよく知らないの。毛についてもそれほど詳しくないわ。とくに彼のような毛については」

ＤＮＡはなかなかむずかしい話題だ。人間の生命を分子レベルで説明しようとしても、たいていの人はすべてを理解することはできないし、それを知ることを望んでもいない。刑事や検察官はＤＮＡを捜査に使うのが大好きだが、それについて科学的に話すことは嫌う。ＤＮＡのことがわかっている人はほとんどいない。たいていの人はＤＮＡのスペルも知らないというジョークがあるほどだ。

核ＤＮＡは、血液、組織、精液、毛根など、核のある細胞に見られるものだ。核ＤＮＡは両親から均等に受けつがれる。したがって、だれかの核ＤＮＡが手に入れば、ある意味で彼のすべてを手に入れたと言える。だからそのＤＮＡのプロファイルを、べつの犯行現場で彼が残した生物学的サンプルのＤＮＡと、比較することができる。

「キャンプ場にあった毛と、殺害現場に残されていた毛を、そのまま比べることはできるの？」と、バーガーがきいた。

「それは無理ね。この場合は、顕微鏡で両方の特徴を調べてもあまり意味がない。彼の毛には色素がないから。せいぜい形態が似ているとか、一致していると言えるだけ」

「それだけじゃ陪審員を納得させることはできないわね」バーガーは考えていることを声にだした。

「そうね」

「でも顕微鏡による比較検査をしなければ、弁護側はそこをついてくるでしょうね」バーガーは考えながら言う。「なぜやらなかったのか、と言うにきまってる」

「もしやったほうがよければ、顕微鏡による毛の比較はできるけど」

「スーザン・プレスの遺体についていた毛と、あなたのほうの現場にあった毛を比較するのね」

「もしやったほうがよければね」と、また言った。

「毛幹のことを説明して。そのDNAはどういうものなの？」

ミトコンドリアDNAは核ではなく細胞壁のなかにある、つまり毛と爪、歯、骨などの人類学的DNAであることを、バーガーに話した。ミトコンドリアDNAはいわば体の骨格をつくるモルタルと石のような分子だ。捜査への利用という点で限界があるのは、ミトコンドリアDNAは母親からしか受けつがれないからだ。卵にたとえてそれを説明した。ミトコンドリアDNAを卵白、核DNAを卵黄と考えるとよい。このふたつを比べることはできない。だが血液のDNAがあれば全卵があるのと同じだから、卵白と卵白を比べるようにミトコンドリアとミトコンドリアを比べることができる。シャンドンはつかまっているため、彼の血液はある。入院中に血液のサンプルを採取されている。彼のDNAのプロファイルはわかっているから、だれのものかわからない毛のミトコンドリアDNAと、シャンドンの血液のサンプルからとったミトコンドリアDNAを比較することができる。

バーガーは口をはさまずにきいている。私の言ったことを頭に入れ、理解したようだ。例によってメモはとらない。彼女が質問した。「あなたの家にも彼の毛が残されていたの?」

「警察が何を見つけたのかよくわからないわ」

「彼はひどく毛が抜けるようだから、きっとあなたの家にも残されていたと思う。すくなくとも前庭でのたうちまわっていたとき、雪のなかに毛が落ちたにちがいないわ」

「そうでしょうね」と、同意した。

「狼男についていろいろ調べたんだけど」バーガーはべつの話題をもちだした。「自分が本当に狼男だと考えたり、狼男に変身するためにいろいろ奇妙なことをやった人たちがいるらしいわ。魔術や呪術。悪魔崇拝。人を嚙んだり血を飲んだり。シャンドンが本当に自分はルガル、つまり狼男だと思っている、あるいはなりたいと思っているとは考えられない?」

「それで心神喪失により無罪ということになるわけね」弁護側がそう主張することは前から予想している。

「十六世紀のはじめ、ハンガリーにある伯爵夫人がいてね。エリザベート・バートリ・ナダスディ、または血の伯爵夫人としても知られているの」と、バーガーはつづけた。「彼女は約六百人の若い娘を拷問のすえに殺して、その血に浸かったと言われている。そうすることで若さと美しさを保てると信じていたというの。知ってる、その話?」

「おぼろげにね」

「言い伝えによると、伯爵夫人は若い女を地下牢にとじこめて太らせ、血を流させてその血をあびて、体についた血をほかのとらわれの女たちになめとらせたんですって。タオルを使うと肌をいためると思ったらしいわ。全身に」彼女は考えこんだ。「この話には大事な点がぬけている。血を体になすりつけたのよ。これには性的な要素がからんでいると思うの」と、冷静につけ加える。「欲望による殺人ね。加害者が本当に血の魔力を信じていたとしても、とどのつまりは力とセックスの問題よ。美しい伯爵夫人だろうと、サン・ルイ島で育った遺伝的疾患をもつ異形（いぎょう）の男だろうと、結局はそういうことなのよ」

カンタベリー・ロードで曲がり、木の多い高級住宅街ウィンザー・ファームズに入った。ダイアン・ブレイはこの地域のいちばん端に住んでいた。その敷地は、れんが塀によってダウンタウンの高速道路の騒音から遮断（しゃだん）されている。

「シャンドン家にはどんな蔵書があるのか、ぜひ知りたいわ」と、バーガーが言った。「というか、シャンドンがこれまでにどんな本を読んできたのか知りたい。父親から与えられたと彼が言っている歴史書とか知識を身につけるための本以外にね。たとえば、彼は血の伯爵夫人のことを知っていたかしら？　そうすれば奇跡的に病気がなおると思って、体中に血をなすりつけたりしたかしら？」

「彼はセーヌ川で水あびをして、ここへきてからはジェームズ川につかっていたと思われるの」と、私は答えた。「おそらくその理由のために。奇跡的になおることを願って」

「聖書にでてくることみたい」

「そうね」

「彼は聖書も読んでいるかもしれないわ。フランスの連続殺人鬼ジール・ガルニエに影響されたということはないかしら？　その男はおさない少年を殺してその肉を食べて、月にむかって吠えたの。中世のフランスには、いわゆる狼男がたくさんいたのよ。三万人もの人間が、その疑いをかけられたというの。信じられる？」バーガーはいろいろ調べたらしい。それはあきらかだ。「ほかにも気味の悪いことを考えたの」と、バーガーはつづけた。「狼男の言い伝えでは、狼男に噛まれると噛まれた人も狼男になると信じられていた。シャンドンが被害者を狼男にするつもりだったという可能性はない？　そうすればフランケンシュタインの花嫁のように、自分にふさわしい相手ができると思って？」

とっぴな考えのなかから、しだいに身近なよく知っているものの形があらわれてきた。バーガーは、この事件で弁護側がどんな手を使うかを予測しようとしている。彼らがとる策略はあきらかだ。シャンドンの変わった容姿と正気とは思えない考えかた、その異様さに陪審員の注意をひきつけ、残忍な犯行そのものから目をそらさせるのだ。自分はふつうの人間ではなく、狼男、怪物であると彼が信じていることが証明されれば、陪審員が彼を有罪と認めて終身刑を科す可能性は低くなる。彼に同情する人もあらわれるかもしれない。

「弁護側に対抗するには銀の弾丸が必要ね」バーガーは、狼男を殺せるのは銀の弾丸だけという迷信に言及した。「こっちには証拠が山ほどある。でもO・J・シンプソン事件での検察側もそうだった。弁護側は、シャンドンが精神に異常をきたしていたと主張するでしょうね」

ダイアン・ブレイの家は二段傾斜の屋根がついた白いケープコッドコテージだ。警察が現場を立ち入り禁止にして、きちんとあと始末しているにもかかわらず、家は生気をとりもどしてはいない。バーガーでさえ所有者の許可なしに入ることはできない。所有者とはこの場合、管理をまかされているもののことだ。私たちは私道に車をとめて、ダイアン・ブレイの兄のエリック・ブレイが鍵をもってあらわれるのを待った。

「お葬式で彼に会っているかもしれないわ」バーガーは、妹の遺骨の入った壺をもっていたのがエリック・ブレイだと教えてくれた。「シャンドンはどうやって、警官として訓練を積んでいる女性にドアをあけさせたのだと思う？」バーガーの関心は中世フランスの怪物から、目の前にある現実の殺害現場へとうつった。

「それは私の守備範囲をこえているわ、ミズ・バーガー。遺体とそれからわかったことだけに、質問を限定してもらったほうがいいんじゃないかしら」

「いまは範囲なんかない。あるのは質問だけよ」

「それは私が法廷に立たないかもしれないと思ってるから？　すくなくともニューヨークでは。私が汚名をきせられているから？」あえてそのことをもちだした。「いまの私ほど汚名にまみれた人間はいないわ」

言葉を切って、彼女が知っているかどうか反応を見た。何も言わないので、問いつめた。

「私が役に立たないかもしれないとライターはほのめかさなかった？　私がブレイの死にかかわっているという彼のばかげた考えのために、特別大陪審の調査を受けているから」

「ほのめかされるどころではないわ」バーガーはブレイのまっ暗な家を見つめながら、静かに答えた。「マリーノともそのことを話しあったわ」

「訴訟手続きの秘密なんて、その程度のものなのね」皮肉をこめて言った。

「大陪審室のなかで話しあわれたことは、いっさい口外してはいけないというのが規則でしょう。でもまだ何もはじまっていないんですもの。要するにライターが特別大陪審を使って、あなたのことをいろいろ調べようとしているだけ。電話の請求書や銀行通帳。人のうわさ。しくみはわかってるでしょう。大陪審の審問で証言したことは何度もあるでしょうから」

バーガーはこともなげにそう言った。怒りがこみあげ、言葉になってあふれでた。「あのねえ、私にだって感情というものがあるのよ。殺人罪での起訴はあなたにとっては日常茶飯事かもしれないけど、こちらにとってはそうじゃない。誠実さは、私のいちばん貴重な財産よ。それだけは絶対に失いたくないと思っている。それなのに、よりによってそんな犯罪で疑われるとは。よりによって私が！　暴力と日々闘っている私が、そんなことをするはずがない。絶対に。私は力を乱用するようなことはしない。決して。故意に人を傷つけたりしない。どんなときでも。こんなとんでもない言いがかりをつけられて、平静ではいられないわ、ミズ・バーガー。私にとってこれ以上ひどいことはない。断言するわ」

「わたしがすすめることをきいてくださる？」バーガーは私を見た。

「アドバイスはいつでも歓迎するわ」

「第一に、メディアがかぎつけるでしょうね。わかっていると思うけど。機先を制して、記者会見をしようと思うの。すぐに。ありがたいことに、あなたはくびにはなっていない。仕事のうえであなたの立場を左右する人たちの支持を、失っていない。奇跡のようなものね。政治家はたいていわが身の安全をまず考えるものだけど、知事はあなたのことを高くかっている。あなたがダイアン・ブレイを殺したとは思っていないわ。彼がそういう声明をだしてくれれば大丈夫よ。特別大陪審が正式に起訴を決定しないかぎり」

「ミッチェル知事とそのことを話しあったの？」

「知事とは過去につきあいがあってね。知り合いなの。彼が検事総長だったとき、いっしょに仕事をしたことがあるから」

「それは知ってるけど」私がきいたのはそのことではない。

沈黙。バーガーはブレイの家をながめた。なかに明かりはついていない。ポーチの電球をはずすか電線をひきぬくのがシャンドンの手口だったことを説明した。そうすることで被害者がドアをあけたとき、闇に隠れることができた。

「あなたの意見をききたいわ」と、バーガーはつぎに言った。「何か意見があるにちがいない。あなたは観察力のある、熟練した捜査官ですもの」断固とした、しかも鋭い口調で言う。「シャンドンが自分にどんなことをしたかもわかっている。彼のやりくちをあなたほどよく知っている人はほかにいないわ」

シャンドンにおそわれたことをこんなふうにほのめかされて、神経をさかなでされたような気がした。バーガーが仕事をしているだけなのはわかっているが、その冷静さに思わずむっとした。こちらがきいたことをはぐらかそうとするのも気に入らない。いつ何をどれぐらい話すかを、すべて彼女がきめることにも腹がたった。その気持ちは抑えられない。私だって人間なのだ。ほんのすこしでもいいから、私が経験したことへの同情の念を見せてほしい。

「今朝だれかがモルグへ電話をかけてきて、ベントン・ウェズリーだとなのったの」と、言ってみた。「ロッキー・カジアーノから何か言ってきた？　彼は何をたくらんでるのかしら？」怒りと恐れに声がとがった。

「まだしばらく何も言ってこないでしょうね」バーガーは確信ありげに言った。「それが彼のやりかたなの。でもあいつがまた例によって卑怯（ひきょう）な手口を使いはじめたとしても、驚かないわ。いやがらせをしたり傷つけたり、おどしたり。人の弱みをついてくる。警告としてね。裁判がもっと間近にせまってからでないと、連絡してこないと思う。気配も感じさせないんじゃないかしら。おそらく姿は見せないわ。あいつはそういうやつなのよ。表舞台には最後まであらわれないの」

　しばらくのあいだ、どちらも黙っていた。バーガーは私が軟化するのを待っている。「私の意見か予測ね。いいわ」ついに言った。「それがききたいのね。わかったわ」

「そう、それがききたいの。あなたはいい補佐役になるでしょうね」彼女が言っているのは、裁判のあいだパートナーとして彼女を支える、もうひとりの地区検事補のことだ。それがお世辞のつもりか皮肉なのか、よくわからない。

「ダイアン・ブレイには、よく家にくるともだちがいたの」自分の守備範囲からふみだして、推理しはじめた。「アンダーソンという女性刑事。彼女はブレイにぞっこんだったの。ブレイはアンダーソンをじらしていたらしい。シャンドンはブレイを見張っていて、情報を手に入れたのかもしれない。アンダーソンがブレイの家に出入りするところを見ていた。犯行の夜、彼はアンダーソンがブレイの家をでていくのを待った」家を見つめて言った。「そしてそのあとすぐ家に近づいてポーチの電球をはずし、ドアをノックした。ブレイはアンダーソンがもどってきたのだと思った。けんかの続きをするか、仲直りするために」

「ふたりはけんかしていたのね。けんかすることがよくあったわけね」バーガーが話を先へすすめる。

「あらゆる点から考えて、おだやかな関係ではなかったようね」私はさらに立ち入り禁止区域の奥へ入りこんでいった。捜査のこの部分へふみこんではいけないことになっているのだが、かまわずすすんだ。「それまでにもアンダーソンが怒って家をでていって、またもどってきたことがあったらしいの」と、言いたす。

「遺体が発見されたあと、アンダーソンの尋問に立ちあったのね」バーガーはそのことを知っている。だれかが話したのだ。たぶんマリーノだろう。

「そう」

「その晩、アンダーソンがブレイの家でピザを食べてビールを飲んでいるあいだに、何がおきたの？」

「ふたりはけんかをはじめたの。アンダーソンによるとね。それでアンダーソンは怒っていき、その直後にドアがノックされた。アンダーソンがいつもやっていたのと同じやりかたで。彼はそれをまねしたのね。私の家へきたときに警察のやりかたをまねしたのと同じように」

「どんなノックかやってみて」バーガーがこちらを見る。

私はフロントシートのあいだのコンソールをたたいた。強く、三回。

「アンダーソンはいつもそんなふうにノックしていたの？　ベルを鳴らさずに？」と、バーガーがきいた。

「あなたも警察の連中とつきあうことが多いから知ってるでしょう。彼らはめったにベルを鳴らさないわ。ドアベルがあってもこわれているような地域で仕事をするのに慣れてるから」

「アンダーソンがもどってこなかったことは興味深いわね。もしもどってきていたら、どうなっていたかしら？　その夜は彼女がもどってこないことを、シャンドンは知っていたのかしら？」

「私もそれが気になっていたの」

「アンダーソンがでていったときの様子で、なんとなく察したのかしら？　あるいは、抑制(よくせい)がきかなくて、やめようにもやめられなかったのか」バーガーは考えこんだ。「中断されるおそれよりも、欲望のほうが強かったとも考えられるわね」

「もうひとつ、重要なことに気づいたのかもしれない。アンダーソンはブレイの家の鍵をもっていなかった。いつもブレイに入れてもらっていたの」

「でも翌朝アンダーソンがもどって遺体を発見したとき、ドアの鍵はかかっていなかったんでしょう？」

「だからといって、彼が家のなかでブレイをおそっているとき、鍵がかかっていなかったとは言えないわ。キム・ルオングを殺したときも、閉店の札をだして店の鍵をしめていたんですもの」

「でもブレイの家に入ったとき、ドアの鍵をかけたかどうかはっきりわからないでしょう」バーガーがまた言う。

「もちろんわからないわ」

「鍵をかけなかった可能性もある」と、バーガーは強調した。「押し入って、すぐ追いかけはじめたかもしれない。寝室で彼女の体を切り刻んでいる間中、ドアはあいていた」

「もしそうだとすると、抑制がきかなくなって、危険な賭をしていたことになる」と、指摘した。

「ふーむ。抑制がきかなくなっていたという点は、あまり強調したくないな」バーガーがひとりごとのように言う。

「抑制がきかないことと狂気とは、まったくべつよ」念のために言った。「正当防衛の場合以外は、殺人をおかす人はみんな自制心を失っているんだから」

「たしかにそうね」バーガーはうなずいた。「それでブレイがドアをあけると明かりが消えていて、暗闇のなかに彼が立っていた」

「彼はパリでドクター・ストゥヴァンにも同じことをしたの」と、バーガーに言った。「パリでも女性が何人も殺されている。同じ手口でね。いくつかのケースでは、シャンドンは犯行のあと手紙を送っているの」

「それにルガルという名前を使ったのね」バーガーが口をはさんだ。

「貨物船のコンテナのなかの箱にも、それが書かれていた。遺体が見つかったコンテナね。弟のトマの遺体。とにかく、パリでの数件目の犯行から、狼男と称して手紙を送りはじめたの。それである晩、ドクター・ストゥヴァンの家にやってきた。ご主人が病気で家にいることを知らずに。彼女の夫はいつも夜、シェフとして働いているんだけど、たまたまその日は家にいたの。ありがたいことに。ドクター・ストゥヴァンはドアをあけたけど、べつの部屋からご主人が呼びかけるのをきいて、シャンドンは逃げだしたの」

「彼をよく見たのかしら？」

「そうでもなかったみたい」ドクター・ストゥヴァンが話したことを思いだした。「暗かったから。彼女の印象では、彼は丈の長い黒いコートをきちんと着てマフラーを巻いて、両手をポケットに入れていた。教養のある話しかたで紳士的にふるまって、車が故障したので電話を借りたいという口実を使ったらしいわ。そして彼女がひとりではないことに気づくと、脱兎（だっと）のごとく逃げたそうよ」

「ほかに彼のことで、何かおぼえていることは？」

「彼のにおいね。濡れた犬のような、むっとするにおいがしたと言っていた」

それをきいてバーガーは妙な音をたてた。彼女のちょっとした癖がしだいにわかってきた。話の内容がとくに気味の悪い、あるいは嫌悪を感じさせるようなものだと、彼女はほおの内側を吸いこんで、鳥のような小さなチュッという音をたてる。「じゃ彼はパリの検屍局長をおそって、それからここの検屍局長をおそったわけね。つまりあなたを」と、言いそえて強調する。「なぜ?」バーガーはすわったまま体をねじまげて私のほうを向き、ハンドルに肘をついている。

「なぜ?」とうてい答えることのできない質問のように、おうむがえしに言った。私にきくべきことではないかのように。「だれかに教えてもらいたいものだわ」ふたたび怒りが燃えたつのを感じた。

「計画的ね」と、バーガーは言った。「精神異常者はそんなふうによく考えて犯行におよぶことはない。パリの検屍局長を選んで、それからここの検屍局長を選ぶ。どちらも女性。ふたりとも彼の被害者の検屍を手がけているから、皮肉な表現をすれば彼と親密だと言える。愛人より親密かもしれない。なぜなら、あなたは見ているから。彼がさわり、嚙んだ場所を目にしている。彼が触れた体にあなたも触れている。ある意味で、彼がこれらの女性と性行為をおこなうのを目の当たりにしている。ジャン・バプティスト・シャンドンはこうやって女性と交わるのだから」

「ぞっとするような考えね」彼女の心理学的解釈を不快に感じた。

「パターン、計画がある。気まぐれな犯行ではない。だから彼のパターンを理解することが重要なのよ、ケイ。個人的な嫌悪や反発にじゃまされずに」そこで長い間をおく。「冷静な目で彼を見ないといけない。憎しみにおぼれてはだめ」

「彼のような人間を憎まずにいるのはむずかしいわ」と、正直に言った。

「だれかを心から恨んだり憎んだりすると、その人に注意を向け、関心をもつのがむずかしくなる。理解しようとしなくなるのね。でもわたしたちはシャンドンに関心をもつ必要がある。強烈に。これまでに経験がないほど、彼に関心をもってほしいの」

　バーガーの言っていることに反論はしない。彼女が重要な真実を指摘していることはわかる。だがシャンドンに関心をもつことには、どうしても抵抗があった。「私はつねに被害者のことを考えてきた」と、バーガーに言った。「被害を与えたろくでもないやつの、気持ちや精神状態を理解しようとしたことは一度もないわ」

「でも、こんな事件にまきこまれたことは一度もないでしょう」と、バーガーは反駁した。

「殺人事件の容疑者になったこともない。わたしはあなたが窮地からぬけだすのを助けてあげられる。そのかわりあなたにも助けてもらいたい。シャンドンの心と頭のなかに入りこむのを手伝ってほしいの。そのためには、彼を憎まないことが必要よ」

　私は黙っていた。すでにシャンドンに多くのものを奪われているのに、これ以上彼に自分の何かを与えたくない。いらだちと怒りに涙がでそうになり、まばたきをしておさえた。

「どうやって私を助けるつもりなの？　あなたはここでは司法権がないし、ダイアン・ブレイはあなたの担当の事件ではない。モリニューのケースを適用して、スーザン・プレス事件の裁判にダイアン・ブレイ殺害をかかわらせることはできるでしょう。でも私のほうはいわばおきざりにされて、たったひとりでリッチモンドの特別大陪審に立ち向かわなきゃならないのよ。私が彼女を、ダイアン・ブレイを殺したように見せかけようとしている人たち……私が頭のおかしな人間だとみんなに思わせようとしている人たちがいるというのに」深く息を吸いこんだ。心臓が早鐘（はやがね）のように打っている。

「あなたの容疑をはらすための鍵は、わたしにとっても必要な鍵なのよ」と、バーガーは答えた。「スーザン・プレス。あなたが彼女の死にかかわっているはずがある？　あの事件の証拠をいじることができた？」

彼女は答えを待った。まるで私がそれを知っているとでもいうように。バーガーが言ったことを考えて、ぼうぜんとした。もちろん私はスーザン・プレスの殺人にかかわってなどいない。

「わたしが言いたいのはこういうこと」と、バーガーはつづけた。「もしスーザン・プレス事件のDNAが、リッチモンドでの殺人やパリの事件のDNAと一致するなら、この人たちを殺したのは同じ人物ということになるでしょう？」

「この場合、大陪審は合理的疑いの余地がないほどに信じる必要はない。相当な根拠さえあれば、起訴するに足るという決定をくだせるのよ」あえて自分の希望を打ち砕くように言った。「ブレイの血がついたチッピングハンマーが、私の家で発見されている。私がチッピングハンマーを買ったことを示すレシートもある。ところが、私が買ったそのチッピングハンマーはどこにもない。どれも私の有罪を示す証拠のように見える。そう思わない、ミズ・バーガー？」

彼女は私の肩に触れた。「これだけ答えて。あなたがやったの？」

「いいえ、やってないわ」

「よかった。あなたがやったとなるとわたしも困るのよ。あなたが必要なの。彼らにもあなたが必要よ」バーガーはそう言って、フロントガラスの向こうの、だれもいない寒々とした家を見つめた。彼らとはシャンドンのほかの被害者、生きのびることができなかった人たちのことだ。彼らは私を必要としている。

「いいわね」バーガーは、私たちがここでこうして待っている理由とダイアン・ブレイのことに、話をもどした。「彼は玄関から入った。もみあった形跡はなく、家の奥にある寝室へいくまで、彼女を攻撃しなかった。ブレイが逃げようとしたり、身を守ろうとした様子はない。銃をとろうとしなかったのかしら？　彼女は警官なのに。銃はどこにあったの？」

「彼がうちへ押し入ったときは、私の頭のうえからコートをかぶせようとしたわ」私はバーガーが望んでいることをしようとした。ひとごとのように、客観的に話すのだ。

「じゃブレイにもコートか何かを頭からかぶせて、寝室へつれていったのかしら？」

「たぶんね。ブレイの銃は結局見つからなかった。私が知っているかぎりでは」

「ふーん。彼は銃をどうしたのかしら？」バーガーは考えこんだ。

バックミラーにヘッドライトの光がうつるのが見え、ふりかえった。私道にステーションワゴンがゆっくり入ってきた。

「ブレイの家から、お金もなくなっていたの」と、つけ加えた。「二千五百ドル。アンダーソンがその晩、犯行のすこし前にもってきた、薬のお金。彼女……アンダーソンの供述によるとね」ステーションワゴンは私たちのうしろにとまった。「処方薬を売ったお金よ。アンダーソンの言っていることが本当なら」

「本当だと思う？」と、バーガーがきく。

「全部が本当かどうかはわからないわ。シャンドンがそのお金と銃をとったのかもしれない。もしアンダーソンが翌朝戻ってきて遺体を発見したときに、お金をとったのではないとしたらね。もっとも、寝室のありさまを見たあとでは、夢中で逃げる以外に何かをしたとは考えにくいけど」

「見せていただいた写真のことを思うと、たしかにそうね」

私たちは車をおりた。顔かたちがわかるほどはっきりとは見えないが、エリック・ブレイは身なりのよい、魅力的な男性のようだ。年は殺された妹とさほど変わらず、四十前後だろう。彼は厚紙の札のついた鍵をバーガーにわたして言った。「これに警報装置の暗証番号が書いてあります。わたしはここで待ってますから」

「お手数をかけてすみません」バーガーは、バックシートからカメラとアコーディオン・フアイルをとりだした。「クリスマスイブだというのに」

「お仕事だということはわかってますから」彼は疲れたような、抑揚のない声で言った。「なかへは入られたんですか？」

彼はためらって、家を見つめた。「入れなくて」感情がたかぶるとともに声が高くなり、涙で言葉がとぎれた。彼は首をふり、車へもどった。「家族のものはとても……その」と、咳払いする。車のドアをあけて話しているので室内灯がつき、半ドア警告ベルが鳴っている。「なかへ入って、妹のものを整理する気になれないんです」彼はこちらに視線を向け、バーガーが私を紹介した。彼は私がだれかをすでに知っているにちがいない。

「このあたりにハウスクリーニング専門の会社がいくつかありますよ」私はさりげなく言った。「そういうところに電話して、あなたや家族の方が入る前に、家に入ってもらったほうがいいわ。サービス・マスターなんかどうかしら」自宅で非業の死をとげた人の遺族に、そのようにアドバイスしたことが何度もある。愛するものの血や脳みそがとび散った家に入ってあと始末するようなことは、だれにもさせてはならない。

「わたしたちがついていなくても、入ってくれるんですか？」彼は私にきいた。「ハウスクリーニングの人たち？」

「金庫に鍵を入れてドアのそばにおいておけばいいわ。勝手に入って掃除してくれるから大丈夫」と、答えた。「信用できる人たちだし、保険もついているから」

「ぜひそうします。この家は売りにだすつもりなんです」彼はバーガーに言った。「捜査のうえでもう必要なければ」

「それについてはお知らせするわ。でももちろん、この家と家財をどうするかはあなたの自由よ、ミスター・ブレイ」

「こんなことがあったあとでは、買う人がいるかどうか」と、彼はつぶやいた。

バーガーも私も黙っていた。おそらく彼の言うとおりだろう。殺人のあった家を買いたいという人は、まずいない。「不動産業者に話をしてみたんだが」怒りをおさえた生気のない声でつづける。「引き受けられないと言うんです。お気の毒ではあるけど、その家を仲介することはできないと。もうどうしたらいいやら」彼はひっそりした暗い家をながめた。「わたしたちはダイアンとはあまり親密ではなかった。家族のだれも親しくはなかった。妹は、家族や友人を大切にするほうではなかったのでね。自分にしか興味がなかった。こんなことを言うべきではないかもしれないけど、それが本当のところです」

「彼女とはよく会ったの？」と、バーガーがきいた。

彼は首をふった。「妹のことをいちばんよく知っていたのはわたしかな。二歳しかはなれていないから。ダイアンが説明のつかないほど金をもっていることは、みんな知っていました。感謝祭の日にうちへ寄ってくれたんですが、そのときまっ赤なジャガーの新車で乗りつけた」苦々しげに笑って、また首をふる。「それで確信したんです。妹はわたしが知りたくもないようなことにかかわっているにちがいないと。だから本当のところ、驚いてはいない」彼は静かに深く息を吸った。「こんなことになったのは、意外ではありません」

「彼女が麻薬にかかわっていたことをご存知でした？」バーガーはファイルをもう一方の手にもちかえた。

私は立ちっぱなしで寒くなってきた。暗い家がブラックホールのように、私たちを引き寄せようとしている。

「警察の人がそんなようなことを言ってました。ダイアンは自分のしていることを話したことはないし、こちらもきかなかった。わたしの知っているかぎりでは、遺書もない。だからそっちのほうのごたごたもなんとかしなきゃならない」と、エリック・ブレイが私たちに言う。「彼女のもちものの始末も」彼は運転席からこちらを見上げた。暗闇も彼の悲嘆を隠すことができない。「本当にどうしたらいいかわからない」

非業の死はたいへんな波乱をまきおこす。あとに残された人々がどんな思いに耐えねばならないか。彼らの苦悩は映画に描かれることも、新聞にとりあげられることもない。私はエリック・ブレイに名刺をわたして、何かききたいことがあったらオフィスに電話するように言った。そしていつもするように、「警察が去ったあとにすべきこと」という、非常にためになる小冊子が私たちの研究所で手に入ることを彼に教えた。これは数年前にファーストフード店でおきた、気まぐれな強盗事件で幼い息子を失ったビル・ジェンキンズという男性が書いたものだ。「それを読めば、いろいろな疑問の答えが得られると思うわ」と、言いそえた。「お気の毒に。殺人はそのあとにたくさんの被害者を生む。残念ながらそれが現実なんです」

「そうですね。本当にそのとおりだ。そちらにあるものは何でも読みたいな。どういうことになるのか、何をどうすればいいのか、まったくわからないので」と、彼はまた言った。「もし何か質問があったら、わたしはここにいますから。車のなかに」

彼はドアをしめた。私は胸が痛んだ。彼の苦しみには心を動かされたが、殺された妹には悲しみの気持ちがわかなかった。むしろ彼女について兄が語ったことをきいて、ますます嫌悪感がつのった。彼女は自分の肉親にさえ気づかいを見せなかったのだ。バーガーといっしょに正面の階段をのぼった。バーガーは無言だ。あいかわらずこちらに注意を向けているのが感じられる。私が示すあらゆる反応に興味をもっている。ダイアン・ブレイが私の人生をめちゃめちゃにしようとしたことを、いまだに私が腹立たしく思っていることを察しているようだ。こちらもそれを隠そうとはしない。いまさら隠してもしかたがないだろう。

バーガーは、エリック・ブレイの車のヘッドライトにぼんやり照らされた、ポーチの明かりを見上げている。それはシンプルなガラスの照明器具で、小さな球形をしており、ねじでとめるようになっている。警察は、このガラスの球がツゲのそばの芝生のうえにあるのを見つけていた。シャンドンがそこに投げすてたらしい。それがとれればあとは電球をはずすだけだ。「電球は熱かったはずよ」と、バーガーに言った。「だから指を保護するために、何かでおおったと思うわ。コートを使ったのかもしれない」

「指紋はついてなかったそうよ」と、バーガーが言う。「すくなくともシャンドンの指紋は。マリーノによるとね」それは初耳だった。「それは意外ではないわ。指をやけどしないように、何かで電球をおおったと考えれば」と、彼女は言いたした。

「ガラスのわくのほうは？」

「そっちにも指紋はなかった。彼のは」バーガーは鍵をさしこんだ。「それをはずすときにも、手を何かでおおっていたのかもしれない。でもどうやって明かりに手が届いたのかしら。かなり高いところにあるけど」彼女がドアをあけると、警報装置が鳴りだした。「何かにのぼったのかしら？」家のなかのキーパッドのところへいき、暗証番号を打ちこむ。

「手すりにのぼったのかもしれない」急にジャン・バプティスト・シャンドンの行動のエキスパートになったかのように言ったが、そんな役割をはたすことには抵抗がある。

「あなたの家ではどうだったの？」

「そうしたのかもしれない。手すりにのぼって、壁かポーチの屋根で体を支えたんじゃないかしら」

「念のために言うと、おたくの照明器具にも電球にも、指紋はついていなかったわ。彼の指紋はね」

居間では時計がときを刻んでいた。ダイアン・ブレイの死後はじめてこの家へ入って、ぴったり時刻をあわせた時計のコレクションと、立派だがあたたかみのないイギリスのアンティークを見たときの驚きを思いだした。

「お金のかかったものばかりね」バーガーは居間に立ち、両わきが渦巻き形になったソファや回転本棚、黒檀（こくたん）まがいに着色したサイドボードなどをながめた。「すごいわ。金、金、金。刑事はふつうこんな生活をしてないわ」

「麻薬ね」と、私は言った。

「そうでしょうね」バーガーはあちこちに視線をやっている。「自分でもやっていたし、密売もしてたのね。ただし人を運び屋にして。アンダーソンもそのひとりだった。あなたのところの、前のモルグ主任もそう。モルグのシンクに捨てられているはずだとあなたが思っていた処方薬を、盗んでいたやつ。チャックなんとかっていう」彼女はダマスク織の金色のカーテンをさわり、カーテンレールのおおいを見上げた。「クモの巣。この数日間にたまったものとは思えないほこり。彼女にはまだ知られていない面がありそうね」

「もちろんよ。街で処方薬を売るぐらいじゃ、こんなぜいたくな暮らしやジャガーの新車を手に入れられるはずがないもの」

「そこで、話をしてくれる人みんなにわたしがききまわっている質問にもどるけど」バーガーはキッチンへ向かった。「ダイアン・ブレイはどうしてリッチモンドへきたの?」

私にも答えることができない。

「仕事のためではないわね。本人が何と言ってたにせよ。絶対にちがう。そんなはずがない」バーガーは冷蔵庫をあけた。なかにはほんのすこしのものしか入っていない。グレープナッツ・シリアル、タンジェリン、マーガリン、ミラクルホイップ。低脂肪牛乳は昨日賞味期限が切れている。「おもしろいわね」と、バーガーが言う。「彼女はあまり家にいなかったんじゃないかしら」戸棚をあけて、キャンベルスープの缶とクラッカーの箱をながめた。オリーブのびんが三本ある。「マティーニ用かしら？　彼女はよくお酒を飲んだの？」

「殺された夜はたいして飲んでいなかったわ」思いださせるように言う。

「そうだったわね。アルコール濃度は〇・〇三だった」バーガーがつぎつぎに戸棚をあけていくと、酒がしまってあるところが見つかった。「ウォッカが一本。スコッチが一本。アルゼンチンのカベルネが二本。酒飲みとは思えないわね。スタイルがご自慢だったから、お酒でそれをだいなしにしたくなかったのかも。薬はすくなくとも太らないからね。現場にきたときがはじめてだったの、彼女の家……ここにくるのは？」と、バーガーがきく。

「そうよ」

「あなたの家からたった数ブロックのところにあるのに」

「通りすがりにこの家を見たことはあるわ。道路から。でもなかに入ったことはなかった。彼女とは親しくなかったから」

「でも向こうは親しくなりたがっていたのよね」

「彼女は昼食をいっしょにしたいとか何とか言ってたらしいわ。私と近づきになるために」

「マリーノ？」

「マリーノがそう言ってたの」と、答えた。バーガーの質問のしかたになれてきている。

「彼女は性的にあなたに興味をもっていたと思う？」バーガーはさりげなくきいて、食器棚の戸をあけた。なかにはグラス類や食器が入っている。「彼女がバイセクシャルだったことを示す兆候はいっぱいあるわ」

「前にもそれをきかれたけど。よくわからないわ」

「もしそうだったとしたら、不快に思う？」

「落ち着かない気持ちになるでしょうね、たぶん」と、認める。

「彼女は外で食事することが多かったの？」

「そうらしいわ」

バーガーが、すでに答えを知っていると思われる質問をすることに気づいた。私の答えをきいて、ほかの人たちが言ったことと照らしあわせているのだろう。彼女の質問には、暖炉のそばでアナに心を打ち明けたときにきかれたことを思いださせるようなものが、まじっている。バーガーがアナとも話をしているなどということが、ありうるだろうか？

「違法な活動の、隠れみのに使われている店みたいな雰囲気ね」バーガーはそう言いながら、シンクのしたを調べた。クレンザーがいくつかとひからびたスポンジがあるだけだ。

「心配しないで」私の考えていることを見透かしたように言う。「法廷ではだれにもそんな質問はさせないから。あなたのセックスライフなんかについての。彼女の私生活のこともね。そういったことはあなたの専門外のはずでしょう」

「専門外のはず？」妙な言いかただ。

「問題は、あなたの知っていることのいくつかは、伝聞ではなく、直接彼女からきいたことでしょう。彼女はあなたにこう言ったわね」バーガーはひきだしをあけた。「よくひとりで食事をした、バックヘッドのバーにすわってと」

「そう言ってたわ」

「あの晩、駐車場で彼女と会って問いつめたときにね」

「あの晩は、彼女がうちのモルグ主任のチャックと共謀していることを確かめようとしたの」

「本当に共謀していたのね」

「残念ながら、そうだったわ」

「それで彼女を問いつめたわけね」

「そう」

「それでチャックは留置場に入れられてる。当然のむくいね」バーガーはキッチンからでた。「もしそれが伝聞でないとすると」またその話題にもどる。「ロッキー・カジアーノはそのことについて質問するでしょう。わたしはそれに異議をとなえることはできない。というか、できるけどしてもしようがない。それを知っておく必要があるわ。そしてそれがどういう印象を与えるかということも」

「いまは特別大陪審にどう見られるかのほうが、ずっと気がかりだわ」と、あてつけがましく答えた。

バーガーは廊下で足をとめた。そのはしに主寝室がある。そのドアは、いかにもどうでもいいというふうに、すこしあいている。そのことが、この家のだれにも顧（かえり）みられず打ち捨てられているという寒々した雰囲気を、いっそうきわだたせている。

バーガーが私と目をあわせて言った。「わたしは個人的にあなたを知っているわけではない。特別大陪審の席にすわる人たちも、あなたを個人的には知らない。だからあなたの言葉を信じるか、殺された女性副署長の言葉を信じるか、どっちかということになる。いやがらせをしていたのは彼女のほうでその逆ではないこと、あなたが彼女の殺人にはいっさい関与していないことをね。たとえ彼女がいないほうがみんなにとって幸せだとあなたが思っていたとしても」

「それはアナからきいたの、それともライター？」皮肉っぽくきいた。

バーガーは廊下を歩きはじめた。「そのうち何をきかれても動じなくなるわよ、ドクター・ケイ・スカーペッタ。そうなるようにするのが、わたしの役目だと思ってるの」

26

血液には生命がある。それは生きているもののようにふるまう。

循環器系が損傷を負うと、血管はあわてて収縮する。縮むことによってなかを流れる血液の量をへらし、裂け目や切れ目から流れでる血を少なくしようとするのだ。穴をふさぐために、ただちに血小板が集まってくる。凝固因子は十二あり、それらは結束して血液が失われるのをふせごうとする。血液があざやかな赤い色をしていることにも理由がある、とつねづね思っている。赤は警戒、緊急、危険、苦痛をあらわす色だ。もし血液が汗のように無色透明な液体だったら、自分や他人がけがをしたときに気づかないかもしれない。鮮明な赤は血液の重要性を示しており、人間がべつの人間を傷つけたり命を奪ったりという、この上ない冒瀆行為がおこなわれたときに、警戒音をなりひびかせる。

ダイアン・ブレイの血は、しずくやしぶき、しみとなって叫びを発していた。血痕は、だれが何をどのようにしたか、また場合によってはなぜそうしたかも物語る。空中をとぶ血の量と速度は、打撃の強さに影響される。ふりおろされた凶器がもとの位置にもどるときにとび散った血のあとから、打撃の回数がわかる。このケースでは、すくなくとも五十六回だ。それ以上正確にはかるのは不可能だった。血痕が重なりあっている個所があるからだ。何回分重なっているかを数えようとするのは、木に釘を打ちこむのに何回かなづちでたたいたかを知ろうとするようなものだ。この部屋に残された殴打の痕跡の数は、ブレイの遺体が私に語ったことと一致している。だが遺体もいくつもの骨折が重なり、多くの骨が完全に砕けていたので、正確に数えることができなかった。憎しみと、すさまじい欲望と怒りが感じられた。

寝室でおこったことのあと始末はまったくなされていないので、バーガーと私の目の前の光景は、家の他の部分のひっそりととりすました雰囲気とは著しい対照を見せている。まず、あざやかなピンク色をした巨大なクモの巣のようなものが目に入る。これは、いたるところに散っている血が、どんな軌跡を描いて飛んだかをさぐるために現場鑑識技官がおこなったもので、ストリンギング（張り紐）と呼ばれる方法だ。その目的は、距離と速度と角度をはかって、ひとつひとつの打撃が加えられたときのブレイの位置を、幾何学的にわりだすことだ。それによってできあがったものは、奇抜なモダンアートの作品のように見える。フクシア色の奇妙な幾何学模様を目でたどると、壁や天井、床、アンティーク家具、そしてブレイがその目をみはるような肉感的で美しい容姿をうつしたにちがいない、凝った飾りのついた四つの鏡にいきあたる。床のうえの凝固した血だまりは、水分のぬけた糖蜜のようにぶあつく、かたくなっている。ブレイの遺体が無残に横たえられていたキングサイズのベッドは、むきだしのマットレスのうえにだれかが黒いペンキをぶっかけたように見える。

それらを見つめているバーガーの反応が伝わってきた。彼女は無言で、常人の理解をこえた身の毛のよだつような場面に目をこらしている。暴力と闘うことを業（なりわい）としている人間、それもとくに女性だけにわかる、特殊なエネルギーに満たされているようだ。

「シーツはどうしたのかしら？」バーガーはアコーディオン・ファイルをひらいた。「検査室へもちこまれたの？」

「見つからなかったの」そう答えて、キャンプ場にあるモーテルのあの部屋のことを思いだした。あそこでもシーツがなくなっていた。そういえばシャンドンも、パリの自分のアパートからベッドのシーツがぬすまれたと言っていた。

「シーツがはがされたのは彼女が殺される前、それともあと？」バーガーは封筒から写真をだした。

「前よ。マットレスに血のあとがついているから、それはたしかね」部屋のなかへ入り、非難がましくシャンドンの犯行を指さす細く長い指のようなひもを避けて歩いた。そしてマットレスについた、奇妙なすじ状の血のあとをバーガーに見せた。その平行なすじは、チッピングハンマーのコイル状の柄のあとだ。なぐる合間、またはなぐったあとに、シャンドンがそれをマットレスのうえにおいたのだろう。最初、バーガーにはその模様が見えなかった。

私はかすかに眉をひそめて見つめているバーガーに、いくつもの黒っぽいしみが何かを教えた。それらはシャンドンの手やひざのあとだと思われる。彼がブレイの体にまたがり、いまわしい性的妄想にかられて暴力をふるっているあいだに、ついたのだろう。「もし暴行がおこなわれているときにシーツがしいてあったら、マットレスにあとはつかなかったはずよ」と、説明した。

バーガーは、ブレイがマットレスのまんなかにあおむけに横たわっている写真を見た。黒いコーデュロイのスラックスとベルトは身につけたままだが、靴とソックスはなく、上半身は裸だ。左手首の金の腕時計は砕け、つぶれた右手の薬指にはめた金の指輪は、骨にくいこんでいる。

「犯行がおこなわれたときベッドにシーツがしかれていなかったか、何らかの理由で彼がはがしたのね」と、私は言いたした。

「そのときの状況を思いうかべているんだけど」バーガーはマットレスを見た。「彼が家に入る。彼女を無理やり歩かせて廊下をとおり、奥の寝室までいく。争ったあとや、そのときまでに彼女を傷つけた形跡はない。ところがこの部屋へ入ったとたん、バーン！　荒れ狂いはじめる。ふしぎなのはさっきのこと。彼女をここへつれてきてから、『ちょっと待ってくれ、シーツをはがすから』と言ったわけ？　そんなことをしてる余裕がある？」

「ベッドにのせられたときには、彼女はもうしゃべったり、逃げようとしたりできるような状態ではなかったと思う。ここと ここ、それからここと ここを見て」私は寝室の入り口からはじまる血痕につけられた、ひものきれはしを指さした。「打ちおろした凶器…… この場合はチッピングハンマーだけど、それがはねかえるときに飛んだ血のあとよ」

バーガーはあざやかなピンクのひもが描く模様を目で追い、それが示していることと、手にした写真にうつっていることを、一致させようとしている。「本当のところを知りたいんだけど。こんなふうにひもを張ることに意味があると思う？　刑事のなかには、そんなことをするのはばかばかしくて、時間の無駄だという人もいるけど」

「それをする人がこの技術をちゃんと理解していて、法則に忠実なら意味があるわ」

「法則ってどういうものなの？」

血液の九一パーセントは水分であり、したがって血液は液体と同じ法則にもとづいて、運動と重力の影響を受けることを、彼女に説明した。ふつう、血のしずくは一秒間に七・七メートル落下する。血痕の直径は落下距離が長いほど大きくなる。血液のうえに血液がたれると、最初のしみのまわりに円形にはねがあがる。はねた血液は、中心となるしみのまわりに、細長いしみを残す。血液は乾くにつれ、あざやかな赤から赤褐色、さらに褐色から黒へと色が変わっていく。血液の研究に生涯をささげている専門家を何人か知っている。彼らは垂球糸を使って血液を入れた点滴用器をリングスタンドにつけ、角度や高さをかえて血液をさまざまなターゲットに向けてほとばしらせたり、たらしたり、流したり、とばしたりする。血だまりのなかを歩く、ふみつける、手でたたくといった実験もする。ひも張りには数学もからんでくる。直線幾何学と三角法を駆使して、どこが出血のもとか調べるのだ。

ダイアン・ブレイの寝室に残された血のあとは、一見そこでおこったことをうつしたビデオのように思える。だがそれは、科学と経験と推理を使わないと見ることのできないフォーマットになっている。さらにバーガーは、第六感も使うよう私に要求した。またもや私の専門分野の範囲をこえてほしいというのだ。壁やドアフレームの血痕につけた何十本ものひもをたどっていくと、全部が空中の一点に集中している。空中にひもをつけるわけにいかないので、鑑識技官は玄関広間にあったアンティークのコートかけをここへもちこみ、したから約一・五メートルのところにひもをつけて、血の出所を特定している。シャンドンが最初の打撃を加えたときにブレイが立っていたと思われる場所を、バーガーに示した。

「ドアから一メートルぐらいなかへ入ったところにいたのだと思う。ここに空白があるでしょう」と、壁のある部分を指さした。そこには血がついておらず、まわりにしぶきが飛んでいるだけだ。「彼女か彼の体にさえぎられたために、ここには血がつかなかったのよ。彼女は立っていた。あるいは彼が立っていた。彼が立っていたなら、彼女も立っていたと思われる。ふつう床に横たわっている相手を、立ったままでは殴れないから」まっすぐ立って、それを実演してみせる。「腕の長さが百八十センチぐらいないかぎりね。それに血の出所は床から百五十センチ以上あがっている。ということは、ふりおろした凶器はこの点でターゲット、つまり彼女の体にあたったのね。おそらく頭でしょう」そこから一メートルほどベッドのほうへ近づく。「このあたりで倒れたようね」

床のうえの、血がこすれたりしたたったりしたあとを指さし、九十度の角度から落ちた血のしみは丸いことを説明した。たとえば四つんばいになっているとき、顔からまっすぐ下に血がしたたれば、そのあとは丸くなる。床のうえのおびただしい数の血痕は、みな丸かった。なかにはこすれたものもある。それらが六十センチほどの範囲をおおっている。ブレイは短いあいだ四つんばいになっていたと思われる。彼が攻撃を加えているあいだ、はって逃げようとしたのかもしれない。

「彼は足でけったり踏みつけたりした？」と、バーガーがきく。

「その形跡はないわ」いい質問だ。けったり踏みつけたりといった行為は、犯行の裏にまたべつの感情がまじっていることを示唆する。

「手のほうが足より感情的ね」と、バーガーが言った。「快楽殺人でのわたしの経験では、そう言える。けったり踏みつけたりすることは、めったにないみたい」

私は歩きまわり、凶器から散った血のあとや円形についたしぶきを示した。やがてベッドから一メートルほどのところにある、かたまった血だまりのそばへいった。「ここで出血している。ここでブラウスとブラジャーをはぎとられたのかもしれない」

バーガーは写真をめくり、ベッドからすこしはなれた床のうえに落ちている、ブレイのグリーンのサテンのブラウスとワイヤー入りの黒いブラジャーの写真を見つけた。

「ベッドにここまで近づくと、脳の組織が見つかるわ」私は血で描かれた象形文字の解読をつづけた。

「彼がブレイをベッドにのせたのね」バーガーが口をはさんだ。「ベッドにのるように彼女に命じたのではなく。問題は、ベッドにのせられたとき、彼女にまだ意識があったかどうかね」

「なかったと思うわ」ヘッドボードや壁、枕元の電気スタンド、ベッドのうえの天井にくっついた黒ずんだ組織のかけらを指さした。「脳組織よ。彼女にはもう何がおきているかわからなかったでしょうね。私の意見にすぎないけど」

「まだ生きていたかしら？」

「まだ出血しているわ」マットレスのうえのまっ黒なあとを示す。「それは意見ではなく、事実よ。まだ血圧はあったのね。でも意識があった可能性は低いわ」

「よかった」バーガーはカメラをとりだして写真をとりはじめた。熟練していることがうかがわれる。おそらくきちんと訓練を受けたのだろう。いったん部屋からでて、ふたたび入ってきながら撮影しはじめた。私が歩きながら説明したことを思いだして、それをフィルムにおさめているのだ。「ここにきてビデオをとるよう、エスクデロにたのむわ」

「警察がもうビデオにとっているけど」

「知ってるわ」そう答えるあいだにも、フラッシュが何度も光る。すでにとってあろうと関係ない。バーガーは完全主義者だ。すべて自分のやりかたでやらないと気がすまないのだ。

「あなたが説明しているところもとりたいけど、それはできないわ」

できないのは、ビデオにとると、もし要求されれば弁護人にもそれを見せなくてはならないからだ。彼女がまったくメモをとらないことから、私の通常の報告書にのっていること以外は、書いたものであれ話したことであれ、いっさいロッキー・カジアーノに知られたくないと思っていることがわかる。その用心深さは徹底している。私は疑念にとらわれたが、いまだに本気でそれを信じる気にはなれない。私たちの足のしたも含めてあたり一面に血がとび散っているが、その血を流した女性を私が殺したなどと本気で思っている人がいることが、どうしてもぴんとこないのだ。

バーガーと私は寝室を見終わり、家のほかの部分を調べはじめた。現場検証のときは、ほかの部屋にはほとんど注意をはらわなかった。ただし主寝室の脇の、薬を入れる戸棚のなかは調べた。いつもそうする。体の不快な症状を軽減するために人が常備している薬は、多くのことを物語る。その人が偏頭痛や心の病気を抱えていたこと、健康に異常に気をつかっていたことなどだ。ブレイが気に入っていたのは、ベイリウムとアティヴァンだ。ヌプリンとタイレノールPMのあきびんに、それらが何百錠も入っていた。バスパーもすこしあった。ブレイは安定剤を好んだようだ。気分を落ち着かせることを求めたのだろう。バーガーといっしょに廊下の先のゲストルームへいった。この部屋へ入るのははじめてだった。使われた形跡がまったくないのは意外ではない。家具さえなく、かわりに箱がいくつもおかれている。ブレイはそれらをあけてもいない。

「彼女、ここにそう長くいるつもりはなかったように思わない？」バーガーは私が検察チームのひとり、裁判での彼女のパートナーであるかのような話しかたをしはじめている。「わたしはそんな気がする。警察署の重要なポストを引き受けたら、すくなくとも二、三年はそれをつづけると思うのがふつうでしょう。たとえそれが足がかりにすぎないにしても」

バスルームのなかを見た。トイレットペーパーもティッシュもなく、せっけんさえおかれていない。だが薬戸棚のなかを見て驚いた。「エクスラックス。下剤よ。すくなくとも一ダースはあるわ」

バーガーが戸口にやってきた。「それはそれは。もしかすると、うぬぼれやのわれらが友人は、摂食障害だったのかも」

過食症の患者がやけ食いしたあと、食べたものを排出するために下剤を使うのはめずらしいことではない。トイレの便座をあげてみると、そのふちと便器の側面に吐いたものがついていた。赤っぽい色だ。ブレイは死ぬ前にピザを食べたということだったが、胃のなかはからに近かったことを思いだした。ひき肉と野菜の痕跡がわずかに見られただけだ。

「もし食べたあと吐いて、その三十分ぐらいあとに死んだら、胃のなかは完全にからになっている？」私の考えていることがバーガーにもわかったようだ。

「胃の内壁に食べ物のかすがくっついているわ」便座をおろした。「大量に水を飲んでそれを吐きださないかぎり、胃が完全にからになってきれいになることはない。毒を洗い流すために、くりかえし水を注入して胃を洗浄するような場合ね」また新たな場面が目の前に広がった。この部屋はブレイの恥ずべき、不快な秘密だった。家のほかの部分のようにふだん使われることはなく、ブレイだけしかこなかったので、見つかるおそれはなかった。摂食障害や依存症については詳しいので、患者が自分の恥ずべき習慣をなんとしてでも周囲から隠そうとすることを知っている。ブレイは自分が大食いし、そのあと吐いていることを、だれにも悟られないようにしようと必死だった。家のなかにわずかしか食べ物がおかれていなかったことは、それによって説明できるかもしれない。強迫には必ず不安がともなうが、薬によってそれを和らげようとしていたとも考えられる。

「食べたあと急いでアンダーソンを帰らせたのは、ひとつにはそのせいかもしれないわね」バーガーが推測する。「食べたものを吐きだすために、ひとりになりたかったんじゃないかしら」

「それも理由のひとつでしょうね。この障害がある人はその衝動がものすごく強いから、何よりもそれを優先してしまう。だから、たしかに吐くためにひとりになりたかったのかもしれない。シャンドンがきたとき、彼女がこのバスルームにいた可能性もあるわ」

「いつもより無防備な状態だったわけね」バーガーは薬戸棚のなかのエクスラックスの写真

をとった。

「そう。吐いている最中だったら、ぎくっとしたでしょうね。自分のしていることがまっさきに頭にのぼったはずよ。身の危険のことではなく」

「とり乱していたでしょうね」バーガーは身をかがめて便器の写真をとった。

「ひどくとり乱していたと思うわ」

「そこで、やっていたことをあわてて終える。吐くのをね」バーガーがそのときの状況を想像して言う。「急いで部屋をでてドアをしめて、玄関へいく。三回ノックしたのがアンダーソンだと思っている。きっとろうばいして腹をたてていたでしょうね。怒りの言葉を口にしながらドアをあける。そして……」バーガーは重々しい顔で口をぎゅっとむすび、また廊下へでた。「殺された」

ランドリールームを見にいくあいだ、バーガーはこのシナリオを提示したまま黙っていた。玄関の戸をあけたとたん、まるで地獄の生き物のように闇のなかからシャンドンがとびこんできたときの恐怖とろうばいがどんなものか、私にはわかる。バーガーはそれを知っているのだ。バーガーは廊下のクローゼットの戸をいくつかあけたあと、地下室へ通じるドアを見つけた。ランドリールームは地下室にある。ひもをひっぱって頭上の裸電球をつけ、そのぎらぎらした光のしたを歩きまわっていると、妙に不安で落ち着かない気持ちになった。ここも、これまで足を踏みいれたことがなかった。まっ赤なジャガーのこともうわさにはきいていたが、見るのははじめてだった。それはがらくたが散乱したこの暗くわびしい場所には、まるで似つかわしくなかった。豪華で目立つその車は、ブレイが渇望（かつぼう）しひけらかした権力の象徴のように思えた。自分はブレイの「使い走り」だった、とアンダーソンが腹立たしげに言っていたことを思いだした。おそらくブレイは、自分でこの車を洗車にもっていったこともなかったのだろう。

地下のガレージは、ブレイがこの家を買ったときのままの状態だと思われた。このほこりだらけの薄暗いコンクリートの空間では、時間がとまってしまったかのようだ。すこしでも手を加えたあとは見られない。ハンガーボードにさげられた道具類も芝刈り機も古く、さびている。壁にはスペアタイヤがたてかけてある。洗濯機と乾燥機も新しいものではない。警察が調べたはずだと思うが、その形跡はなかった。どちらもなかに衣類がいっぱい入っている。ブレイが最後に洗濯したのがいつにせよ、洗濯機からも乾燥機からも衣類をとりださなかったらしい。ランジェリーやジーンズ、タオルはしわくちゃで、くさくなっている。洗濯機につっこまれたソックス、タオル、トレーニングウエアなどは、まだ洗濯されていない。スピードのランニングシャツをひっぱりだし、「彼女はジムに通ってたのかしら？」と、きいた。

「それはいい質問ね。みえっぱりで容姿にこだわっていたから、体型を維持するために何かやってたんでしょうね」バーガーは洗濯機のなかの衣類をさぐり、股の部分に血のついたパンティをとりだした。「まったく、こんなことまでやらなきゃいけないとはね」バーガーは情けなさそうに言った。「のぞき趣味のような気がするわ、我ながら。どうやら彼女は最近生理があったようね。だからどうってこともないけど」

「関係あるかもしれないわよ。もしそれが彼女の気分に影響したとしたら。PMS（月経前症候群）のために過食症がひどくなっていた可能性もある。気分が変わりやすくなっていたとしたら、アンダーソンとの不安定な関係がますます悪化したでしょうから」

「ごくふつうの日常的なことが、とんでもない災難の原因になることもある。考えるとふしぎよね」バーガーはパンティを洗濯機にもどした。「昔こんな事件があったの。ある男性が運転中に尿意をもよおしたので、ブリーカー・ストリートからはずれて裏道でおしっこしたの。そのときはまっ暗で何も見えなかったんだけど、べつの車がとおりかかって、そのライトが裏道をぼんやり照らした。それでその気の毒な男性は、自分が血まみれの死体のうえにおしっこしていたことに気づくの。それで心臓マヒをおこしてね。しばらくして警官が違法駐車している車を見つけて、裏道に入っていった。すると刺し傷がいくつもあるヒスパニックの遺体があって、そのとなりに年輩の白人の男性が倒れていた。ズボンのジッパーをさげてペニスをだしたまま」バーガーはシンクのところへいって手を洗い、ふって水気をきった。「それがどういうことかわかるまで、だいぶ時間がかかったわ」

27

九時半ごろブレイの家の調査が終わった。疲れているがとても眠れそうになかった。へとへとなのに気力だけはみなぎっている。大都市の明るい夜のように頭がさえわたり、熱っぽくさえ感じられる。だれにも認めたくないが、バーガーといっしょに仕事をするのは実に楽しかった。彼女はどんなものも見落とさない。口にださずにいることはもっと多いだろう。バーガーには興味をそそられた。私はまた、官僚的な枠組みを無視して、自分の境界をふみこえるという禁断の木の実も味わい、それが気に入った。ふだん使うことのできない力を、存分に発揮できた。それというのも、バーガーは私の専門分野を限定したり縄張り(なわばり)にこだわったりせず、自信をもっているからだ。私のほうも、彼女に尊敬されたいと思っているのかもしれない。バーガーと出会ったのは、私が殺人の容疑をかけられるという、最悪の事態にみまわれたときだった。彼女は家の鍵をエリック・ブレイに返した。彼は私たちに何もきかなかった。好奇心さえ見せず、ひたすら早く帰りたいだけのようだった。

「気分はどう?」車が走りはじめると、バーガーが私にきいた。「なんとかやっていけそう?」

「やっていけそうよ」

バーガーは室内灯をつけ、目を細めてダッシュボードにつけたポストイットを見た。そして自動車電話をダイアルした。受話器はスピーカーにのせたままだ。彼女自身の録音された声がきこえてくると暗証番号を押して、メッセージが何件入っているか確かめた。八件だ。それから受話器をとりあげたので、私にはメッセージがきこえなくなった。なぜだろう、とふしぎに思った。メッセージがいくつ入っているか、私に知らせたい理由が何かあるのだろうか？　その後数分間はひとりで思いをめぐらした。バーガーは受話器を耳にあてて車を走らせている。私の家の近所だ。彼女はつぎつぎにメッセージをきいていく。きっと私と同じように、いらいらと電話をきく癖がついているのだろう。だらだら話をつづける人がいると、私は最後まできかずにそのメッセージを消去してしまう。バーガーもそうするにちがいない。車はサルグレーヴ・ロードをとおってウィンザー・ファームズの中心をぬけ、バージニア・ハウスとエイジクロフト・ホールのそばをとおりすぎた。これらは、この辺一帯がひとつの大きな私有地だったころ、リッチモンドの大富豪がイギリスにあったチューダー朝の古い大邸宅を解体して梱包し、船でここへ運んだものだ。

私の家があるロックグリーン地区の、守衛の詰め所に近づいた。リタが詰め所からでてきた。彼女が表情を変えないので、このメルセデスのSUVとそれを運転している人物を前に見ていることがわかった。

「こんばんは」バーガーが彼女に言った。「ドクター・スカーペッタをつれて帰ってきたわ」

リタは身をかがめた。あいた窓から彼女の笑顔がのぞく。私と会えてうれしそうだ。「お帰りなさい」ほっとしたように言う。「これからはずっと家にいらっしゃるんでしょう？先生がいないとどうも調子がでなくて。ここ何日か、やけに静かでね」

「あすの朝帰るわ」自分でそう言いながら、矛盾した感情におそわれた。恐れさえ感じる。

「メリー・クリスマス、リタ。どうやら今夜はみんな働いてるみたいね」

「しかたないですよ、仕事だから」

そこを走り去るとき、罪悪感にかられた。クリスマスに何らかの形で守衛をねぎらうことを怠ったのは、今年がはじめてだ。いつもパンを焼いてもたせたり、家族とすごすべきときに、あの小さな詰め所にすわっていなければならない不運な人のために、食べ物をもっていく。私は黙りこんだ。バーガーは私が気を滅入らせていることに気づいたらしい。

「自分の気持ちをわたしに話すことが大事よ」と、静かに言った。「あなたはそういう性格じゃないし、これまでに自分できめたルールにも反すると思うけど」車は川のほうへ向かった。「わたしにはわかりすぎるほどよくわかる」

「殺人がおこるとみんなが利己的になるわ」

「そうよね」

「それは耐えられないほどの怒りと苦痛をひきおこす」と、私はつづけた。「だから自分のことしか考えられなくなる。コンピューターのデータベースを使って、統計的な分析をしたことがあってね。あるとき、レイプされて殺されたある女性の検屍データをひきだそうとしたの。そうしたら同じ姓の三つのケースがでてきた。みんな彼女の家族だった。彼女が殺害された数年後に、お兄さんが薬物の過量摂取で死んでいた。その数年後にお父さんが自殺して、お母さんは自動車事故で死亡していた。それをきっかけに研究所では、残された人たちに何がおこるかを分析する大がかりな調査をはじめたの。その結果、離婚したり麻薬やアルコールにおぼれたり、精神病の治療を受けたりする人が多いことがわかった。仕事を失ったり、引っ越したりする人もいる」

「暴力はたしかにあらゆるものを毒するわね」バーガーはありきたりな言いかたをした。

「利己的な自分がいやになった。それがいまの気持ちよ。クリスマスイブだというのに、だれにも何もしてあげてない。リタにさえ。彼女は真夜中すぎまでここで働いているのよ。子供がいるから、ほかにもいくつか仕事をしているし。とにかく、もういやになったわ。彼はあまりにもたくさんの人を傷つけた。いまも傷を与えつづけている。関連があると思われる奇妙な殺人も二件おこっている。拷問。国際的な密輸組織。銃と麻薬。シーツがなくなっている点」バーガーを見やる。「いつになったらやむのかしら?」

バーガーは私の家の私道に車を入れた。どこかわからないようなふりはしない。「もうすぐ、とは言えないのが現実ね」と、彼女は答えた。

ブレイの家と同じように、私の家もまっ暗だ。だれかが明かりをすべて消してしまっている。目立たないように木立のなかやひさしのしたに隠し、野球場のようにライトアップして近所のひんしゅくをかわないよう、下向きにしてあるフラッドライトまで消されている。歓迎されているようには感じなかった。なかへ入って、シャンドンと警察が私のプライベートな空間に何をしたか見るのがこわかった。そのますますわって窓から外をながめていると、ますます気持ちが沈んだ。怒り。苦痛。私は深く傷ついている。

「どんな気分?」私の家を見ながらバーガーがきいた。

「どんな気分ですって?」苦々しい思いで言った。「ピュ・シ・プレンデ・エ・ペッジオ・シ・マンジャなんて、もう関係ないわね」車をおりて、バタンとドアをしめた。

これはイタリアのことわざで、たくさん払うほど食べ物はまずくなる、というほどの意味だ。イタリアの田舎の生活は簡素で心地よく、複雑なこととは無縁だとされている。新鮮な素材からおいしい料理がつくられ、人々はゆったり食事をし、さほど重要でないことに気をつかったりしない。隣人たちにとって私のがっしりした家は、ありとあらゆるセキュリティシステムに守られた、要塞(ようさい)のように見えるだろう。だが私にとっては、自分の建てたこの家はカサ・コロニカ、古風な農家だ。さまざまな色あいのなめらかなグレーの石でできた、茶色のよろい戸のあるこの家は、祖先に対するあたたかなやさしい気持ちを呼びおこしてくれる。屋根をスレートでなくコッピ、つまり湾曲したテラコッタのタイルでふけばよかったと思うが、田舎風の石のうえに赤い竜の背中のようなものをのせたくなかった。古い材料が手に入らなかったので、せめて土と調和するものを選んだのだ。

私という人間の真髄がこわされてしまった。私の人生のシンプルな美しさと安全に泥がぬられた。私は内心ふるえた。正面の階段をのぼり、シャンドンがはずした玄関の明かりのしたに立つと、涙で視界がぼやけた。夜の空気は刺すように冷たく、月は雲におおわれている。また雪がふりそうな気配だ。気持ちを落ち着かせ、こみあげる感情をおさえようと、まばたきをして冷たい空気を何度か吸いこんだ。バーガーは、すくなくとも私をしばしひとりにしてくれるだけの思いやりをもっている。彼女はうしろへさがり、私は錠前に鍵をさしこんだ。ひんやりした暗い玄関広間に入り、警報装置の暗証番号を打ちこんでいるとき、あることに気づいて首のうしろの毛がさかだった。電気をつけ、手にもったメディコ製のスチールの鍵を見つめる。動悸がはやくなった。おかしい。そんなことがあるはずない。まさか。

バーガーはあとから静かに入ってきた。化粧しっくいの壁やアーチ形の天井をながめている。壁にかけた絵はゆがみ、豪華なペルシャ絨毯はずれてしわがより、汚れている。片づけたり元の位置にもどされているものはひとつもない。指紋検出用の粉や泥足のあとをだれもそうじしてくれなかったのはひどいと思うが、私が顔色を変えているのはそのためではない。バーガーの目は私の顔に釘づけになった。

「どうしたの？」毛皮のコートを脱ごうとした手をとめてきく。

「急いで電話をかけなきゃ」と、彼女に言った。

　自分が考えていることをバーガーには言わなかった。何をおそれているかを明かさず、家の外にでて携帯電話でマリーノにかけ、すぐきてくれるようにたのんだことも知らせなかった。

「大丈夫？」家にもどって玄関のドアをしめると、バーガーがきいた。

　それには答えなかった。大丈夫ではない。

「どこからはじめればいい？」私たちにはやるべき仕事があることを思いださせた。

　シャンドンが私を殺そうとした夜、どんなことがおこったかを正確に再現してほしい、とバーガーは言った。いっしょに居間へいった。暖炉の前にある白いコットンのカウチのことから話をはじめた。先週の金曜日、私はここにすわり、低い音でテレビをつけて請求書を調べていた。ときどき臨時ニュースが入り、ルガルと自称する連続殺人犯を警戒するよう、市民に呼びかけていた。遺伝的疾患のために、彼が非常に変わった容姿をしていることも伝えられた。いまそのことを思い返し、ローカル局の司会者が、身長百八十センチで気味の悪い歯をして、ごく細い長い毛に全身おおわれた男のことを大まじめで話しているところを想像すると、ばかげているような気さえする。だれかが訪ねてきても、相手がわからないときはドアをあけないようにという注意がなされた。

「十一時ごろNBCに切りかえたの」と、バーガーに話した。「ニュースを見ようと思って。

その数分後に警報装置が鳴りだした。キーパッドの表示ではガレージの部分に侵入があったらしいので、警備会社から電話があったとき、警察を呼んでくれるようにたのんだの。なぜ警報が鳴ったのかわからないから」

「ガレージに警報装置がついてるのね。なぜガレージなの？　なぜ彼はガレージから侵入しようとしたのだと思う？」

「わざと警報を鳴らすために。警察がくるように」と、自分の考えを述べた。「警官がやってきて、帰っていった。そのあと彼があらわれた。警官のふりをしていたので、私はドアをあけてしまった。だれがなんと言おうと、それにあなたが彼を尋問したときのビデオをみたあとでも、これだけは言える。彼は英語を、完璧な英語を話した。なまりはまったくなかったわ」

「あのビデオでの話しかたとはちがっていたのね」

「ええ。まったくちがっていたわ」

「じゃ、あのビデオでの彼の声には、ききおぼえがなかったわけね」

「そう」

「彼はおたくのガレージに入りこもうとしていたわけではないと思うのね。警報を鳴らすためだけだったと」バーガーは追及する。あいかわらずメモはとらない。

「そうだと思う。彼は、いま私が言ったとおりのことをしようとしていた、と思う」

「おたくのガレージに警報装置がついていることを、彼はどうして知っていたのだと思う？ めずらしいでしょう？ ふつうはガレージには警報装置をつけないもの」

「彼がそのことを知っていたのか、どうやって知ったのか、わからないわ」

「たとえば裏口でためすこともできたわけでしょう？ 警報装置がセットしてあれば、当然鳴ったはずよね。セットしてあることは彼も予想していたと思う。あなたがとても警戒心が強いことは知っていたでしょうし、とくに最近この町で殺人がおこっているわけだから」

「彼がどんなふうに考えるか、私にはわからない」と、そっけなく言った。

バーガーは歩きまわっている。石の暖炉の前で足をとめた。黒々と口をあけているからっぽの暖炉のせいで、私の家はブレイの家と同じようにひと気がなく、うち捨てられているような印象を与える。バーガーは私に指をつきつけた。「彼があなたについての情報を集めて、あなたの考えかたや行動のパターンをつかもうとしているとき、あなたも彼について同じことをしていた。被害者の遺体の傷から、彼のことを読みとっていた。彼の被害者と犯行現場、それにフランスで知ったすべてのことを通じて、彼とコミュニケートしていたのよ」

「彼がどんなふうに考えるか、わかるはずよ」と、挑むように言う。

28

私の伝統的なイタリアの白いカウチは、ホルマリンでピンクに染まっている。クッションには足跡がついていた。たぶん私のものだろう。シャンドンから逃げようとカウチをとびこえたときについたのだ。このカウチには二度とすわる気になれない。できるだけ早く処分しよう。そばにある、対の椅子のはしに腰かけた。

「法廷で彼の正体をあばくためには、彼のことを知る必要がある」と、バーガーはつづけた。内心の決意を物語るようにその目が燃えている。「あなたを通じてしか彼を知るすべがないの。彼のことを教えて、ケイ。彼のもとへつれていって。彼を見せて」炉辺にすわり、芝居がかったしぐさで両手をあげる。「ジャン・バプティスト・シャンドンとは何者？　なぜガレージを選んだの？　おたくのガレージの何がとくべつなの？」

私はちょっと考えた。「彼にとってうちのガレージのどこがとくべつなのか、見当もつかないわ」

「わかったわ。じゃ、あなたにとってそこはどんな場所なの？」

「現場用の衣類をそこにおいておくの」うちのガレージに何かとくべつな点があるか、考えはじめる。「業務用の洗濯機と乾燥機がおいてある。現場用の服を家のなかで着ることは絶対ないから、そこは更衣室とも言えるわね。ガレージが」

バーガーの目が光った。何かがわかったか、つながりが見えたのだろう。彼女は立ちあがった。「見せてもらえる？」

キッチンの明かりをつけ、そこをとおりぬけて脱衣室へいった。そこのドアからガレージへ入る。

「ここが家庭用ロッカールームってわけね」と、バーガーが言った。

電気をつけたとたん、どきっとした。ガレージはからっぽだ。メルセデスはなくなっている。

「私の車はどこへいっちゃったの？」戸棚のある壁や、特殊な換気装置がついたシーダー材のロッカー、きちんとしまわれた園芸用品や日常的な道具類、壁のくぼみにおさめられた洗濯機と乾燥機、大型のステンレス製シンクをながめた。「車をどこかへもっていくなんて話はきいてないわ」とがめるようにバーガーを見た。たちまち不信の念におそわれる。だが彼女はたいした役者なのか、本当に知らないのかどちらかだ。ガレージのまんなかへいき、そうすれば車の手がかりが得られるとでもいうように、あたりを見まわした。先週の土曜日、アナの家へいった日には、私の黒いメルセデスのセダンはここにあった、とバーガーに告げた。それ以来車を見ていない。ここへもきていない。「でもあなたはきているわ。最後にきたとき、車はここにあった？　この家には何回きたの？」と、ついでにきいた。

バーガーも歩きまわっている。ガレージの戸の前にしゃがみ、シャンドンが何らかの道具で戸をこじあけたときについたと思われる、ゴムのふちのこすれたあとを調べた。「戸をあけてくださる？」バーガーが重々しく言う。

壁のボタンを押すと、戸が大きな音をたてて上がりはじめた。ガレージ内の気温が急に下がる。

「わたしがきたときに、車はなかったわ」バーガーは立ちあがった。「一度も見ていない。状況を考えると、車がどこにあるかわかっているんでしょう」

広々したがらんとした空間に夜の闇が入りこんでくる。バーガーが立っているところへいった。「たぶん押収(おうしゅう)されたんだわ。なんてことかしら」

バーガーがうなずいた。「調べてみましょう」こちらを向いたバーガーの目に、これまで一度も見せなかったものが宿っている。疑い。バーガーは落ち着かない様子だ。甘いかもしれないが、私のために心を痛めてくれているような気がする。

「どうすればいいのよ？」そうつぶやいて、はじめて見るかのようにガレージを見まわした。「何を運転すればいいの？」

「金曜日の夜十一時ごろに、警報が鳴ったのね」バーガーは事務的な口調にもどった。感情をさしはさまないてきぱきした態度で、シャンドンの行動をたどるという私たちの仕事にふたたび取り組む。「警官がくる。あなたは彼らをここへつれてきて、戸が十五センチぐらいあいているのを見つける」彼女はこの家宅侵入未遂事件の報告書を読んでいるようだ。「雪がふっていて、戸の向こう側に足跡がついている」バーガーは外にでた。私もあとにつづく。「足跡にはうっすら雪がつもっていた。でもそれが家の脇をとおって通りへつづいていることはわかった」

いっしょに私道に立った。こごえるほど寒いが、ふたりともコートを着ていない。暗い空を見上げると、ひんやりした感触とともに雪が顔にあたった。またふりはじめたのだ。この冬はひっきりなしに雪がふる。とまらなくなってしまったかのようだ。モクレンや裸の木々のあいだから、近隣の家の明かりが見える。ロックグリーンの人たちはきっと動揺しているだろう。シャンドンは彼らの生活にも波紋をなげかけたのだ。よそへ引っ越す人もでてくるかもしれない。

「足跡がどのへんにあったかおぼえてる？」と、バーガーがきいた。

彼女にそれを示した。私道を歩いて家の脇へいき、庭をつっきってまっすぐ通りのほうへいく。

「彼はどっちの方向へむかった？」バーガーはひと気のない暗い通りの左右を見た。

「わからないわ。道路の雪はぐしゃぐしゃになっていたし、またふりだしていたから。彼がどっちへいったかわからなかった。とにかく私はあまり長くここで見ていたわけじゃないから。警察にきいたほうがいいわ」マリーノのことを考えた。早くきてほしい。彼を呼んだ理由を思いだした。恐怖と当惑が背筋をかけぬける。近所の家を見まわした。あたりの様子で隣人たちの動静がうかがえる。窓の明かりや私道にとめられた車、配達された新聞などで、彼らが家にいるかどうかがわかる。この辺の人たちは留守がちだ。引退した人が多いので、冬はフロリダですごし、暑い夏のあいだはどこかの水辺へ出かける。考えてみると、近所にともだちと呼べる人はいない。せいぜい車ですれちがったときに手をふる程度の親しさだ。

バーガーはガレージのほうへもどりはじめた。寒いので両腕で体を抱えるようにしている。吐く息がこおって、白い煙のように見える。ルーシーが子供のころ、マイアミから遊びにきたときのことを思いだした。リッチモンドでしか寒さを経験したことがないルーシーは、ノートの紙を細く巻いたものをもってテラスに立って、たばこを吸うまねをしたものだ。私が窓から見ていることも知らず、トントンと灰を落とすしぐさまでして。

「十二月六日、月曜日のことにもどりましょう」バーガーが歩きながら言った。「リッチモンド港のコンテナのなかで遺体が見つかった日。トマ・シャンドンだと思われる遺体ね。兄のジャン・バプティストに殺されたと推測される。その月曜日に何があったか、くわしく教えて」

「遺体が発見されたという知らせを受けたの」私は話しはじめた。

「だれから？」

「マリーノよ。それから副検屍局長のジャック・フィールディングから電話があった。それで現場へは私がいくと彼に言ったの」

「でもいく必要はなかったんでしょう？　あなたは局長なんだから。季節はずれのあたたかい朝に、腐敗して悪臭をはなつ遺体が見つかったのよ。そのフィールディングとかいう人をいかせることもできたでしょう」

「もちろんできたわ」

「なぜそうしなかったの？」

「ややこしい事件になりそうだったから。船はベルギーから出港していたから、遺体もベルギーから運びこまれた可能性があった。そうなると国際的な問題がからんでくる。そういったむずかしいケースはなるべく自分で引き受けることにしているの。メディアに大きくとりあげられそうなケースは」

「メディアにとりあげられるのが好きだから？」

「それがいやだからよ」

ガレージに入った。ふたりとも冷えきっている。戸をしめた。

「もしかして、そのケースを引き受けることにしたのは、その朝心が乱れるようなできごとがあったからじゃない？」バーガーはシーダー材の大型ロッカーに近づいた。「見てもいい？」どうぞと言いながら、彼女が私についてこれほどくわしく知っていることに、あらためて驚いた。

あれはまさにブラック・マンデーだった。その日の朝、司法委員会の委員長で昔からの大切な友人でもあるフランク・ロード上院議員がたずねてきた。彼はベントンが私あてに書いた手紙をもっていた。私はその手紙のことは何も知らなかった。いつか、休暇でミシガン湖へいったとき、ベントンはその手紙を書いてロード上院議員に託し、自分が死んだらそれを私にわたすようにたのんだらしい。ベントンがそんなことをしていたのを、私は知るよしもなかった。ロード上院議員が届けてくれた手紙を見て、それがベントンの筆跡だと気づいたときのショックは永久に忘れないだろう。私は打ちのめされた。悲しみがついに私をとらえて、心に打撃を与えた。それこそベントンが意図したことだった。彼は最後まで優秀なプロファイラーだった。自分の身に何かがおきたときに私がどう反応するかを知っており、仕事に打ちこむことで彼の死を否定しようとしている私に、現実を直視させようとしたのだ。

「どうしてあの手紙のことを知ってるの？」ぼうぜんとしてバーガーにきいた。

彼女はロッカーに入っているジャンプスーツやゴムのブーツ、腰まである長靴、厚い革手袋、丈の長い下着、ソックス、テニスシューズを見ている。「ごめんなさい」そう言う彼女の声には、思いやりがこもっているように感じられた。「いまはわたしのきいたことに答えて。あなたの質問にはあとで答えるから」

とてもそれまで待てない。「あの手紙がどう関係あるの？」

「はっきりわからないわ。でも、精神状態ということからまず考えましょう」

彼女はそのことを私にのみこませようとした。もしニューヨークの裁判にでることになったら、私の精神状態はカジアーノのかっこうの標的になるだろう。より現実的には、目下のところみんなが私の精神状態に疑いをもっているようだ。

「わたしが知っていることは、弁護側も知っていると考えたほうがいいわ」バーガーがさらに言う。

私はうなずいた。

「とにかく、あなたはいきなり手紙をうけとったのね。ベントンからの」バーガーは言葉を切った。一瞬その顔に感情があらわれる。「これだけは言える……」私から目をそらせた。「もしそんなことがあったら、わたしだったら完全にまいっていたと思う。あなたがそんな思いを味わったことには、ほんとに同情するわ」そう言って目をあわせる。これは彼女を信用させるため、親近感をもたせるための策略なのだろうか？　「ベントンは、一年たってもあなたが彼の死を受けいれていないことを、気づかせようとしたのね。あなたは彼を失った心の痛みから、必死で逃げようとしていた」

「あなたが手紙を見たはずはない」驚きと怒りにかられて言った。「金庫にしまってあるんですもの。どうしてその内容を知ってるの？」

「ほかの人にそれを見せたでしょう」バーガーの言うことはもっともだ。

わずかながら冷静さが残っていたので気づいた。たとえバーガーが、ルーシーとマリーノをふくめて私のまわりのすべての人とまだ話をしていなくても、これからするだろう。それが彼女のつとめだ。そうしないのは愚かだし、怠慢でもある。「十二月六日」バーガーはまた話しはじめた。「ベントンは一九九六年の十二月六日にその手紙を書いて、自分が死んでから一年後の十二月六日にそれをあなたのもとに届けるよう、ロード上院議員にたのんだ。その日はベントンにとって何か意味があったの？」

私はためらった。

「よく考えて、ケイ。よく考えて」

「十二月六日にどんな意味があるのか、はっきりはわからない。ただ、私にとってクリスマスはつらい時期だとわかっている、とベントンは手紙に書いていたわ。だからクリスマスの近くに手紙を受けとってほしかったのだと思う」

「あなたにとってクリスマスはつらい時期なの？」

「だれにとってもそうじゃない？」

バーガーは答えない。つぎにきいた。「彼との関係はいつはじまったの？」

「秋よ。何年も前の」

「わかったわ。何年も前の秋。そのときから性的な関係をもつようになったのね」私が現実を避けているかのように言う。「彼がまだ結婚していたとき。そのときから情事がはじまっていたのね」

「そのとおりよ」

「わかったわ。それで今年の十二月六日にその手紙を受けとって、そのあとリッチモンド港の現場へいった。それからここへもどってきた。現場からまっすぐ帰ってきたときに、いつも何をするのかくわしく教えて」

「現場で身につけていたものは、二重の袋に入れて車のトランクに入れてあった」と、説明した。「ジャンプスーツとテニスシューズよ」車があるはずの、何もない空間を見つめながら言った。「ジャンプスーツは洗濯機にほうりこんで、テニスシューズは洗剤と漂白剤といっしょに熱湯をはったシンクに入れた」その靴を彼女に見せた。二週間以上前、乾かすためにおいた棚のうえにそのままのっている。

「それから？」バーガーは洗濯機と乾燥機のそばへいった。

「服を脱いで裸になったわ。何もかも脱いで洗濯機に入れた。それから洗濯機をまわして、家のなかへ入った」

「裸で？」

「そう。そのまままっすぐ寝室へいって、シャワーをあびた。現場から直接家へ帰ってきたときは、いつもそうやって消毒するの」

バーガーは興味をひかれたようだ。何らかの仮説が頭にうかんだらしい。それが何であれ、私生活が人目にさらされているような気がして落ち着かない。「ひょっとすると」彼女は考えながら言った。「ひょっとすると、彼は何らかの方法で知っていたのかもしれない」

「何らかの方法で知っていた？　よければ家に入りたいんだけど。寒くてたまらないわ」

「あなたがいつもすることを知ってたんじゃないかしら」バーガーはさらに言う。「あなたの習慣を知ってたから、ガレージに興味をもった。警報を鳴らすためだけじゃない。本当に入りこもうとしていたのかもしれない。ガレージはあなたが死を扱ったときの服を脱ぐ場所でしょう。この場合は、彼がひきおこした死によって汚れた服。それにほんの短いあいだであっても、あなたは裸で無防備な状態になっていた」バーガーは私のあとについて家へもどり、私は脱衣室のドアをしめた。「彼はそれについての性的妄想にふけったのかもしれない」

「私の習慣を彼が知ってるはずないわ」バーガーの仮説に反論した。「あの日、彼は私が何をしたか見ていないわ」

バーガーは片方の眉をあげて私を見た。「絶対にそうだと言いきれる？　彼があなたのあとをつけてここへきた可能性はない？　彼がどこかの時点で港にいたことはわかっている。船でリッチモンドへきたんだから。シリウスに乗って白い制服を着て、体のむきだしの部分の毛をそって。ほとんどのときは調理室にこもってコックとして働いて、人と交わらないようにしていた。そう考えられているんでしょう？　尋問したときに彼が言ったことは信じられない。パスポートと札入れをぬすんで飛行機できたなんて」

「彼は弟の遺体と同じときに到着したと考えられているの」

「そこでやさしいジャン・バプティストは船のうえでうろうろして、遺体が発見されてあなたたちが大騒ぎするのを見てたんでしょうね。そんな楽しい見世物はないわ。ああいうろくでなしどもは、自分のおかした犯罪の捜査を見るのが、大好きなのよ」

「彼はどうやって私のあとをつけたというの？」そのとんでもない考えにもどった。「いったいどうやって？　車があったわけ？」

「そうかもしれない。シャンドンがひとりぼっちの惨めなやつで、ただ都合がいいからとか、気まぐれにこの町にやってきたと考えるのは、まちがいではないかという気がしてきた。彼がどんなものとつながりがあるのか、よくわからない。もしかしたら彼は、家族の商売と関係のある、もっと大きな陰謀の一部だったんじゃないかしら。ひょっとするとブレイともかかわりがあったのかもしれない。彼女が闇の犯罪組織とつながっていたのはたしかだから。そしてまた新たに殺人がおこって、被害者のひとりはあきらかに組織犯罪にかかわっていた。殺し屋だったのね。もうひとりは銃の密輸のおとり捜査をしていたＦＢＩの捜査官。そのうえキャンプ場でシャンドンのものかもしれない毛が見つかっている。こうしたことを考えあわせると、この事件はそう単純なものではないように思える。ある男が弟を殺し、弟になりすましてリッチモンド行きの船に乗った。理由はパリを脱出するため。それというのも、女性を殺して切り裂くというそいつの困った癖が、強大な力をもつ彼の家族にとってますます不都合になったから。はたしてそれだけのことかしら？　しかもそいつは衝動をおさえられなくなって、ここでも殺しはじめたというわけ？　ちょっとね」バーガーはキッチンのカウンターによりかかった。「あまりにも偶然が多すぎる。それに車をもっていなければ、どうやってキャンプ場へいける？　あの毛が彼のものだとして」と、また言う。

私はテーブルの前にすわった。ガレージに窓はないが、ガレージの戸に小窓がいくつかついている。シャンドンが私のあとをつけてきて、私が後始末したり服を脱いだりするのを、小窓から見ていた可能性はあるだろうか？　川のそばの空き家も、だれかの手助けによって見つけたとも考えられる。バーガーの言うとおりかもしれない。彼はひとりぼっちではなく、いつもだれかがついていたのではないだろうか？　いまは真夜中近い。もうすぐクリスマスだ。マリーノはまだこない。バーガーの様子では、このまま明け方まで質問をつづけかねない。

「警報が鳴った」と、彼女はつづきをはじめた。「警官がきて、帰っていった。あなたは居間へもどった」そこへくるよう手招きする。「どこにすわっていたの？」

「カウチ」

「カウチね。テレビがついていた。あなたは請求書を調べていた。そして真夜中ごろ、何があったの？」

「だれかが玄関のドアをノックしたの」

「どんなふうに？」

「何か硬いものでたたいたようだった」細かい点もすべて思いだそうとした。「懐中電灯とか警棒のようなもの。警官がよくやるようなノックのしかた。私は立ちあがって、どなたとたずねた。というか、たずねたような気がする。はっきりしないんだけど。すると男の声が、警察だとなのった。うちの敷地にあやしい人物が入りこんでいるという通報があったけど、大丈夫かときいたわ」

「納得のいく話ね。一時間ぐらい前にだれかが敷地に入りこんで、ガレージの戸をこじあけようとしたんだから」

「そうなの」私はうなずいた。「それで警報装置を切ってドアをあけた。すると彼がいた」ハロウィーンの夜にまわってくる子供たちの話でもしているように、冷静につけ加えた。

「やってみせて」と、バーガーが言う。

居間を横切り、食堂もとおりぬけて玄関へいき、ドアをあけた。あやうく命を落としそうになったときの行動を再現するだけで、本能的反応がひきおこされた。気分が悪くなり、手がふるえはじめる。ポーチの明かりはまだ消えている。警察が電球と取りつけ具をはずし、指紋を調べるために検査室へまわした。だれもかわりの照明をつけてくれていない。ポーチの手すりからむきだしの電線がさがっている。

バーガーは私が先をつづけるのを忍耐強く待っている。「彼がとびこんできた。そしてドアをけってしめた」私はそう言ってドアをしめた。「彼は黒いコートをもっていて、それを私の頭にかぶせようとした」

「入ってきたときそれを着ていたの、それとも脱いでいたの?」

「着てたわ。ドアを入りながら脱いだのかもしれない」私はじっと立っている。「それから私をさわろうとしたわ」

「さわろうとした?」バーガーは眉をよせた。「チッピングハンマーで?」

「手でよ。手をのばして私のほおにさわった。あるいは、さわろうとした」

「そのあいだ、あなたはじっとしてたの? 何もせずに?」

「あっというまのできごとだったから。ほんとにあっというま」と、くりかえす。「自分でもはっきりしないの。でも彼がそうしようとしたことはわかってる。コートを脱いで、頭からかぶせようとしたことも。それで私は逃げた」

「チッピングハンマーは?」

「手にもっていた。たぶんね。とりだしたのかもしれない。とにかく、居間へ追いかけてきたときにはもっていたわ」

「最初はだしていなかったの? 最初はチッピングハンマーをだしていなかったのね? それはたしか?」バーガーはその点を問いただす。

その場面を思いだし、目にうかべようとした。「そうね。最初はだしていなかったわ」と、はっきり答えた。「まず手でさわろうとした。それからコートをかぶせようとした。そのあとチッピングハンマーをとりだしたの」

「つぎにあなたがしたことを実演してくださる？」

「走るの？」

「そう。走ってみて」

「あのときのようには無理よ。アドレナリンがどっとでて、パニックに陥らないと、あんなふうには走れないわ」

「じゃ、あのときのとおりに歩いてみて、ケイ」

玄関から食堂をぬけて、また居間へ入った。まっすぐ先に黄色がかったマホガニーのコーヒーテーブルがある。ニューヨークのカトナにあるすてきな店で見つけたものだ。店の名前はなんだっけ？　アンティポディーズ？　深みのある金色の木材には、はちみつのような光沢がある。そのうえに一面にふりかけられた指紋検出用の粉や、だれかが残していったセブン-イレブンのコーヒーのカップを無視しようとした。「ホルマリンのびんはここにあったの。テーブルのすみに」と、バーガーに言った。

「なぜそこにあったかというと……？」

「なかに入れ墨が入っていたからよ。トマ・シャンドンだと思われる遺体の背中から切りとった入れ墨が」

「弁護側は、なぜ人間の皮膚を自宅にもちこんだのかを知りたがるでしょうね」

「もちろんよ。みんなにそれをきかれてるわ」腹立たしい思いがこみあげてくる。「その入れ墨はすごく重要なものでね。いろいろな疑問が生じたの。それが何かわからなかったために。遺体がひどく腐乱していて入れ墨を見ることもむずかしかったうえに、それは入れ墨を隠すための入れ墨だとわかったの。ひとつの入れ墨がべつのをカバーしていた。だから、もとの入れ墨がどんなものだったのかを見きわめることが、どうしても必要だったわけ」

「ふたつの黄色の丸が、フクロウの絵で隠されていたのね」と、バーガーが言う。「シャンドン・カルテルのメンバーは全員、ふたつの黄色い丸の入れ墨をしている」

「インターポールではそうきいたわ」彼女とジェイ・タリーがいっしょに充実した時をすごしたらしいことは、もうわかっている。

「弟のトマは家族を裏切って、内職に精をだしていた。船の行き先を変え、船荷証券を偽造して、自分で銃と麻薬の密輸をしていた。ところが家族がそれに気づいたらしい。それで入れ墨をフクロウに変えて、偽名を使うようになった。家族に見つかったら殺されることがわかっていたから」

「なるほど」彼女はあたりを見まわしながら、くちびるに指をあてた。「そして家族はとうとう彼を殺したわけね。もうひとりの息子がそれをやった。ホルマリンのびんのことだけど。どうして家にもち帰ったの？　もういちど説明して」

「故意にそうしたわけじゃないの。遺体から切りとった入れ墨を専門家に見てもらおうと思って、ピーターズバーグの彫り物師のところへいったの。そこから直接家へ帰ったから、入れ墨は書斎においといた。それだけの話なのよ。彼がここにきた晩にそれがあったのは……」

「彼ってジャン・バプティスト・シャンドンのことね」

「そう。彼がきた晩、そのびんをここへ……居間へもってきて、ほかのことをしながらときどきながめていたの。そしてここへおいたのよ。そのあと彼が家に押しいってきて、私は逃げた。そのときはもうチッピングハンマーをとりだして、私をなぐろうとそれをふりかざしていた。びんが目に入ってそれをつかんだのは、パニック状態で反射的にしたことよ。それでカウチの背をとびこえて、びんのふたをはずして、ホルマリンを彼の顔にかけたの」

「反射的にそうしたのは、ホルマリンのこわさを知っていたからね」

「毎日そのにおいをかいでいたら、いやでもわかるわ。私のような仕事をしているものは、つねにホルマリンの危険にさらされているの。みんなはねかけられるのをおそれているわ」

説明しながら、この話が特別大陪審にどんなふうにきこえるかを考えた。不自然。信憑性がない。荒唐無稽……。

「ホルマリンが目に入ったことある？」と、バーガーがきいた。「自分にかけてしまったことは？」

「ないわ、ありがたいことに」

「で、彼の顔にそれをかけた。それからどうしたの？」

「家から走りでたの。とちゅうでダイニングテーブルのうえにおいてあったグロックをとった。外へでて、こおった階段ですべって腕を骨折した」ギプスをもちあげてみせた。

「彼はどうしたの？」

「追いかけてきたわ」

「すぐに？」

「そんな気がするけど」

バーガーはカウチのうしろへいき、アンティークのフランス産オークの床の、ホルマリンがかかったあたりに立った。床板のその部分は、表面の仕上げ塗料がはげている。彼女は硬材の白っぽくなったところをたどっていった。ホルマリンはキッチンの入り口近くにまでとび散ったようだ。それにはいままで気づかなかった。おぼえているのは彼の叫び声だけだ。彼は目を押さえて、苦痛にうめいていた。バーガーは戸口に立って、キッチンをのぞきこんでいる。何に興味をもったのだろうと、そばへいった。

「話はそれるけど、こんなキッチンは見たことがないわ」

キッチンは私の家の中心だ。中央にはサイロード製の大きなレンジがあり、そのまわりのラックには、黄金のような輝きをはなつ銅の鍋やフライパンがさがっている。レンジにはグリルがふたつと釜、グリドル、ホットプレートが二枚、ガスコンロ、炭火ブロイラー、それに大きなバーナーがついている。このバーナーで大鍋いっぱいのスープをつくるのが私の趣味だ。サブゼロの冷蔵庫と冷凍庫もふくめて、器具はすべてステンレス製だ。壁には香辛料の棚がずらっとならび、ツインベッドほどの大きさの作業台がおかれている。オーク材の床はむきだしで、すみに直立型のワインクーラーと、窓際に小さなテーブルがある。その窓からは、ジェームズ川の岩だらけの湾曲部が遠くに見える。

「まるでプロの厨房ね」バーガーは、キッチンのなかを歩きまわりながらつぶやいた。そう、このキッチンは私の誇りなのだ。「ここで調理をしようという人は、本当にいいものを愛する人なんでしょうね。あなたはすばらしく料理が上手だときいたけど」

「料理は大好きよ。料理をしているときは、何もかも忘れられるわ」

「どうしてそんなにお金があるの？」彼女は大胆にもきいた。

「利殖の才があるの」私はひややかに答えた。お金の話をするのは好きではない。「投資がうまくいってね。長年のあいだにだいぶ儲けたわ」

「賢くお金を運用するわけね」

「そうするよう努力してるわ。それからベントンが死んだときに、ヒルトン・ヘッドのコンドミニアムを私に残してくれてね」しばし間をおいた。「それを売ったの。もうそこへ泊まる気にはなれなくて」また言葉を切る。「それで六十数万ドル手に入ったの」

「わかったわ。これは何？」ミラノ製イタリアン・サンドイッチメーカーを指さす。

それを説明した。

「このごたごたがおさまったら、ぜひあなたの手料理をごちそうになりたいわ」

バーガーはあつかましく言った。「うわさによるとあなたはイタリア料理が得意だとか」

「そうね。イタリア料理をつくることが多いわ」うわさではない。バーガーは私より私のことをよく知っているのだ。「彼はここへきて、シンクで顔を洗おうとしたと思う？」彼女はつぎにたずねた。

「さあ、わからないわ。わかっているのは、私が走りでてころんで、目をあげたら彼が私を追って、よろよろとドアをでようとしていたことだけ。彼はまだ悲鳴をあげながら階段をおりてきて、地面にひざをついて顔に雪をなすりつけはじめた」

「目に入ったホルマリンを洗い落とそうとしたのね。あれはぬるぬるしてるんでしょう？洗い落とすのはむずかしいわね？」

「そうね、簡単ではない。お湯がたっぷり必要ね」

「それを用意してやらなかったのね？　彼を助けようとはしなかったの？」

バーガーを見た。「よしてよ。あなただったらどうした？」怒りがこみあげる。「あのろくでなしが私の脳天を打ち砕こうとしたあとで、医者のまねごとをしろというの？」

「それをきかれるわよ」バーガーはこともなげに言った。「でもそうね。わたしも彼を助けはしなかったでしょうね、ここだけの話。で、彼は前庭にでたわけね」

「言い忘れたけど、家から走りでるときに、非常ボタンを押したわ」思いだして言う。

「ホルマリンのびんをつかんで、銃をつかんだ。非常ボタンも押した。ずいぶん冷静だったのね」と、バーガーが感想を述べる。「とにかく、あなたとシャンドンは前庭にいる。そこへルーシーが車でやってくる。彼女が至近距離から彼の頭を撃ちぬこうとするのを、あなたはけんめいにとめた。ATFや警官がやってくる。話はそこで終わる」

「本当に終わりならいいんだけど」

「チッピングハンマーだけど」バーガーはそのことにもどった。「金物屋へいって、ブレイの遺体にあったような傷をつけるにはどんな凶器が使われたかを見てまわっているうちに、それを見つけたというわけね？」

「いろいろ手がかりはあったのよ。ブレイが、異なるふたつの表面をもつ道具でなぐられたことはわかっていた。片方はとがっていて、もう一方は角ばっている。ブレイの頭蓋骨の陥没した部分は、凶器の形をはっきり示していた。それからマットレスについた血の模様は、彼が血まみれのものをおいたときについたあとだとわかっていた。おそらく凶器でしょう。ハンマーかつるはしのようなものだけど、あまり一般的ではないもの。それを念頭においてさがしたり、人にきいたりしたの」

「で、彼があなたの家へきたとき、チッピングハンマーをコートのなかかどっかに入れていて、それであなたを打とうとしたわけね」バーガーは感情をこめずに、淡々と言う。

「そう」

「じゃ、あなたの家にはチッピングハンマーが二本あったのね。ブレイが殺害されたあとにあなたが金物屋で買ったのと、彼がもってきた分と」

「そうよ」彼女がいま言ったことの意味に気づいて、はっとした。「そうだわ」と、小声で言う。「そのとおりよ。私があれを買ったのはブレイが殺されたあとよ。前ではなく」何がいつおこったのかが、頭のなかでごちゃごちゃになっている。「何を考えていたんだろう。レシートの日付は……」声がとぎれた。金物店で現金ではらったことを思いだした。五ドルかそこらだった。たぶんレシートはとってない。顔から血の気がひいていくのを感じた。バーガーは私が忘れていたこと、ハンマーを買ったのはブレイがなぐり殺される前ではなく、その翌日であることに、ずっと気づいていたのだ。でもそれを証明できない。金物店で応対してくれた店員がレジのテープを提出して、チッピングハンマーを買ったのが私だと断言しないかぎり、証拠はない。

「そのうちの一本がなくなっている。あなたが買ったチッピングハンマーが見つからないのよ」と、バーガーが言った。私は頭が混乱していた。警察が何を見つけたのか知らない、と彼女に告げた。

「でも警察が家のなかをさがしているとき、そこにいたんでしょう？　警察がいるあいだ、家にいたんじゃないの?」と、バーガーがきく。

「見たいというものは全部見せたし、きかれたことには答えた。土曜日にはずっとうちにいて、夕方家をでたの。でも警察のしていることをすべて見たわけじゃないし、何をとっていったのか知らないわ。私が家をでたときもう終わっていたのかどうかもわからない。正直なところ、みんながどれぐらいいたのか、何回きたのかも知らないわ」話しているあいだに腹が立ってきた。バーガーはそれを察しているようだ。「ブレイが殺されたときには、私はチッピングハンマーをもっていなかった。混乱したのは、殺された日ではなく遺体が発見された日に買ったから。彼女は前の晩に殺されて、遺体が翌日発見されたの」いまやとりとめなくしゃべっている。

「そもそもチッピングハンマーって、何に使われるの?」バーガーはつぎにきいた。「それから、言いたくないんだけど、あなたがチッピングハンマーをいつ買ったと主張しようと、ちょっとした問題は残るのよ、ケイ。あなたの家で見つかった分……それしか見つかっていないんだけど、それにはブレイの血がついている」

「チッピングハンマーは石工事に使われるの。この地域にはスレートぶきの屋根が多いの。それから石造りの家も」

「じゃ屋根ふき職人が使うのね? シャンドンは侵入した家でチッピングハンマーを見つけたと考えられているのね。彼が寝泊まりしていた工事中の家で?」バーガーは容赦なくつづける。

「そう思われているようね」

「あなたの家も石造りで屋根はスレートね。建設中は注意深く監督した？　あなたはそうしそうなタイプのようだから。完全主義でしょう」

「自分の家を建てているときに、ちゃんと監督しないってことはないでしょう」

「家を建築しているあいだに、チッピングハンマーを見たことがあるんじゃないかと思って。建築現場で、あるいは職人の工具ベルトにつけてあるのを」

「見たおぼえはないけど。でもはっきりは言えないわ」

「十二月十七日の夜にプレザンツ金物店へ買い物にいくまで、チッピングハンマーはもっていなかったのね？　ちょうど一週間前。ブレイが殺害されて約二十四時間たったときだけど」

「それより前にはもっていなかった。もったことがないわ、自分の知っているかぎりでは」

「チッピングハンマーを買ったのは何時ごろだったの？」バーガーがそうきいたとき、マリーノのトラックがブルブルと低い音をたてて家の前にとまるのがきこえた。

「七時ごろよ。正確にはわからない。六時半から七時のあいだだと思う。金曜日の夜。十二月十七日の」だんだん思考力が鈍ってきた。バーガーに質問ぜめにされて、疲れきっている。たとえうそをついても、彼女をだましおおせるとは思えない。問題は、どれがうそでどれがそうでないか、わかるだろうかということだ。彼女が私の話を信じているかどうか、確信がもてなかった。

「金物店によったあと、まっすぐ家へ帰ったのね?」と、バーガーはつづけた。「その夜のことはさっききいたけど、前の晩何をしたのか教えて」

ドアベルが鳴った。居間の壁のテレビフォンに目をやると、ビデオスクリーンにマリーノの顔が大きくうつっている。バーガーはついにあのことをきいた。私の人生を破滅に導くためにライターが使うにちがいない策略を、ためしたのだ。彼女は私のアリバイを知りたがっている。十二月十六日木曜日の夜、ブレイが殺された時間に私がどこにいたのかを。

「その日の朝にパリからもどったばかりだったの」と、答えた。「いろんな用事をして、午後六時ごろに家へ帰った。その晩十時ごろに、ジョーの様子を見るためにMCVへいった。ルーシーのもとの恋人よ、マイアミでルーシーといっしょに銃撃戦にまきこまれた。彼女の両親がふたりの仲に干渉しようとしたので、私がなんとか手助けしようと思った」ドアベルがまた鳴った。「ルーシーの居場所も知りたかったの。ルーシーはグリニッチ・ヴィレッジのバーにいると、ジョーが教えてくれたわ」玄関のほうへ歩きはじめた。バーガーは私を見つめている。「ニューヨークのグリニッチ・ヴィレッジよ。ルーシーはニューヨークにいたの。家へ帰って、彼女に電話したわ。ルーシーは酔っていた」マリーノがまたベルを鳴らして、ドアをたたいた。「そんなわけで、いまの質問に答えるとね、ミズ・バーガー、木曜日の夜六時から十時半ごろまでのアリバイはないわ。自宅か自分の車にいたんですもの。ひとりで。まったくひとりで。だれにも会わなかったし、だれとも話をしなかった。だから七時半から十時半のあいだに、私がダイアン・ブレイの家で彼女をチッピングハンマーで打ち殺してはいなかったことを証言できる人は、ひとりもいないわけ」

ドアをあけた。バーガーの食い入るような視線を背中に感じる。マリーノは、いてもたってもいられないような顔をしている。激怒しているのか、死ぬほどおびえているのかわからない。たぶんその両方だろう。

「どうしたんだよ？」私からバーガーへ目をうつしながらきく。「いったい何があったんだ？」

「寒いところにずっと立たせてごめんなさい。どうぞ入って」

29

マリーノがここへくるのにこんなに時間がかかったのは、警察署の証拠保管室によっていたからだ。ミッチ・バーボサのランニングショーツのポケットに入っていた、ステンレスの鍵をとってきてくれるように私がたのんだのだ。あの小さな部屋でしばらくさがしまわったんだ、とマリーノはバーガーと私に言った。ワイヤーメッシュの向こうのスペースセイヴァーの棚には、バーコードのついた袋がずらっとならべられている。そのなかには、先週の土曜日に警察が私の家からとっていったものもある。

保管室には私も入ったことがあるので、その様子を目にうかべられる。袋のなかで携帯電話が鳴ったり、ポケットベルが振動したりする。何も知らない人たちが友人や同僚を呼ぼうとするのだが、相手はすでに監禁されているか死んでいる。PERKのような遺体から採取したサンプルや、私がチッピングハンマーでたたいたチキンの胸肉のような、変質するおそれのある証拠品を入れるための、鍵のかかる冷蔵庫もある。

「なぜ生のチキンをチッピングハンマーでたたいたの?」バーガーが、私の奇妙な話のなかのその部分について、説明を求めた。

「たたいたあとが、ブレイの傷と一致するかどうか見たかったの」

「チキンはまだ証拠品冷蔵庫に入ってるぞ」と、マリーノが言う。「よくあれだけたたいたよな」

「チキンに何をしたのか、くわしく話して」バーガーは、私が証人台にでもいるようになった。

私は玄関広間でバーガーとマリーノのほうを向き、生のチキンの胸肉をまな板にのせ、チッピングハンマーのあらゆる面や角でたたいて、その傷あとを調べたことを話した。角ばったほうのはしと、とがったほうのはしでできた傷は、どちらも形と大きさがブレイの遺体の傷と一致していた。とくにはっきりしていたのは、軟骨と頭蓋骨の傷だ。これらの骨には貫通したものの形、つまり工具痕跡が残りやすいのだ。白い枕カバーを広げて、チッピングハンマーのコイル状の柄にバーベキューソースをつけたことも説明した。どんなバーベキューソース？　バーガーは当然きく。

たしかスモーキーピッグのバーベキューソースだった。それを血液ぐらいの濃さにうすめ、そのソースのついた柄を枕カバーに押しつけて、どんなあとがつくか見た。ブレイのマットレスについていたのと同じ、しま模様だった。マリーノによると、バーベキューソースの模様がついた枕カバーは、DNA鑑定室に送られた、という。時間の無駄だわ、と私は言った。トマトのDNA検査をしてどうしようっていうの？　ふざけたわけではない。腹立ちまぎれに皮肉のひとつも言わずにはいられなかったのだ。枕カバーのDNA鑑定をして得られるのは、「人間のものではない」という結果だけよ、と断言した。マリーノは歩きまわっている。

まいったよ、と彼は言う。私が買っていろいろ実験したチッピングハンマーが、なくなっているからだ。どうしても見つからない。あらゆるところをさがしたのに。証拠品を記録したコンピューターにも入っていない。保管室にはもちこまれていないし、鑑識技官がそれを検査室へまわした形跡もない。いまやそれはたしかだった。どこへいったのかわからない。消えてしまったのだ。買ったときのレシートもない。

「チッピングハンマーを買ったことを、電話で話したわよね」思いださせるようにマリーノに言った。

「ああ」と、彼は言う。プレザンツ金物店から帰ったあと、ブレイ殺害に使われた凶器がチッピングハンマーらしいことを、電話でマリーノに話した。それを買ったことも言った。でもブレイを殺したあと、アリバイをつくるためにそういう道具を買うことも、できないわけではない、とマリーノは指摘した。「そんな道具はもってなかった、あるいはブレイが何で殺されたのか知らなかったというふりをするために」

「あなたはいったいどっちの味方なの？」と、彼に言った。「まさかライターのたわごとを信じてるわけじゃないでしょうね。まったくもう。これ以上がまんできないわ」

「味方するとかしねえとかの話じゃねえんだよ、先生」マリーノが重々しく言った。バーガーは黙っている。

ハンマーが一本しかないという話にもどった。私の家で見つかった、ブレイの血のついたハンマーだ。もっとくわしく言えば、居間のペルシャ絨毯のうえ。マホガニーのコーヒーテーブルの、右はしから四十五センチはなれたところだ。落ちていたのはシャンドンのハンマーで、私のではない、と言いつづけた。ワイヤーメッシュの奥にあるスペースセイヴァーの棚のうえの、証拠物件番号とスカーペッタ、つまり私をあらわすバーコードのついた、安っぽい茶色の紙袋が目にうかぶ。

玄関の壁にもたれた。頭がぼうっとする。体外離脱でもして、おそろしいことがおこって打ちのめされた自分を、外からながめているかのようだ。破滅した自分、もはや立ち直れなくなった自分を。私は茶色い紙袋に入った証拠品が保管室にならべられる被害者たちのように、死んだのだ。いや、死んではいない。だが嫌疑をかけられるのは、死ぬよりつらいかもしれない。私に対するつぎの言いがかりは、過剰殺傷（かじょうさっしょう）だろう。そのことは考えたくもない。

「マリーノ、あの鍵をうちのドアでためしてみましょう」と、彼に言った。

マリーノはためらい、顔をしかめた。それから、すりきれたフリースが裏についた古びたレザージャケットの内ポケットから、透明なビニールの証拠品袋をとりだした。玄関のドアをあけると、冷たい風がふきこんだ。マリーノはステンレスの鍵をドアの鍵あなにさしこんだ。鍵はするりと入り、まわすとカチッという音とともにデッドボルトがあいたりしまったりりする。

「この札の番号だけど」私は低い声でマリーノとバーガーに言った。「二三三。これ、うちの警報装置の暗証番号よ」

「なんですって?」さすがのバーガーも、あとの言葉がでてこない。

みんなで居間へいった。私は今度はシンデレラのように冷たい炉辺にすわりこんだ。バーガーとマリーノは汚れたカウチに腰をおろすのを避け、私のそばにすわった。ふたりとも私を見て、何らかの説明を待っている。考えられることはひとつ。それもかなりはっきりしていると私は思う。「土曜日以来、警察のほかにいろんな人がこの家に出入りしているわ」と、私ははじめた。「キッチンのひきだし。そのなかにあらゆるものの鍵が入ってるの。家、車、オフィス、ファイルキャビネット、その他いろいろ。だから、だれでもこの家のスペアキーを簡単に手に入れることができたわけ。それに、みんなうちの警報装置の暗証番号は知ってたわけでしょう?」マリーノを見る。「家をでるときは、ちゃんとそれをセットしていったのよね。さっき入ってきたときも、警報装置はついてたもの」

「この家に入った人たち全員のリストをつくりましょう」バーガーが暗澹とした顔で言った。

「俺が知ってる範囲で名前をあげることはできる」と、マリーノが答える。「けど俺もだれかがここに入るときに、いつもいたわけじゃねえからな。全員を知ってるとは言えねえ」

私はためいきをついて暖炉にもたれ、自分の目で見た警察関係者の名前をあげはじめた。ジェイ・タリーとマリーノもそのなかに入っている。「それにライターもきているわね」と、つけ加えた。

「わたしもよ」と、バーガーが言った。「でも勝手に入ったわけではもちろんないわ。暗証番号を知らなかったし」

「だれが入れてくれたの？」

バーガーは答えるかわりにマリーノを見た。バーガーを案内してまわったことを、マリーノがひとことも言わなかったことが気になった。疑いを抱くのは理不尽だとわかっている。だが、何かしようと思ったらマリーノほど楽にそれができる人間はいない。私は彼を信用しきっているのだから。マリーノはひどく動揺している。立ちあがってキッチンのほうへいった。スペアキーを入れてあるひきだしをあける音がする。彼はそれから冷蔵庫をあけた。

「ミッチ・バーボサのポケットに鍵が入っているのを見つけたとき、わたしもそこにいた」バーガーが考えていることを声にだして言った。「だからあなたが鍵をそこに入れたはずはない」と、推理する。「あなたは遺体が発見された現場にはいなかった。ひとりで遺体にふれたことはない。あなたが遺体袋をあけたときは、マリーノとわたしがそばにいた」バーガーはいらだってふうっと息を吐いた。「マリーノはどうかしら？」

「そんなことするはずない」やめてというように手をふって、彼女の言葉をさえぎった。

「絶対に。もちろんチャンスはあったでしょうけど。するはずないわ。それに彼の話では、現場でバーボサの遺体を見ていないのよ。マリーノがモスビー・コートへいったときには、遺体はすでに救急車にのせられていたんですって」

「すると、現場にいた警官のだれかが入れたか、または……」

「おそらくバーボサが殺されたときに、ポケットに入れられた」バーガーの考えを最後まで言った。「犯行現場でね。遺体が捨てられた場所ではなく」

マリーノがシュパーテン・ビールを飲みながら入ってきた。ルーシーが買っておいたのだろう。私は買ったおぼえがない。もはやここが自分の家ではないような気分だ。アナの話を思いだした。家がナチに占拠されたとき、彼女がどんな気持ちになったかわかるような気がした。人間は怒りや涙、抗議、悲しみさえも感じない境地にまで追いつめられる場合があることを、急に悟った。最後は受容という泥沼に沈みこんでいく。現在に生きなければならない。過去はすぎさったことなのだ。

「もうここには住めないわ」バーガーとマリーノに言った。

「あったりめえだろう」マリーノはつっかかるようなとげとげした声で、ぴしゃっと言った。最近はいつもそんなふうな攻撃的な言いかたをする。

「あのねえ」と、彼に言った。「そんないいかたをするのはやめて、マリーノ。みんな疲れていらいらして、腹立たしい思いをしてるんだから。何がおこってるのかよくわからないけど、私たちとつながりのあるだれかが、最近おこったふたつの殺人にかかわっていることはあきらかだと思う。ふたりの男性が拷問されて殺された事件。バーボサの遺体に私の家の鍵をつけた人物は、私がその殺人にも関係しているように見せたかったのか、警告を与えるつもりだったのね」

「警告だと思うね」と、マリーノが言う。

ところでロッキーはいまどこにいるの、ともうすこしで彼にきくところだった。

「あなたの最愛の息子ロッキー」バーガーがかわりに言ってくれた。

マリーノはビールをがぶっと飲み、手の甲で口をふいた。そのまま黙っている。バーガーは腕時計に目をやり、私たちを見た。「ええと、メリー・クリスマス。いちおう」と、彼女は言った。

30

午前三時近くに帰ってきたとき、アナの家はしんとして暗かった。だがアナは気をきかせて、廊下とキッチンの電気はつけておいてくれた。万一鎮静剤(ちんせいざい)が必要な場合にそなえて、キッチンの明かりのそばにはクリスタルのタンブラーと、グレンモランジーのボトルもおいてあった。けれどももう時間が時間なので、それを飲むのはやめた。アナがおきていればいいのにと思う気持ちが、どこかにあった。がたがた動きまわれば彼女がおきてきて、話し相手になってくれるのではないかと思うと、そうしたくなった。いまとなっては、アナに心を打ち明けなければよかったと思うべきだろうが、おかしなことに彼女との話しあいを好むくせがついてしまったようだ。ゲストルームへ向かいながら、精神分析でいう転移のことを考えた。アナに感情転移しているのだろうか？　それとも孤独で憂うつな気分なのは、クリスマスだというのに一日中凶悪な犯罪、しかも自分が嫌疑をかけられている殺人事件の捜査をして、疲れきって目がさえた状態で人の家にいるからだろうか？

ベッドのうえにアナからの手紙がおかれていた。上品なクリーム色の封筒を手にとると、その重みと厚さから、彼女が長い手紙を書いてくれたことがわかった。バスルームの床に、服をそっくり脱ぎすてた。この二十時間のあいだにどこへいき、何をしたかを考えると、生地に汚れがしみこんでいるような気がする。シャワーからでると、脱いだ服にモーテルの火事のいやなにおいがついていることにはじめて気づいた。クリーニングにだすまで忘れていられるように、それらを丸めてタオルでくるんだ。アナが用意してくれたぶあついバスローブをはおって、ベッドへいった。そわそわしながら、ふたたび手紙を手にとる。封をあけ、透かしの入ったしっかりした便箋六枚をひろげた。心してゆっくり文字を追った。アナはよく考えて書いており、私が細心の注意をはらって読むことを期待している。ひとつひとつの言葉に意味があるのだ。

親愛なるケイへ

戦争中、わたしは真実とは必ずしも正しいこと、善いこと、最上のことではないのを知りました。ナチスの親衛隊の隊員が戸口にやってきて、ユダヤ人が家にいないかとたずねたとき、もしユダヤ人をかくまっていれば真実を言うわけにはいきません。トーテンコプフSSの隊員たちがオーストリアのわたしの生家を占拠したとき、彼らをどんなに憎んでいるか口にすることはできませんでした。マウトハウゼンのSSの隊長が夜、たびたびわたしのベッドにやってきて、これが好きかときいたときも、本当のことは言いませんでした。

彼は下品な冗談を言い、毒ガスで殺されるユダヤ人のうめき声をまねて、わたしの耳もとでシューッという音をたてるのです。わたしは笑いました。こわかったからです。彼は収容所から帰ってきたあと、ひどく酔っぱらうことがありました。あるとき、ランゲンシュタインという近くの村でSSがおこなったユダヤ人狩りで、十二歳の少年を殺したと自慢しました。これはうそだったことをあとで知りました。実際に少年を撃ち殺したのは、リンツの国家警察の長です。でもそのときは彼の話を信じたので、恐怖にかられました。わたしも非戦闘員で、しかも子供です。でもだからといって安全ではなかったのです（一九四五年にこの指揮官が死ぬと、遺体は何日も市民の前にさらされました。わたしもそれを見て、つばをはきかけました。それがわたしの本当の気持ちでしたが、それまでは真実を語ることができなかったのです！）。

真実は相対的なものだと言えます。タイミングや身の安全によって変わってきます。真実は恵まれた人たち、食べるものが豊富にあり、ユダヤ人ではないため隠れる必要もない人たちに許されるぜいたくです。真実は破滅を導くことがある。だから真実を語ることは必ずしも賢明ではないし、自然でもありません。精神科医がこんなことを言うのはおかしいでしょう？　ケイ、あなたにこの教訓をさずけるのは、ある理由のためです。

この手紙は読んだあと必ず処分してください。そんな手紙があったことも認めてはいけません。わたしにはあなたという人がよくわかっています。こんな小さなことでも、やるのがむずかしいでしょう。だれかにきかれても、この手紙に書いてある内容はけっして話さないこと。

たとえ生きのびるためにいやいややったことでも、わたしの家族がSSに食物と住まいを提供したことを知られたら、わたしはこの国で生きていくことができません。親しい友人が「ナチの協力者」だったことがわかったら、あなたも傷つくでしょう。わたしがそう呼ばれることは間違いありません。心の底からナチを憎んでいるものにとって、それはあまりにひどい呼びかたです。わたしはユダヤ人です。父は先見の明のある人で、ヒトラーが何をするつもりかを予知していました。そこで三〇年代末に、銀行関係や政治的なコネと財産を使って、家族の安全を確保しました。名前をゼナーに変え、ポーランドからオーストリアへ移ったのです。わたしは幼かったので、状況がよくわかりませんでした。

ですから、ある意味でわたしはものごころつくころから、うそをついて生きてきたわけです。わたしがなぜ法的手続きで尋問されたくないか、なぜできるだけそれを避けようとするのか、これでその理由がわかったでしょう。

さてケイ、この長い手紙を書いたのは、身の上話をするためではありません。ようやくベントンのことを話す決意をしたからです。

ベントンがしばらくわたしの患者だったことを、あなたはきっと知らないでしょう。実は三年ほど前、診察を受けにきたのです。うつ状態で、あなたも含めてだれにも相談することのできない仕事上の悩みをかかえていました。彼が言うには、FBIで仕事をしているあいだに、ぞっとするようなおそろしい犯罪……想像を絶するような異常な行為をいろいろ見た。それに悩まされたり、そうした「邪悪なもの」にさらされたために悪影響をこうむったりはしたが、心底こわいと思ったことはなかった。凶悪犯はおおむね、彼には興味を示さなかったから、というのです。彼に危害を加えようとはしなかったし、むしろ刑務所で話をきいてもらうのを喜んだ。警察の捜査にも何度も協力したけれど、そうした事件でも、ベントン自身が危険にさらされることはなかった。連続レイプ犯や殺人犯も、彼には関心がなかったからです。

ところが、わたしに会いにくる数ヵ月前から、奇妙なことがベントンの身におこりはじめました。残念ながら、全部はおぼえていないのよ、ケイ。でも、おかしなことがいろいろあったようです。無言電話とか。携帯無線電話のことでしょうね。あなたについてひどいことを書いたり、あなたに危害を加えるとおどしたりする手紙もきたけれど、やはり差出人はわからなかったそうです。でもとにかく手紙を書いたのは、あなたたちふたりを個人的に知っている人間だと、ベントンは確信していました。

もちろん、いちばん疑わしいのはキャリー・グレセンだと思っていたようです。「あの女は必ずまた何かやるだろう」と、よく言っていました。でも当時は彼女が電話をかけたり、手紙を送ったりできるとは思えなかったのです。まだニューヨークのカービーに監禁されていましたから。

ベントンとの六ヵ月にわたる会話の内容をひとことで言うと、彼は自分の死が間近に迫っているという強い予感を抱いていました。そのために気分が落ちこみ、不安感や恐怖に悩まされ、アルコールでそれをまぎらそうとしはじめました。ときどき大酒を飲むことを、あなたには隠していました。そういった悩みのため、あなたとの関係も不安定になっていったようです。ケイ、このあいだあなたの話をきいて、家でのベントンの態度が実際に変わっていたことを知りました。その理由のひとつがこれでわかったでしょう。

軽い抗うつ薬を処方したかったのですが、ベントンはいらないと言いはりました。彼は自分の身に何かおこったら、あなたとルーシーはどうなるだろう、といつも心配していました。診察室で、手放しで泣いたこともあります。数週間前にロード上院議員があなたに届けたあの手紙。あれを書くことをすすめたのはわたしです。「自分が死んだあと、最後にひとことケイに何か言うチャンスが与えられたと想像して書けば」と言うと、彼はそのとおりにしました。あの手紙に書かれていることが、あなたへの彼の言葉です。

治療のための話しあいのあいだ、いやがらせをしているのがだれかわかっているのに、否認の気持ちがはたらいて現実が認められないのでは、と何度も彼に言いました。ベントンはためらいを見せました。何らかの情報をにぎっているのに、それを打ち明けることができない、あるいは言いたくないらしいと思ったことをよくおぼえています。それが何だったのか、いまになってわかったような気がします。数年前ベントンにおこりはじめたことと、いまあなたの身におこっていることは、マリーノの悪辣(あくらつ)な息子とかかわりがあるのではないかと思います。ロッキーは大きな力をもつ犯罪組織とつながりがあり、父親を憎んでいます。だからきっと、父親にとって大切な人たちも憎むでしょう。ベントンがおどしの手紙を何通も送られた末に殺され、その後おそろしい殺人鬼シャンドンがリッチモンドへやってきて、マリーノの性悪(しょうわる)の息子がその弁護人になる。これは偶然でしょうか？一見つながりがなさそうなこれらのできごとはすべて、マリーノの愛する人たちを破滅させるための、遠大な計画の一部であると考えることはできないでしょうか？

わたしの診察室で、ベントンはよくトリップ・ファイルのことを話しました。そのなかに奇妙なおどしの手紙や、彼の身辺におこりはじめたさまざまなできごとや通信の記録を入れていたようです。何ヵ月ものあいだ、彼がティップ・ファイルと言っているのだと思っていました。でもあるとき、わたしがそのティップ・ファイルのことにふれると、ベントンはそれを訂正しました。ティップではなくトリップで、TLPファイルのことをそう呼んでいるというのです。TLPは何の頭文字かとたずねると、ザ(The)・ラスト(Last)・プリシンクト(Precinct)だと言いました。それは何の意味かときくと、彼は涙ぐんでこう答えたのです。「ラスト・プリシンクトはわたしが最後にいきつくところだよ、アナ。人生の最後に」これが彼の言ったとおりの言葉です。

ルーシーが働きはじめたという、ニューヨークの犯罪コンサルティング会社がこれと同じ名前だと知ったとき、わたしがどんなに驚いたか想像がつくでしょう。ゆうべわたしが動揺していたのは、家に召喚状が届けられたからだけではありません。実はこういうことがあったのです。召喚状が届いたので、ルーシーに電話しました。あなたの身にどんなことがおこっているかを、彼女の耳にいれておいたほうがよいと思ったからです。ルーシーは「新しいボス」（ティヴン・マガヴァン）がリッチモンドへきていると話し、ラスト・プリシンクトという名前を口にしました。いまだにそのときの驚きがさめません。どういうことなのか、わけがわからない。ルーシーはベントンのファイルのことを知っているのでしょうか？

これもまた偶然だと思いますか、ケイ？　ルーシーが考えついた名前が、たまたまベントンの秘密のファイルの名前と一致したの？　こうしたつながりがすべて偶然の一致だと思えますか？　いまやラスト・プリシンクトという組織ができて、その本拠地がニューヨークなのでルーシーはニューヨークへ移ろうとしている。シャンドンの裁判もニューヨークでおこなわれることになった。二年前にニューヨークで殺人をおかしているから。そのころキャリー・グレセンはまだニューヨークで監禁されていた。キャリーの前のパートナーだった殺人鬼テンプル・ゴールトは、ニューヨークで（あなたに）殺された。マリーノが警官としてのキャリアをはじめたのがニューヨークで、ロッキーはニューヨークに住んでいる……。

最後にひとこと。あなたの窮状をさらに悪化させかねない立場におかれてしまったことを、心から申しわけなく思っています。でも曲解されるようなことは決して言わないつもりです。絶対に。こんなことに巻きこまれるには、わたしは年をとりすぎています。明日、クリスマスの日に、ヒルトン・ヘッドの別荘へ向かいます。リッチモンドへ帰ってもよい状況になるまで、向こうに滞在します。その理由はいくつかあります。ビューフォードたちがわたしに会いにくるのを避けるため、というのがそのひとつです。そしてさらに重要なのは、あなたには居場所が必要だということ。自宅にもどってはだめよ、ケイ。

心からの友人

アナ

その手紙を何度も読みなおした。悪が平然とおこなわれていたマウトハウゼンで、その状況を知りながらすごさねばならなかったアナの思春期を思うと、胸が痛んだ。自分がユダヤ人であることを知りながら、これまでずっとユダヤ人のことやユダヤ人を種にしたたちの悪いジョーク、ユダヤ人に対するひどい仕打ちについてきかされねばならなかったことが、気の毒でならない。アナがどう正当化しようと、彼女の父親がやったのは卑怯(ひきょう)なこと、間違ったことだった。おそらく父親は、自分がもてなしているSSの隊長がアナをレイプしていることも知っていたのだろう。それなのに何もしなかった。何ひとつ。

気がつくと、午前五時近くなっていた。まぶたが重く、神経がざわめいている。いまから寝てもしようがない。おきてキッチンへいき、コーヒーをいれた。しばらく暗い窓の前にすわり、見えない川のほうに目をこらしながら、アナが明かしてくれたことについて考えた。ベントンの最後の数年のことが、ようやくわかった。ベントンは緊張性の頭痛だと言っていたが、二日酔いのように見えたことが何度かある。いま思うと、やはりそうだったのだ。彼はふさぎこむことが多くなり、よそよそしい態度を見せたり、いらだったりするようになった。ベントンは脅迫状や無言電話や、彼がトリップ・ファイルと呼んでいたもののことを、私に話さなかった。その気持ちはわかる。でもそれは間違いだったと思う。それらのことを私に話すべきだった。

ベントンの死後、遺品を整理しているとき、そんなファイルを見たおぼえはない。だがその時期については、おぼえていないことが非常に多い。まるで土中に住み、のろのろと重そうに動くことしかできず、自分の行き先もいた場所も見えないかのようだった。ベントンが亡くなったあと、彼の所持品を整理するのをアナが手伝ってくれた。アナがクローゼットを空にしたり、ひきだしのなかのものをだしたりしているあいだ、私は動転した虫のように部屋をめぐり歩いて、片づけを手伝ったかと思うと、つぎの瞬間には泣いたりわめいたりしていた。アナはそのファイルを見ただろうか？　もしまだあるなら、ぜひさがしださなければ。

曙光が濃紺の空をてらしはじめた。アナのためにコーヒーをいれ、寝室へもっていった。ドアの前で耳をすませ、彼女が目ざめているかどうかうかがった。何の物音もきこえない。そっとドアをあけ、コーヒーをはこんだ。ベッドのそばの長円形のテーブルにそれをおく。アナは常夜灯が好きだ。どのコンセントにもそれがさしこまれ、寝室は滑走路のように下のほうがてらされている。最初にそれを知ったときは、おかしな趣味だと思った。しかしいまはわかるような気がする。酔っぱらった酒くさいナチの隊長が入ってきて彼女の若い体を蹂躙するのを、寝室でおびえながらひとりで待っていたことを、暗闇は思いださせるのかもしれない。アナが心に傷をおった人たちを助けることに一生をささげているのも、ふしぎではない。彼女にはその人たちの気持ちがわかるのだ。過去の悲しいできごとがいまの私をつくりあげたとアナは言ったが、それは彼女自身についても言えることだ。

「アナ？」小声で言った。彼女が身動きするのが見えた。「アナ？　私よ。コーヒーをもってきたわ」

アナは驚いたようにおきあがり、目を細めた。白髪が顔に落ちかかったり、つったったりしている。

メリー・クリスマスと言いかけたが、思い直して「ハッピー・ホリデー」と言った。

「長年クリスマスを祝ってきたわ、ユダヤ人であることを隠して」アナはコーヒーに手をのばした。「朝の早い時間には、あまり愛想よくできないたちなの」

私はアナの手をぎゅっとにぎった。薄闇のなかで、彼女は急に老けて弱々しくなったように見える。「手紙を読んだわ。何と言っていいかわからないけど、あの手紙を処分することはできない。あれについて話しあわなきゃ」

一瞬アナは黙りこんだ。その沈黙に安堵の気持ちがひそんでいるのを感じた。けれどもアナはすぐにかたくなな態度にもどり、やめてというように手をふった。自分の過去と、私についで話してくれたことすべてを、そのちょっとしたしぐさでとり消すことができるとでもいうように。常夜灯の光のため、広い豪華な寝室のなかのビーダーマイヤー様式の家具やアンティークのランプ、油絵などの影が強調され、濃く見える。どっしりしたシルクのカーテンはひかれている。「あんなことを書くべきではなかった」と、アナは強い調子で言った。

「いいえ、もっと早く書いてほしかったわ、アナ」

彼女はコーヒーをすすり、寝具を肩のところまでひっぱりあげた。

「子供のときにおこったことは、あなたのせいではない」と、アナに言った。「それを選択したのはあなたではなく、お父さまよ。お父さまは一面であなたを守ったけど、べつの面ではまったく守らなかったと言える。しかたがなかったのかもしれないけど」

アナは首をふった。「あなたにはわからない。わかるはずがないわ」

それについて彼女と議論するつもりはなかった。

「彼らはまさにけだものだった。両親には選択の余地がなかったのよ。父はしょっちゅうシュナップスを飲んでいた。いつもシュナップスで酔っぱらっていたわ。彼らもいっしょに酔っぱらうの。いまだにシュナップスのにおいをかぐとぞっとする」アナは両手でコーヒーマグをにぎりしめた。「みんな酔っぱらったわ、ぐでんぐでんに。スペール国務大臣と側近がグーセンとエーベンゼイの軍事施設の視察にきたとき、うちのシュロスに立ち寄ったの。そう、うちの古風な小さなお城に。両親は豪華な晩餐会を催したわ。ウィーンから楽団を呼んで、上等なシャンパンとぜいたくな料理を用意して。みんな酔っぱらった。わたしは寝室に隠れて、つぎはだれがくるだろうとおびえていた。一晩中ベッドのしたにひそんでいたの。部屋に入ってくる足音が何度かきこえたわ。だれかが乱暴にふとんをはいで、悪態をついたこともあった。夜通しベッドのしたでその晩の音楽のこと、ヴァイオリンでやさしい調べを奏でていた青年のことを考えていた。彼がたびたびわたしのほうを見るので、わたしは顔を赤らめた。そのあとベッドのしたに隠れて、その青年のことを思ったの。あんな美しい音楽をつくりだせるのはすばらしい人にちがいないと。一晩中、彼のことを夢見ていた」

「ウィーンのヴァイオリニスト？　その後あなたが……？」

「いえ、そうじゃないの」アナは闇のなかで首をふった。「ジェームズと会ったのはそれから何年もたってから。でもきっとそのときね、ジェームズと恋に落ちたのは。まだ会ってもいないのに。黒いモーニング姿の楽団員たちを見て、彼らの奏でる音楽にうっとりした。彼らがおそろしい現実から、わたしを救いだしてくれることをねがった。調べにのって、自分がどこか清らかな場所へとんでいくところを想像したわ。つかのま、わたしは石切り場も焼き場もない昔のオーストリアにもどっていた。そのころの生活はシンプルで、人々はまっとうで楽しいことが好きで、完璧に庭を手入れして、自分の家に誇りをもっていた。春の晴れた日には、ガチョウの綿毛をつめたふとんを窓に干して、かぐわしい空気をいっぱい吸わせた。空までつづくように思えるなだらかな草原で、よく遊んだわ。そのあいだ父は森でイノシシ狩りをして、母は縫い物をしたりお菓子を焼いたり」アナは言葉を切った。なつかしさと悲しさがいりまじったような表情をしている。「弦楽四重奏団があんないまわしい夜を変えることができた。その後、わたしのロマンチックな気持ちが、アメリカ人のヴァイオリニストの腕のなかへ自分をみちびいた。そしてわたしはここへやってきた。この国へ。逃げたの。でもやはり逃げることはできなかったのよ、ケイ」

夜明けの光がさしはじめ、カーテンがはちみつ色に変わった。ここにいてくれてうれしい、とアナに言った。彼女がベントンと話をして、いま私にそれを教えてくれたことに感謝した。新たな知識のおかげではっきりしたこともあるし、まだわからないこともある。ベントンが殺される前の、心の動きや気分の変化を正確につかむことはできない。だが彼がアナと会っていた時期に、キャリー・グレセンがテンプル・ゴールトに代わる新たなパートナーをさがしていたことは知っている。キャリーは以前にコンピューターの仕事をしていた。頭がよく、人を操ることにかけては天才的な腕をもつキャリーは、犯罪者用精神医療施設カービーで巧みにみんなを説得して、コンピューターを使う許可をえた。そしてそれを通じてふたたび外の世界に網をはり、新しいパートナーを見つけた。やはり異常人格の殺人鬼、ニュートン・ジョイスだ。キャリーはインターネットを使ってそれを達成し、ニュートンは彼女がカービーから脱走するのを手助けした。

「もしかすると、キャリーはインターネットでほかにもだれかと出会ったのかもしれない」

と、アナが言った。

「マリーノの息子。ロッキー？」

「そんな気がするわ」

「アナ、ベントンのファイルがどうなったか知ってる？　彼がトリップと呼んでいたファイル」

「それを見たことは一度もないわ」アナはまっすぐ身をおこした。そろそろおきなければと思ったらしい。毛布が腰のあたりにずり落ちた。むきだしの腕は痛々しいほど細く、しわがよっている。まるでだれかに空気をぬかれたかのようだ。黒っぽいシルクの寝まきのしたの胸は、だらんとたれている。「ベントンの衣類やほかの所持品を整理するのを手伝ったとき、ファイルはなかった。もっとも、彼の書斎には手をふれなかったけど」

私はほとんど何もおぼえていない。

「そうよ」アナは寝具をめくって、床に足をおろした。「それはしなかった。わたしが見るべきものではないから。彼の仕事上のファイルは」立ちあがってガウンをはおる。「そういったものはあなたが調べるだろうと思ったの」そう言って私を見た。「調べたんでしょう？クワンティコの彼の部屋は？　もう退職していたから、私物はなかったんでしょうね？」

「そうね、それはなかったはず」いっしょに廊下を歩いてキッチンへいった。「でもケース・ファイルはおいてあったと思う。彼の同僚のなかには、FBIを退職するときそれをもっていく人もあった。でもベントンは、たとえ自分が担当した事件でも、ケース・ファイルは自分の所有物ではないと考えていたの」残念な気持ちで言った。「だから退職したとき、クワンティコからそれをもち帰ってはいないことはわかっている。わからないのは、トリップ・ファイルをおいてきたかどうかね。もしおいてきたのなら、私は絶対に見ることはできない」

「あれはベントンのファイルだったのよ」と、アナが指摘する。「彼あての手紙や何かですもの。その話をしたとき、ベントンは自分の身におこっていることが、FBIと関係があるようには言わなかった。おどしやいやがらせの電話は、彼個人にあてられたものと考えていたようよ。そういったもののことを、FBIの同僚に話したことがあるかどうかは知らないけど。彼はとてもこわがっていた。あなたに対するおどしもあったから。このことはわたし以外にはだれにも打ち明けなかったと思うわ。それはたしかよ。FBIに話したほうがいいとわたしは何度もすすめたの」彼女は首をふった。「でも彼はうんと言わなかった」

コーヒーのフィルターをごみ箱に捨てながら、昔と同じ怒りを感じた。ベントンはさまざまなことを私から隠していたのだ。「残念だわ」と、答えた。「ほかの捜査官に話していたら、こんなことにはならなかったかもしれないのに」

「コーヒーをもっといかが？」

昨晩は寝ていないことを思いだした。「いただいたほうがよさそうね」

「ウィーン風コーヒーにしましょう」アナはそう言いながら冷蔵庫をあけて、コーヒーの袋を順に見ていった。「今朝はオーストリアが妙になつかしいから」自分の過去を私に語ったことを苦々しく思っているかのように、かすかに皮肉をこめて言う。コーヒーミルに豆をいれると、キッチンはしばし騒音に包まれた。

「ベントンは最後はFBIに幻滅したのだと思う。まわりの人たちを信用していなかったみたい。みんな競争意識が強くて。ベントンは課の責任者だったでしょう。退職をほのめかしただけで、みんながそのポストをめざして熾烈な闘いをくりひろげるとわかっていた。彼の性格から考えて、その問題を自分ひとりで扱おうとしたことは間違いないわ。担当の事件を扱うのと同じように。慎重という点では、ベントンの右にでるものはいなかった」私はあらゆる可能性をさぐろうとした。ベントンはファイルをどこにしまっていただろう？　いったいどこに？　私の家にはベントンの書斎があり、彼はそこに所持品をおき、ラップトップを使っていた。ファイルを入れるひきだしもあった。でもそこはもう私が調べているが、アナが言ったようなものはなかった。

やがてあることを思いだした。ベントンはフィラデルフィアで殺されたとき、ホテルに宿泊していた。いくつかのかばんに入った所持品が私に返されたが、そのなかにブリーフケースがあった。私はそれをあけ、警察がやったようになかを調べた。トリップ・ファイルのようなものはなかったとはっきり言える。だがもし彼へのおどしの電話や手紙にキャリー・グレセンが関係しているかもしれないとベントンが考えていたなら、キャリーがかかわっていると思われる新たな事件を捜査するとき、トリップ・ファイルをもち歩いていた可能性はないだろうか？　ファイルをフィラデルフィアへもっていったのでは？

電話のところへいき、マリーノの家へかけた。「メリー・クリスマス。私よ」

「なんだ？」彼はねぼけているようだ。「くそ。いま何時だ？」

「七時ちょっとすぎ」

「七時！」うめき声。「そんな時間じゃサンタだってまだきてねえぞ。なんでこんなに早くかけてきたんだ？」

「マリーノ、これはすごく重要なことなんだけど。フィラデルフィアのホテルで警察がベントンの所持品を調べたでしょう？　あなたがそれをやったの？」

マリーノは大あくびをしたあと、大きな声で言った。「ちくしょう、こんなに夜更かししたらだめだな。肺がいかれちまったよ。たばこもやめなきゃ。ゆうべ俺と仲間とワイルド・ターキーがいっしょに騒いでたんだ」またあくびをする。「ちょっと待ってくれ。だんだん頭がはっきりしてきた。チャンネルを切りかえさせてくれ。クリスマスだと思ったら、いきなりフィラデルフィアのことをきいてくるのか？」

「そうよ。あなたたちがベントンの部屋で見つけたもののこと」

「ああ。調べたのは俺だ」

「何かとった？　ブリーフケースに入っていたものとか？　たとえばファイルのようなもの。手紙の入った」

「ファイルがいくつか入ってた。なんでそんなことを知りてえんだ？」

私は興奮してきた。神経が火花を散らし、頭のもやもやをふきとばして、細胞にエネルギーを送りこんでいる。「そのファイル、いまどこにあるの？」

「ああ、そういえば手紙が入ってたな。おかしなやつだったから、くわしく調べたほうがいいと思った。でもそれからルーシーがキャリーとジョイスを空から撃ち落として魚のえさにしちまっただろう。それでまあ、事件のかたがついたわけだ。くそ。いまだに信じられねえよ。ルーシーがヘリコプターにAR－15をのっけてたとは……」

「ファイルはどこにあるの？」もう一度きいた。切迫した声になるのをおさえられない。心臓がどきどきしている。「そのおかしな手紙が入っていたファイルを見たいの。ベントンはそれをトリップ・ファイルと呼んでいた。T―L―P。ザ・ラスト・プリシンクトの頭文字よ。ルーシーはそこからその名前をとったのかもしれない」

「ラスト・プリシンクト（最終管区）。ルーシーがこれから仕事をするところの名前……ニューヨークのマガヴァンの会社だな？　それがベントンのブリーフケースに入っていたファイルとどう関係あるんだ？」

「いい質問ね」

「わかったよ。どっかにあるはずだ。それを見つけてもってくよ」

アナは寝室へもどっていた。もうすぐルーシーとマガヴァンがくることになっている。クリスマスのごちそうをどうしようかと考えた。冷蔵庫から食材をとりだしながら、マガヴァンがニューヨークにつくった新しい会社のことを考えた。ラスト・プリシンクトという名前は冗談からはじまった、とルーシーは言っていた。どこにも行き場所がなくなったときにいくところだと。アナの手紙には、ラスト・プリシンクトは人生の最後に自分がいきつくところだとベントンが言ったと書かれていた。なぞめいている。判じ物のようだ。ベントンは、自分の将来がそのファイルに入れているものとかかわっていると思っていたようだ。ラスト・プリシンクトは彼にとって死だったのだろうか？　人生の最後にどこへいくか。最後に死をむかえる。ベントンはこれにそういう意味をこめていたのだろうか？　人生の最後に、ほかにいくところがあっただろうか？

何日か前、クリスマスのあいだターキーやその詰め物とは一切かかわらないイタリア人にキッチンをまかせるつもりがあるなら、私がクリスマスディナーをつくるとアナに約束した。アナは雄々しくも買い物に挑戦した。コールドプレスのオリーブオイルとフレッシュな水牛のモツァレラチーズまで用意してくれている。大鍋に水を入れ、アナの寝室へいって彼女に言った。クチーナ・スカーペッタを少しでも口にして、ワインを味わってからでないと、ヒルトン・ヘッドだろうとどこだろうと、いかせませんからね、と。今日は家族ですごす日なのよ、と歯をみがいているアナに言った。食事がすむまでは特別大陪審も検察官もほっときましょう。オーストリアの料理を何かつくったら？　これをきくとアナは歯みがきを吐きだしそうになった。絶対無理、と彼女は言った。もしわたしたちが同時にキッチンへ入ったら、殺しあうことになるわ。

しばらくのあいだ、アナの家は明るい雰囲気に包まれた。九時ごろルーシーとマガヴァンがやってきて、ツリーのしたにプレゼントがつみあげられた。私は卵と小麦粉をまぜ、木のまな板のうえで練った。生地が適当な固さになるとそれをラップに包み、どっかにあるはずとアナが言う、手動式のパスタマシーンをさがしはじめた。頭のなかでさまざまな考えがとびかい、ルーシーとマガヴァンがしゃべっていることもほとんど耳にはいらない。

「VFR（有視界飛行規則）の条件のときでないと飛べないってわけじゃないの」ルーシーは新しく買ったへ

リコプターのことを説明しているようだ。どうやらそれがニューヨークに届いたらしい。

「計器飛行する資格をもってるから。でも計器飛行用のシングルエンジン・ヘリコプターには興味ないの。エンジンがひとつの場合、いつも目で地上を見ていたいから。天気の悪い日に雲のうえを飛びたくないの」

「危険じゃない？」マガヴァンが言っている。

「ぜんぜん。エンジンがとまったりすることは絶対ない。でもいつでも最悪のシナリオを頭において飛ぶほうがいいと思うの」

私は生地をこねはじめた。パスタ作りでいちばん楽しいのがこの部分だ。フードプロセッサーは絶対使わない。ステンレスの刃で攪拌（かくはん）したものとはちがって、人間の手のぬくもりが加わった手打ちパスタには、こしがあるからだ。一定のリズムでおしつけ、おりかえし、半回転させながら、使えるほうの手の、てのひらの下半分で強く押す。それをくりかえしながら、私も最悪のシナリオについて考えていた。ベントンは自分にとっての最悪のシナリオをどんなものと考えていたのだろう？　彼が最後にいきつくところの象徴がラスト・プリシンクトだったとしたら、最悪のシナリオは何だろう？　そこまで考えて、思った。最後にいきつくところがラスト・プリシンクトだとベントンが言ったとき、彼はそれが死であるとは思っていなかった。もちろんそうだ。ベントンはだれよりもよく知っていたはずだ。死よりもはるかにおそろしいことがあるのを。

「何度か教えてあげたことがある。のみこみが早いのなんのって。もっとも日ごろ手を使う仕事をしてる人は、有利なんだけどね」ルーシーがマガヴァンに言っている。私のことを話しているらしい。

わたしが最後にいきつくところ。ベントンの言葉が頭のなかをてらした。

「そうよね。協調が必要だから」

「両手と両足を同時に使わなきゃならないからね。固定翼機とちがって、ヘリコプターは本質的に不安定なものだから」

「そうでしょう。だから危険だっていうのよ」

最後にいきつくところだよ、アナ。人生の最後に。

「そんなことないって、ティウン。高度千フィートのところでエンジンがいかれても、ちゃんとおりてこられるのよ。空気がローターを回転させるから。自転降下ってきいたことない？　駐車場とかだれかの家の庭に着陸できるの。飛行機じゃそんなわけにいかないわ」

どういう意味だったの、ベントン。教えて、どういう意味なの？　考えながらこねつづけた。丸めた生地をつねに同じ方向に、右まわりにまわしていく。ギプスを避けるようにして、右手で生地を動かしていくからだ。

「エンジンがとまることは絶対ないって言ったじゃない。エッグノッグが飲みたいわ。今朝はマリーノがおとくいのエッグノッグをつくることになってるの？」

「あれはいつも大みそかにつくるのよ」

「あら。クリスマスにつくっちゃいけないという規則でもあるの？　彼女、よく片手でやるわね、あんなこと」

「がんこなのよ」

「まったくね。わたしたち、ここでぶらぶらしてていいの？」

「手伝わさせてくれないのよ。彼女の生地にはだれも手だしをすることは許されないんだから。見ててごらん。ケイおばさん、肘が痛くならない？」

目をあげた。右手と、左手の指先を使ってこねている。シンクのうえの時計を見て気づいた。時間のことを忘れて、十分近くもこねつづけている。

「ねえ、いったいどこをさまよってたの？」ルーシーは私の顔をまじまじと見た。軽やかな気分が急に重くなったようだ。「そんなに気に病まないで。大丈夫だから」

私が特別大陪審のことを心配していると思ったらしい。皮肉なことに、今朝はそのことはまるで頭になかった。

「ティウンとあたしが手を貸すから。もう動きはじめてるのよ。この数日間、あたしたちが何やってたと思うの？　ひとつ考えがあるんだけど、それについておばさんと相談したいの」

「エッグノッグのあとでね」マガヴァンが気遣うようにほほえんで言う。

「ベントンはラスト・プリシンクトについて話したことある?」思いきって言った。思いつめたようなまなざしをふたりに向けているので、まるで非難しているように見えるかもしれない。ふたりのぽかんとした顔を見て気がついた。私が何のことを言っているのかわからないのだ。

「いまあたしたちがやってることについて?」ルーシーが眉をよせた。「ニューヨークのオフィスのこと? 彼がそのことを知っていたはずないと思うけど。独立して自分で仕事をはじめようと思っていると、あなたが彼に話したのでないかぎり」と、マガヴァンに向かって言う。

私は生地をいくつかに分けて、またこねはじめた。

「独立することはずっと前から考えていたけど」マガヴァンは答えた。「でもベントンにそれを話したことはないわ。ペンシルバニアでおこったあの一連の事件のことで、手いっぱいだったし」

「手いっぱいなんていう生やさしいものじゃなかったわよ」ルーシーが怒ったようにつけ加える。

「まあね」マガヴァンはためいきをついて首をふった。

「あなたがはじめようと思っていた私的な捜査機関のことを、ベントンがまったく知らなかったとしたら」と、つぎに言った。「ラスト・プリシンクトとあなたが言うのを、彼が耳にした可能性はある？　冗談めかしてそのことを言っていたんでしょう？　彼がなぜファイルにその名前をつけたのかが知りたいの」

「ファイルって？」ルーシーがきく。

「マリーノがもってくるわ」生地のひとつをこねるのを終え、ラップでぴっちり包んだ。

「ベントンがフィラデルフィアにもっていったブリーフケースに入っていたの」アナの手紙に書かれていたことをふたりに説明した。すくなくともひとつの点に関しては、ルーシーがなぞをといてくれた。ラスト・プリシンクトの概念をベントンに話したおぼえがあるというのだ。ある日ベントンといっしょに車に乗っているとき、退職後に彼がはじめた私的なコンサルティングの仕事についてきいた。いちおう順調にいっているが、自分でビジネスを運営するのは大変だ、秘書かだれかに電話や何かをまかせられるといいのだが、と彼は答えたという。そこでルーシーは、みんなで集まって自分たちの会社をつくれたらいいわね、と答えた。そのときに、「自分たちのチーム」という意味で、ラスト・プリシンクトという言葉を使った。

私はカウンターのうえに乾いた清潔なふきんを広げた。「あなたが本気でそれをするつもりだと彼は思ったかしら？」

「それだけのお金を手に入れたら、政府のために働くのなんてやめる、とは言ったけど」と、ルーシーが言う。

「そう」パスタマシーンにローラーをとりつけ、開口部を最大のところにセットした。「あなたを知ってる人ならだれでもわかるはずよ。何かをするためのお金をあなたが手に入れるのは、時間の問題だって。あなたは官僚的な組織で働くには、独立心が強すぎるとベントンはいつも言ってた。いまあなたの身におこりはじめたことを彼が知っても、ぜんぜん驚かないわよ、きっと」

「おこりはじめたというより、最初からおこってたのよ」マガヴァンがルーシーに指摘した。「FBIにいられなくなったのもそのためね」

ルーシーは気を悪くしてはいない。過去にいろいろな間違いをおかしていることは、自分でも認めているのだ。その最たるものが、キャリー・グレセンと関係をもったことだ。FBIがルーシーを扱いかねて、ついに彼女がやめざるをえなくなったことについても、もうFBIをうらんではいない。

私は生地をちぎっててのひらで平らにのし、マシーンにとおした。「ベントンがあなたの言葉を自分の秘密ファイルの名前にしたのは、ラスト・プリシンクト、つまり私たちがいつの日か彼の事件を捜査することになる、と思ったからじゃないかしら」と、言ってみた。「自分のいきつくところは私たちだと思ったのかも。いやがらせの手紙や何かではじまったあの事件は、彼が死んでも終わりにはならないから」生地をまたマシーンにとおす。何度もそれをくりかえし、きれいに平らになったパスタをふきんのうえにおいた。「彼はそれを知っていた。なぜか知っていたのよ」

「いつもなんでも知っていた」ルーシーの顔には深い悲しみがやどっている。

ベントンはいまキッチンにいる。クリスマスディナー用のパスタをつくりながら、私がルーシーたちと彼の思考パターンについて話しているあいだ、ベントンがそばにいるのを感じる。彼は非常に勘がするどかった。そのときに自分がいる状況よりはるか先をつねに見とおしていた。彼は自分の死後のことに思いをはせ、ブリーフケースのなかのファイルも含めたあらゆることに、私たちがどのように反応するかを考えていたにちがいない。もし自分の身に何かおこったら……何かおこることを彼はおそれていた……私が彼のブリーフケースを調べることを知っていたはずだ。実際、私はそうした。ただ、マリーノが先にブリーフケースを調べてファイルをとりだし、私があとになるまでそれを知らないことになるとは、予想していなかっただろう。

昼ごろには、アナはヒルトン・ヘッドへいく支度を終え、キッチンのカウンターはラザーニャ用のパスタでおおわれていた。レンジのうえではトマトソースがぐつぐつ煮えている。パルミジャーノ・レジャーノと熟成したアサジオチーズをすりおろしたものがボウルに用意されている。モツァレラチーズは水気を切るため、ふきんにくるんである。家中にニンニクと薪を燃やすにおいがたちこめていた。クリスマスライトが光り、煙突からは煙がたちのぼっている。いつものようにマリーノがやかましい音とともにどかどか入ってきたときには、久しぶりに楽しい気分がみなぎっていた。マリーノはジーンズにデニムのシャツというかっこうで、いくつものプレゼントとバージニア・ライトニングのボトルを抱えている。袋のなかの包装した包みのうしろから、ファイルフォルダーのはしが見え、どきっとした。

「ホー！　ホー！　ホー！」と、彼はどなった。「メリー・クソッタレ・クリスマス！」クリスマス用のマリーノのおきまりの文句だが、あまり熱がこもっていない。この数時間、彼はトリップ・ファイルをさがしていただけではないと直感した。内容にも目をとおしたにちがいない。「酒を飲ませてくれ」マリーノは大声で言った。

31

キッチンで私はオーブンをセットしてパスタをゆでた。すりおろしたチーズをリコッタチーズとまぜ、深い皿にチーズ、ミートソース、パスタと何層にも重ねていった。アナはナツメヤシの実にクリームチーズをつめ、ボウルにナッツを入れた。マリーノとルーシーとマガヴァンはビールやワインを注いだり、クリスマス用の好みのカクテルをつくったりしている。マリーノの場合、それは持参した安いウォッカでつくるスパイスのきいたブラディメリーだ。

マリーノはどうも様子がおかしい。すでに酔いはじめているようだ。まだプレゼントといっしょに袋に入れられ、皮肉にもツリーのしたにおかれているトリップ・ファイルは、いわばブラックホールだ。マリーノはその中身を知っているが、私はあえてきかなかった。だれもそれをきかない。ルーシーは、チョコレートチップ・クッキーと二種類のパイをつくるための材料を、とりだしはじめた。ピーナツバターのパイとライムのパイだ。まるで町中の人に食べさせるとでもいうようだ。マガヴァンはブルゴーニュの赤ワインをあけた。特級のシャンベルタンだ。アナはテーブルをセットし、ファイルは無言のまま強い力で私たちの注意をひきつけている。殺人の話をはじめる前に、せめて乾杯してディナーの用意をはじめようという、暗黙の了解があるように思える。

「ブラディがほしいやつはほかにいるか？」マリーノは大声でしゃべりながら、キッチンをうろうろしている。役に立つことは何もしない。「よう、先生、俺がピッチャーにつくっといてやるよ」彼は乱暴に冷蔵庫をあけてスパイシーホットV8ジュースを何本かとりだし、小さな缶をあけはじめた。ここへくるまでにどれぐらい飲んできたのだろう？　しだいに怒りがこみあげてきた。そもそも彼がファイルをツリーのしたにおいたことに、むかっとした。趣味の悪いブラックユーモアではあるまいし。いったい何のつもりだろう？　私へのクリスマスプレゼントだというのか？　それとも無造作に袋をツリーのしたにおいたとき、ファイルがそれに入っていることに気づきもしなかったほど無神経なのか？　彼は私にかすって向こうへいき、半分に切ったレモンをジューサーに入れ、皮をシンクにほうりなげた。「だれも手伝ってくれねえようだから、ひとりでやるよ」と、つぶやく。「おい！」みんながべつの部屋にでもいるように、声をはりあげた。「だれかホースラディッシュを買っといてくれたか？」

アナがちらっと私を見た。みんなのあいだに重苦しい気分が広がりつつある。キッチンが暗く、冷え冷えしてきたように感じられ、私の怒りは頂点に達した。マリーノをどなりつけたい気分だったが、必死にこらえた。クリスマスだから、と自分に言いきかせる。クリスマスだから。マリーノは長い木のスプーンをつかみ、びっくりするほどのウォッカをどぼどぼとピッチャーに注ぎいれ、できたブラディメリーを大げさにかきまわした。

「うえっ」ルーシーは首をふった。「せめてグレー・グースぐらい使ってよ」

「フランスのウォッカなんか飲めるか」かちゃかちゃ音をたててかきまぜ、スプーンをピッチャーのふちに打ちつけて水気をきる。「フランスのワインにフランスのウォッカ。イタリアのものはどうしたんだ？」誇張したニューヨーク風イタリアなまりで言った。「ご近所のみなさんはどうなった？」

「あなたがつくってるその気持ち悪い代物も、イタリアとは関係ないわよ」ルーシーは冷蔵庫からビールをとりだしながら、彼に言った。「それを全部飲んだら、あすの朝ケイおばさんといっしょにオフィスへいくことになるわよ。袋に入って」

マリーノはその危険な飲み物をグラスに入れて、ごくごく飲んだ。「それで思いだしたけどよ」と、だれにともなく言う。「俺が死んでも、彼女に検屍なんかさせねえぞ」すぐそこに立っている私が目に入らないかのように言った。「そういう約束になってるんだ」もう一杯酒をつぐ。いまや全員手をとめて彼を見つめている。「十年も前からそれが気になってたんだ」またごくりと飲む。「くそ、こいつをやると足の先まであったかくなるぞ。くそいまいましいステンレスの台のうえで、あっちこっち動かされて、魚みてえに切りきざまれるのはまっぴらだ。ふん。おもての女の子たちとも話がついてるんだ」おもての女の子たちとは、検屍局の正面のオフィスにいる事務員たちのことだ。「俺の写真をまわしたりしねえと。

あそこでみんなが何をやってるか、俺が知らねえと思ったら大まちがいだぞ。あいつら、アレの大きさを比べるんだ」グラスの半分を一気に飲み、手の甲で口をふいた。「あいつらがそれをやってるのをきいたことがある。とくにクリト……じゃねえ、クリータが」下品なジョークのつもりか、わざとクリータの名前を間違える。

またピッチャーに手をのばそうとしたので、手でそれを制した。怒りがきつい言葉となってほとばしりでた。「もうたくさんよ。いったいどうしたっていうの？　酔っぱらってやってきてさらに酔っぱらうなんて。いいかげんにしてよ。すこし寝て酔いをさましたらどう？　アナがあいたベッドをさがしてくれるわよ。そんな状態で運転するわけにいかないし、だれもあなたの相手なんかしたくありませんからね」

マリーノはあざけるような不敵な目で私をにらみ、またグラスをもちあげた。「すくなくとも俺は正直だからな」と、言いかえす。「あんたたちは、今日はクリスマスだから楽しいってふりをすりゃいい。クリスマスだからどうだっていうんだよ？　ルーシーはレズだってことがばれてクビにならねえうちに、自分から仕事をやめたわけだ」

「やめて、マリーノ」ルーシーが警告を発する。

「マガヴァンも仕事をやめた。こっちはどういう理由かよく知らねえけどよ」彼女もルーシーと同類ではないかとほのめかすように、親指をマガヴァンにつきつけた。「アナは自分の家からでなきゃなんねえ。あんたがここにいて、殺人容疑で調査されてるからな。で、あんたも仕事をやめると言いだした。まあ無理はねえよな。知事があんたをひきとめるかどうか、見物だね。フリーのコンサルタントか。いいねえ」ろれつがまわらず、キッチンのまんなかでふらふらする。顔はまだらに赤くなっている。「そうなりゃたいしたもんだ。となると、残るのはだれか？　この俺さまだけよ」たたきつけるようにグラスをカウンターにおき、キッチンからでていった。壁にぶつかって飾ってある絵をゆがめ、よろよろと居間のほうへいく。

「やれやれ」マガヴァンはふうっと静かに息を吐いた。

「どうしようもないやつ」と、ルーシーが言う。

「あのファイル」アナは彼を目で追った。「ファイルのせいよ」

マリーノは泥酔して居間のカウチに横たわっている。ぴくりともしない。だが身動きしなくてもそのいびきで生きていること、アナの家のなかで何がおきているか気づいてもいないことがわかる。ラザーニャは焼きあがり、オーブンで保温されている。ライム・パイは冷蔵庫で冷やしてある。アナは私の反対にもかかわらず、ヒルトン・ヘッドへの八時間の旅に出発した。なんとかひきとめようとしたが、彼女の意思はかたかった。もう午後三時をまわっている。ルーシーとマガヴァンと私は、ダイニングテーブルの前に何時間もすわっている。プレースマットは邪魔なのでどけてある。ツリーのしたのプレゼントはまだ包まれたままで、テーブルにはトリップ・ファイルが広げられている。

ベントンは几帳面(きちょうめん)だった。中身はひとつひとつ透明なビニールにはさんである。何枚かの手紙や封筒に紫のしみがついているところから、ニンヒドリンを使って潜在指紋を調べたことがわかる。消印はマンハッタンで、郵便番号はどれも最初の三桁が一〇〇だ。手紙がどの出張所から送られたのかはわからない。最初の三桁からわかるのは、どの町から発送されたかということのほか、それらが家庭や企業の郵便料金計器で処理されたものでも、どこかの地方局から発送されたものでもないことだ。そうした場合には郵便番号は五桁になる。

トリップ・ファイルの最初に目次がついており、それによると六十三のアイテムがなかにおさめられている。日付は一九九六年の春（ベントンが自分の死後、私に届けてもらうことを想定した手紙を書く約七ヵ月前）から一九九八年の半ば（キャリー・グレセンがカービーから脱走する数日前）までだ。陪審員に見せる物的証拠のように、最初の品目には証拠物件一というラベルがはられている。それは一九九六年五月十五日にニューヨークで投函された手紙で、差出人の名前はなく、ワープロによる装飾的な読みにくい文字で書かれている。ワードパーフェクトのソフトを使った字体で、ルーシーによると「ランサム」だという。

ベントンさま

わたしは醜男(ぶおとこ)ファンクラブの会長です。あなたは当会の名誉会員に選ばれました！　うれしいことに、会員は無料で醜男になれるのですよ！　うれしいでしょう？　詳細は後日また……

このあとに、それぞれ一週間以内の間隔をおいて五通の手紙がつづいている。みな醜男ファンクラブと、ベントンがその新しい会員に選ばれたことについて言及している。どれも無地の紙に同じランサムのフォントで打たれ、サインはなく、同じニューヨークの郵便番号がついている。あきらかに同一人物の手によるものだ。非常に巧妙に書かれているが、犯人は六通目をだすときにミスをおかしている。注意深く見ればすぐわかるものなので、ベントンがなぜそれに気づかなかったのか、ふしぎだった。無地の白い封筒の裏に、文字の圧痕が残っている。封筒をかたむけていろいろな角度から光をあてると、それが見える。

かばんからラテックスの手袋をだしてはめ、キッチンへいって懐中電灯をさがした。アナはカウンターのトースターのそばにそれをおいている。食堂へもどると、封筒をビニールからだし、角をつまんでもちあげ、懐中電灯の光をななめにあてた。郵便局長という文字の痕がうっすらと見える。とたんにこれを書いた人物が何をしたかわかった。

「フランクリン・D」という文字も見える。「フランクリン・D・ルーズベルトという郵便局がニューヨークにある？　ここにはっきりNY、NYとあるんだけど」

「ああ、あるわ。うちの近くに」と、マガヴァンが言った。目を見開いている。もっとよく見ようと、テーブルの私の側へきた。

「アリバイをつくるためにいろんなことをする人がいてね」さまざまな角度から光をあてながら言った。「見え見えの使い古された手は、殺人がおこったときに自分は遠いところにいたから、手を下せるはずがなかったというように見せかけるもの。簡単にそれをするには、殺人がおこなわれるころに、どこか遠いところで手紙を投函してもらうの。同時に二ヵ所にいたはずがないから、自分は殺人をおかしてはいないという理屈ね」

「サード・アヴェニュー」と、マガヴァンが言った。「フランクリン・D・ルーズベルト郵便局はそこにあるの」

「通りの名前も部分的にわかるわ。一部はふたで消えているけど。九……なんとか。サード・AV。そうね、サード・アヴェニューだわ。どうするかというとね、封筒に宛先を書いて切手をはり、それをべつの封筒に入れて、自分の手紙を投函してほしい郵便局の郵便局長に宛ててだすわけ。郵便局長はその手紙を発送する義務があるの。その町の消印を押して。この手紙をだした人物は、手紙をべつの封筒に入れて外側に宛先を書いた。そのときになかの封筒に文字の圧痕が残ったのね」

ルーシーも私のうしろにきて、よく見ようと前かがみになっている。「スーザン・プレスの家の近所だわ」

それだけではなかった。なかでもいちばん陰湿なこの手紙の日付は、一九九七年十二月五日になっている。スーザン・プレスが殺害された日だ。

やあ、ベントン

もうすぐ醜男になるキミ、元気かい？　ひとつききたいんだけどね、鏡を見て自殺したくなる気持ちってわかる？　わからない？　そのうちわかるようになるさ。そ・の・う・ち・ね。クリスマスのターキーみたいにおまえを切り刻んでやる。それから、オレたちのような人間の頭のなかをのぞこうとするあいまに、おまえがファックするあのくそったれた女局長もだ。大きな刃であの女を切り裂くとき、どんなに気分よおーく（南部人流に言うとね）なれるか、おまえには想像もつかないだろう。クイド・プロ・クオ（これはお返しだ）いいかげん人のことに首をつっこむのをやめたらどうだ？

ベントンがこれらの稚拙（ちせつ）ないまわしい手紙を受けとったところを想像した。私の家の彼の部屋で、デスクの前にすわっている。ラップトップはあいており、モデムに接続してある。ブリーフケースがそばにおかれ、手の届くところにコーヒーがある。メモを見ると、ベントンはフォントがランサムであることに気づき、その意味を考えたようだ。ランサムという言葉には、代価をはらって解放される、買い戻す、罪の贖（あがな）いなどの意味がある、と彼は走り書きしていた。ベントンがこの手紙を読み、ランサムという言葉を辞書でひいているとき、私は廊下の先の書斎かキッチンにいたのかもしれない。だが彼はひとことも言わなかった。心配させたくなかったからじゃない、とルーシーが言った。おばさんが知ったところで何の役にも立たないから。どうすることもできなかったでしょう。

「サボテン、ユリ、チューリップ」マガヴァンはファイルのページを見ていった。「だれかが匿名(とくめい)で、ベントンにあててクワンティコに花束を送っていたようね」

私は何十枚ものメモ用紙に目をとおしはじめた。それらには「無言電話」とだけ書かれており、日付と時間が記されている。すべて行動科学課の彼の直通電話にかけられたもので、発信者番号通知サービスで相手の番号を知ろうとしても、みな「非通知」になっていた。おそらく携帯電話でかけたのだろう。これらについてベントンは、いっとき間をおいてすぐに切ってしまう、とだけ書いていた。花はみな、レキシントン・アヴェニューにある花屋に注文されたものだ、とマガヴァンが言った。ベントンはそれを調べたらしい。ルーシーは番号案内に電話して、その店がまだあることを確かめた。

「ここに支払いについてのメモがあるわ」ベントンのくねくねした小さな字を見るのはつらかった。「郵便。注文は郵便によるものなのね。現金。現金という言葉があるわ。だれかが現金と注文書を送ってきたわけね」目次にもどった。たしかに五十一から五十五までは、花屋が受けとった注文書だ。それらを見た。「ワープロで書かれていて、サインはない。二十五ドル分のチューリップの小さな花束を、クワンティコのベントンの住所へ送るように指示している。二十五ドルの小さなサボテンなどなど。封筒の消印はニューヨークよ」

「たぶん同じことね」と、ルーシーが言う。「ニューヨークの郵便局によって投函されたのよ。問題は、最初はどこから送られたかね」

外側の封筒がなければそれはわからない。だが郵便局員が封をあけたとたん、それらはごみ箱に捨てられたにきまっている。たとえそれが見つかったとしても、送り主が自分の住所を書いているとは思えない。せいぜい消印がわかるだけだ。

「花屋は、クレジットカードを信用しない、変わりものの客とでも思ったのでしょうね」と、マガヴァンが言う。「さもなければ不倫をしている人」

「あるいは受刑者」むろん、私の頭にあるのはキャリー・グレセンだ。彼女がカービーから手紙をだしているところが想像できる。郵便局長にあてたもう一枚の封筒のなかに手紙を入れることで、すくなくとも送り先がだれかを病院のスタッフに知られずにすんだだろう。送ったのが花屋であろうと、ベントンに直接だろうと。ニューヨークの郵便局を使ったことも説明がつく。電話帳を見ればさまざまな局の住所がわかる。たぶんキャリーは、自分が監禁されている町から手紙が送られていることにだれかが気づいても、いっこうにかまわないと思っていたのだろう。ただカービーのスタッフにそれを知られたくなかっただけだ。彼女はまた、世にもまれなほど手練手管にたけた人間だった。彼女がすることにはすべて理由があった。ベントンが彼女のプロファイリングをしていたように、キャリーのほうも彼をプロフアイルしていたのだ。

「もしこれをやったのがキャリーなら」マガヴァンが重々しく言った。「彼女が何らかの形で、シャンドンと彼の犯行に通じていた可能性がないか、考えたほうがいいわね」

「キャリーはさぞ喜んだでしょうよ」怒りをこめて答え、椅子をうしろにずらした。「スーザンが殺害された日に手紙を書いたら、ベントンが頭にくることもわかっていたのよ。彼は必ずつながりに気づくでしょうから」

「しかもスーザンの家の近くの郵便局を選んでいる」と、ルーシーがつけ加えた。

私たちは推測し仮定しながら、えんえんと話しあった。夕方になって、そろそろクリスマスディナーをはじめることにした。マリーノをおこしてそれまでにわかったことを教え、サラダを食べながらまた話をつづけた。サラダはレタスやスイートオニオンやトマトに、スイートレッドビネガーとコールドプレスのオリーブオイルをかけたものだ。マリーノは何日も食事をしていないかのようにがつがつと食べ、ラザーニャをほおばった。そのあいだ私たちは議論し、推理し、もしこの仮定が正しいならという前提で、話をすすめた。すなわち、ベントンにいやがらせをしていたのがキャリー・グレセンで、彼女がシャンドン一家と何らかのつながりがあったのなら、ベントン殺害はたんなる人格異常者の犯行ではないかもしれない。犯罪組織による暗殺を、個人的なうらみをもつ者の無意味な犯罪のように見せかけたのではないか？　殺害の任務を負ったのがキャリーで、彼女は大喜びでその役を引きうけたのではなかろうか？

「要するにだな」マリーノが口いっぱいにほおばったまま私に言った。「あんたの容疑と同じようなことで、彼は殺されたんだな」

全員が沈黙した。だれもマリーノの言っていることがわからない。しばらくしてやっとわかった。「こういうことを言いたいのね。ベントンの殺害にはほかの動機があったかもしれないけど、連続殺人のように見せかけたと」

マリーノは肩をすくめた。「ブレイを殺して、それを狼男のしわざのように見せかけたというのが、あんたの容疑だ。それと同じだよ」

「それでインターポールがあんなに興奮して、あれこれ言ってきたのかもしれない」と、ルーシーが考えながら言う。

マリーノは上等なフランスワインを自分でついで、ゲータレードでも飲むように一気に飲みほした。「ああ、インターポールな。もしかするとベントンはあの犯罪カルテルとかかわりをもっちまって……」

「シャンドンを通じてね」彼をさえぎって言った。しだいに焦点があってきた。真相へ通じる道を見つけたような気がする。

ジェイミー・バーガーは、招かれざるクリスマスの客だった。今日の午後は、つねに彼女のことが頭からはなれなかった。会議室で会ったとき、バーガーが最初にきいたことについてずっと考えている。シャンドンがリッチモンドでおかした殺人をなぜプロファイルしなかったか、と彼女はたずねた。すぐにそのことをもちだしたのだ。プロファイリングが非常に重要だと考えていることはあきらかだった。もちろんスーザン・プレス殺人事件についても、だれかにプロファイリングをたのんでいるにちがいない。ベントンはその事件のことを知っていただろうという思いが、ますます強くなった。

私は立ちあがった。「たのむからうちにいてね」バーガーに言うつもりで声にだす。必死の思いでかばんをさぐり、彼女の名刺を見つけた。それにバーガーの自宅の番号がのっている。みんなにきかれないように、キッチンで電話した。恥ずかしさと同時に、おそろしさと怒りを感じている。もし間違っていたら、ばかみたいだ。もし思ったとおりだとしたら、彼女が正直に話してくれなかったことが腹立たしい。なんということだろう。

「もしもし？」女性の声だ。

「バーガーさんですか？」

「ちょっと待ってください」相手はだれかに呼びかけた。「ママ！　電話よ！」

バーガーがでたとたん、私は言った。「あなたについて私が知らないことがまだある？　どうやら私は何も知らないようだけど」

「ああ、ジルのことね」さっき電話にでた人のことらしい。「グレッグと最初の奥さんとのあいだの子供なの。ティーンエージャーがふたり。今日はもう、だれでもいいからこの子たちをせり落としてもらいたい心境。こっちがお金をはらうから、つれていってほしいわ」

「うそばっかり！」うしろでジルが笑っている。

「もうちょっと静かなところへいくからね」バーガーは家のなかで移動しながら言った。彼女はその家に、夫とふたりの子供とともに住んでいるのだ。あれだけ長時間いっしょにすごしたのに、彼女はそれについて何も言わなかった。怒りがふつふつとわきたった。「どうしたの、ケイ？」

「ベントンを知ってたの？」単刀直入にきいた。

答えがない。

「きこえてる？」

「きこえてるわ」バーガーの声が低くなり、真剣味をおびてきた。「どうやって答えればいいか……」

「本当のことを言ってほしいわ。たまには」

「わたしはいつだって本当のことを言うわよ」

「笑わせないで。あなたがた検事は、どんなにいい人でもだれかをあやつろうとしているときは、うそをつく。うそ発見器のことをほのめかしたり、しゃべらせるために太い針で自白薬を注射するとおどしたり。それに、言わないことによるうそというのもあるわ。すべての真実を話して。ぜひ教えてほしいの。ベントンはスーザン・プレス事件とかかわりがあったの？」

「ええ」と、バーガーは答えた。「そうなのよ、ケイ」

「教えて、ミズ・バーガー。今日の午後ずっと調べてたの。彼が殺される前に受けとった手紙や、ほかのあやしげなものを。手紙はスーザンの家の近くにある郵便局を通じて送られたのよ」

しばし間があった。「ベントンには何度も会ったことがあるし、うちの局は行動科学課にずいぶん協力してもらったわ。すくなくともあの当時は。いまはニューヨークの法精神科医にたのんでいるけど。わたしが言いたいのは、何年も前からほかの事件でもベントンといっしょに仕事をしていたってこと。スーザン殺害のことを知って現場へいったとき、すぐベントンに電話してきてもらったの。それでいっしょにスーザンのアパートを調べたの。あなたとふたりでリッチモンドの犯行現場を見て歩いたようにね」

「彼は妙な手紙や電話を受けていたことを、あなたに話したことがある？　それから、それをやっている人物とスーザン・プレスを殺害した犯人とのあいだに、つながりがあるかもしれないということは？」

「わかったわ」としか彼女は言わない。

「わかった？　何がわかったのよ？」

「あなたが知ってることが」というのが彼女の答えだ。「わからないのは、どうやって知ったかね？」

トリップ・ファイルのことをバーガーに教えた。ベントンが手紙の指紋を調べてもらったらしいこと、だれがどこで検査をしてどんな結果がでたのか知りたいと思っていることも話した。バーガーは、それについては何も知らないが、潜在指紋が見つかればAFIS、つまり自動指紋照合システムで調べたほうがいいと言った。「封筒には切手がはってあったわ」と、彼女に告げた。「ベントンはそれをはがしていないの。もしDNAを調べてもらうつもりだったら、はがしていたはずでしょう」

唾液のDNAの分析をすることが意味をもちはじめたのは、最近のことだ。PCR（ポリメラーゼ連鎖反応）のおかげでDNAの分析がより精密にできるようになったためだ。もしかするとあの封筒に切手をはりつけた人物は、切手をなめてはったかもしれない。さすがのキャリーも、切手をなめると自分の正体がばれる可能性があることを、まだ知らなかったのではないだろうか。私は知っていた。もしベントンが手紙を私に見せていたら、切手を調べてもらうよう彼にすすめただろう。もしかすると結果がでたかもしれない。そして彼は死なずにすんだかも。

「あのころは、法執行関係者でもあまりそういうことを考えなかったのよね」バーガーはまだ切手のことを話している。「いまは警察のやることといえば、コーヒーカップや汗のついたタオル、ティッシュ、たばこの吸い殻なんかをさがすだけみたい。信じられないわね」

突然、驚くべき考えがうかんだ。バーガーの言ったことで、イギリスのある事件のことを思いだした。バーミンガムにある全国規模のDNAデータベースに照合した結果をもとに、ある男性が強盗事件の犯人とみなされた。彼の弁護士は、現場から回収されたDNAを再検査するよう求めた。以前の検査は六つの遺伝子座を使う標準的なものだったが、新たに十の遺伝子座を使った検査がおこなわれた。遺伝子座とは、遺伝子地図のうえの特定の場所のことだ。遺伝子には、人によって共通なものとそうでないものがある。それが一般的でないほど、また多く使われるほど、一致する確率は高くなる。一致といっても文字通りの意味ではなく、容疑者がその犯罪をおかさなかった可能性は、ほとんどないと言えるほどの統計的確率であるということだ。先のイギリスのケースでは、遺伝子座の数をふやして再検査した結果、容疑は晴れた。ミスマッチの確率は三千七百万分の一にすぎないのに、それがおこってしまったのだ。

「スーザンのケースでDNAを調べたとき、STRを使った？」と、バーガーにたずねた。

STRはDNAプロファイリングにおける最新のテクノロジーだ。PCRによってDNAを増幅し、STR、つまりショート・タンデム・リピートと呼ばれる、くりかえしあらわれる特徴的な塩基対を見るのだ。最近ではDNAデータベースにはすくなくとも十三のプローブ、または遺伝子座を使うのが一般的になっているので、ミスマッチがおこることはまずない。

「うちのラボはとても進んでるのよ」と、バーガーは言っていた。「もう何年も前からPCRをやってるわ」

「もうどこでもPCRを使ってるわ。そうでなければ昔のようにRFLPをやってるということね。あれは信頼できるけど、時間がかかってね。一九九七年には、プローブ、または遺伝子座をいくつ使うかが問題だったの。サンプルを最初にスクリーニングするときは、十とか十三、十五の遺伝子座を使うことはあまりなかった。お金がかかりすぎるから。だからスーザンのケースで、たとえば四つの遺伝子座しか使われなかったとしたら、めったにない例外にでくわしたかもしれない。検屍局にはサンプルがまだ冷凍保存されているんでしょうね」

「めったにない例外って？」

「きょうだいの場合よ。男のきょうだいで、ひとりが精液、もうひとりが毛と唾液を残したような場合」

「でもトマのDNAを調べたんでしょう？　ジャン・バプティストのDNAと似ているけど同じではなかったのよね？」信じられないことに、バーガーはあせっているようだ。

「何日か前、今度は四とか六ではなく、十三の遺伝子座を使って調べたのよ。プロファイルには同じ遺伝子型がたくさんあったと思うけど、ちがうのもいくつかあったはず。遺伝子座をたくさん使うほど、ちがいが多くでてくるの。閉鎖集団ではとくにね。シャンドン一家のことを考えると、彼らは遺伝的にきわめて閉鎖的な集団だと思うの。何百年も前からサン・ルイ島に住んで、おそらく血縁同士で結婚してきたんでしょうから。近親婚もあったでしょうね。つまりいとこ同士の結婚。ジャン・バプティスト・シャンドンの遺伝的な病気も、そのせいかもしれない。近親婚を重ねると、先天的異常がおこる確率が高くなるらしいから」

「スーザンのケースで採取した精液を、再検査する必要があるわね」と、バーガーは言った。

「おたくのラボはどっちみちそうするでしょう。彼は殺人の容疑をかけられているんだから。でも、ほかのことをさしおいて、まずそれをやるように言ったほうがいいかもしれないわ」

「まさか別人だったなんてことにならないでしょうね」バーガーがいらいらしたように言う。「再検査してDNAが一致しなかったら、最悪だわ。まずこっちに勝ち目はないわね」

彼女の言うとおりだ。そうなったら裁判で勝つのは至難のわざだ。もし遺体から回収された精液のDNAと彼のDNAが一致しなかったら、シャンドンがスーザンを殺したと陪審員に信じさせるのはバーガーでもむずかしいだろう。

「マリーノにたのんで、切手や潜在指紋をリッチモンドの検査室に提出してもらうわ」と、バーガーはつぎに言った。「それからね、ケイ、だれかが立ち会っていないかぎり、そのファイルの中身を見ないようにしてほしいの。もうそれ以上見ないで。証拠物件をあなたが提出しないほうがいいのも、そのためよ」

「わかったわ」自分が殺人の容疑をかけられていることを、また思いだした。

「自分を守るためにね」彼女は言い添えた。

「ミズ・バーガー、手紙のことや、ベントンにおこっていることを知っていたのなら、彼が殺されたときどんなふうに思った？」

「もちろん驚いたし悲しかったけど、それ以外では、彼はいやがらせをしていた人物に殺されたんだなと思った。そうね、最初にそれが頭にうかんだわ。でも犯人がわかって彼らが撃ち殺されたから、それ以上追及する必要はないと思ったの」

「もしあのいやがらせの手紙を書いたのがキャリー・グレセンだとしたら、彼女はスーザンが殺された日に、いちばんあくどい手紙を書いているのよ」

沈黙。

「何かつながりがあると考えたほうがいいと思う」その点については確信がある。「スーザンはアメリカでのシャンドンの最初の被害者だったのかもしれない。ベントンは調べていく過程で、シャンドン・カルテルとのかかわりを示すようなほかの事実に近づきすぎたのかもしれない。シャンドンがきてスーザンを殺害したとき、キャリーはまだ生きていてニューヨークにいたのよ」

「ベントンはそのために消されたかもしれないと思うの？」バーガーは疑わしそうに言っ

た。

「かもしれない、なんてものじゃないわ。私はベントンと彼の考えかたを知っている。第一、彼はなぜトリップ・ファイルをブリーフケースに入れていたの？　ファイルのなかの脅迫状や何かが、キャリー・グレセンとその共犯者とかかわりがあると思わなければ、それをフィラデルフィアへもっていくはずないわ。人を殺して顔をはぎとる。醜（みにく）くするわけね。ベントンに送られてきた手紙は、彼も醜くされることを強調していた。そして彼はそのとおり……」

「そのファイルのコピーがほしいわ」バーガーは私をさえぎった。急に電話を切りたくなったらしいことが、その口調からわかる。「うちにファックスがあるから」そう言って番号を教えてくれた。

アナの書斎へいき、三十分かけてトリップ・ファイルのなかのものをすべてコピーした。それらを直接ファックスに入れるわけにいかないからだ。居間へもどると、マリーノはワインを空にして、またカウチのうえで寝ていた。ルーシーとマガヴァンは暖炉の前にすわって話をしている。酔いがまわるにつれ、ふたりが描くシナリオは途方もないものになっていく。クリスマスはかけあしで私たちのもとを去っていくようだ。十時半になって、やっとプレゼントをあけるところまでこぎつけた。マリーノがふらふらしながらサンタの役を演じ、みんなに箱をわたして、お祭り気分をもりあげようとした。だが彼の機嫌はますます悪くなっており、ユーモラスなことを言おうとしても、言葉にとげがある。十一時に電話が鳴った。バーガーだ。

「クイド・プロ・クオですって?」と、いきなり言う。一九九七年十二月五日の日付の手紙に書かれていた文句だ。「法にたずさわっている人以外で、こんな言葉を使う人がどれだけいる? とっぴなことを言うようだけど、ロッキー・カジアーノのDNAを手に入れる方法はないかしら。手紙を書いたのがキャリーだと決めつけてしまわないで、いちおうあらゆる可能性を考えたほうがいいと思うの。キャリーかもしれないし、そうでないかもしれない」

ツリーのしたのプレゼントへもどったが、それに気持ちを集中できない。にこにこしてうれしそうにふるまおうとしたが、だれもだまされない。ルーシーはブライトリングのB52という、ステンレス製の腕時計をくれた。マリーノの私への贈り物は、一年分の薪を買えるクーポンだ。彼が自分でそれを届けて、つみあげてくれるという。ルーシーは私が彼女のためにつくらせたワーリー・ガールズのネックレスを気に入り、マリーノはルーシーと私からのレザージャケットに感激した。アナは私が贈った工芸品のガラスの花瓶を喜ぶだろうが、むろんいまはI-九十五のどこかにいる。みんなそそくさとやるべきことを終えた。いろいろな疑問が重苦しくたれこめているからだ。くしゃくしゃにしたリボンや破いた包装紙をかたづけるあいだ、ふたりだけで話したいとマリーノにしぐさで伝えた。私たちはキッチンにすわった。彼は今日一日、程度の差はあっても基本的にずっと酔っていた。おそらくしょっちゅう酔っぱらっているのだろう。それには理由があることはわかっている。

「こんなふうにお酒を飲むのはやめなきゃ」彼と自分のためにコップに水を注ぎながら言った。「酔っぱらっても何もいいことないわ」

「よーくわかってるよ」マリーノは顔をこすった。「でもくそったれた気分のときは、飲まずにいられねえんだ。いまは何もかもがくそったれてる」どんよりした血走った目で私を見る。また泣きだしそうな気配だ。

「ロッキーのDNAがわかるようなものが何かない？」思いきって言った。

彼はなぐられたかのように、たじろいだ。「バーガーは電話でなんて言ったんだ？　そのことか？　ロッキーのことでかけてきたのか？」

「すこしでも可能性がある人を調べてるだけよ。私たちやベントンとかかわりがあって、組織犯罪ともつながりがある人を。ロッキーはまさにあてはまるでしょう」それからベントンとスーザン・プレス事件についてバーガーが言ったことを彼に話した。

「だけど、ベントンはスーザンが殺される前からいやがらせを受けてたんだぞ。まだ首をつっこんでもいねえやつに、なんでそんなことするんだ？　たとえばロッキーが？　そう考えてるんだろう？　ロッキーがあの妙な手紙を送ったんじゃねえかと？」

それには答えられない。わからないからだ。

「ドリスと俺からDNAをとるしかねえだろうな。ロッキーのものは何もねえから。髪の毛一本も。それはできるんだよな？　父親と母親のDNAがわかれば、唾液みたいなものを比べられるんだろう？」

「血統をあきらかにして、すくなくともあなたの息子が切手のDNAのもちぬしであることを否定はできない、と言うことはできる」

「わかったよ」彼は憤然として言った。「そうしてえならそうしろよ。アナがでかけてるから、ここでたばこを吸ってもいいな？」

「とんでもないわ。ロッキーの指紋は？」

「そんなものねえよ。それに、ベントンは指紋を見つけられなかったようじゃねえか。手紙の指紋を調べたのはたしかだけど、結果はえられなかったんだ。こんなこときたくねえだろうけどな、先生、なんでこんなことやろうとしてるのかよく考えたほうがいいぜ。ベントンにいやがらせをして、彼の殺害にかかわったかもしれねえやつに仕返しをするために魔女狩りするのは、やめたほうがいい。時間の無駄だよ。キャリーがやったと思うならなおさらだ。あいつは死んでる。もうほっとけ」

「無駄じゃないわ。だれがあの手紙を送ったのかわかれば、私にとっては意味があるのよ」

「ふん。ラスト・プリシンクトは、自分が最後にいきつくところだとベントンは言った。どうやらそのとおりになったな」マリーノは考え深そうに言った。「俺たちはラスト・プリシンクトで、彼の事件を捜査してる。たいしたもんじゃねえか」

「彼は、ファイルが必ずあなたか私の手に入るようにと思って、それをフィラデルフィアへもっていったのだと思う?」

「自分の身に何かがおこったときのためにか?」

私はうなずいた。

「そうかもしれねえな。もう命が長くないような気がしてて、もし何かがおこったら俺たちに見つけてほしいと思ったんだろう。それに、なんか妙だよな。あのファイル、すごくそっけねえよ。ほかのやつらも見ることを予想して、敵の目にふれたら困るようなものを入れなかったようだ。名前がひとつもでてこねえってのもおかしい。犯人の目星はついてたけど、あえてそれを書かなかったみてえだな」

「たしかにあのファイルはなぞめいてるわ」と、私も同意した。

「だれに見られることをおそれたんだろう? 警察のやつらか? 何かおこったときは、警官が彼のもちものを調べることは知ってたからな。実際そのとおりになった。フィラデルフィアの警察がホテルの部屋にあったものを全部調べて、それからこっちへ引きわたしたんだ。どっかの時点で、あんたも彼のもちものを見ることも計算に入れてたんだろう。ルーシーのことも」

「要するに、だれがファイルを見るかわからなかった。だから用心したのだと思う。ベントンが用心深かったことは、だれでも知ってるわ」

「それに、ベントンはATFに協力するためにあそこへいったんだ」と、マリーノはつづけた。「だからATFのやつらもファイルを見ると思ったかもしれない。ルーシーはATFだ。マガヴァンもATFだ。キャリーと頭のおかしな相棒が、人の顔をそぎ落とすという困った趣味を隠すために放火してまわってて、マガヴァンはそれを捜査するレスポンスチームの責任者だった。そうだよな？」マリーノは目を細めた。「タリーもATFだ。やつのDNAも調べたほうがいいんじゃねえか？　あの野郎め。惜しいことをしたな」またくやしそうな顔をする。私がジェイ・タリーと寝たことを、マリーノはたぶん永久にゆるしてくれないだろう。「あんたはやつのDNAを手に入れられたのに。パリで。いやみで言ってるんじゃねえぞ。洗い忘れたしみかなんか、残ってねえか？」

「やめてよ、マリーノ」小声で言った。

「禁断症状がではじめたな」彼は立ちあがってリカーキャビネットのほうへいった。今度はバーボンだ。ブッカーズをグラスについで、テーブルへもどってくる。「タリーがすべてに一枚かんでたとわかったら、おもしれえな。あんたをインターポールへ呼んだのも、そのためかもしれねえ。ベントンがどれだけ知ってたかを、さぐろうとしたんじゃねえか？　というのはな、スーザンの殺害を調査しているあいだに、ベントンが何らかの秘密に近づきすぎたってことも考えられる。タリーが絶対人に知られたくない秘密に」

「何の話をしてるの?」ルーシーがキッチンにいた。彼女が入ってくるのに気づかなかった。

「仕事ができたようだぞ」マリーノはグラスのなかでバーボンをまわしながら、はれぼったい目でルーシーを見た。「ティウンといっしょにタリーの身辺をさぐって、あいつがどれぐらい汚ねえやつか調べるんだ。俺はあいつがまっ黒けだと確信してる。ところで」と、私に向かって言う。「知ってるか、シャンドンをニューヨークへ護送するとき、やつはつきそっていったんだぞ。おもしれえだろう? バーガーの尋問にも立ち会ってる。今度は六時間もシャンドンといっしょに車に乗ってたんだ。いまごろは酒飲みともだちにでもなってるんじゃねえか? それとも最初から仲間だったのか」

ルーシーはジーンズのポケットに両手をつっこんで、キッチンの窓から外をながめている。マリーノにうんざりし、当惑しているようだ。マリーノは汗をかき、ふらつきながら下品な言葉を吐きちらしている。憎しみと復讐心に燃えたかと思うと、つぎの瞬間にはだまってむくれる。

「俺ががまんならねえのはな」マリーノはまだつづけている。「捜査官で悪いことをするやつだ。みんなおじけづいてつかまえようとしねえもんで、そのまま逃げきっちまう。タリーのやつにも、だれも手をふれようとしねえ。いろんな言葉がしゃべれて、ハーバード出で、大物のエリートだから……」

「わかってないのね」ルーシーがマリーノに言った。マガヴァンもキッチンにやってきている。「そんなことないわよ。ジェイに手出しできないなんてことはないし、彼を疑ってるのはあなただけじゃないわ」

「こっちも大いに疑ってるわよ」マガヴァンも言いそえる。

「これまでにわかったことを話してもいいけど」ルーシーが私に言う。なんとなく遠慮しているような口調だ。私がジェイをどう思っているか、本当のところはみんなよくわからないからだ。「あまり言いたくないの。というのは、決定的なことはひとつもないから。でも疑わしいことはたしかね」

マリーノは口をつぐみ、カウンターによりかかった。

「そうなの。ききたいわ」と、私は言った。

「ああ。きかせてもらおうじゃねえか」マリーノも言う。

「いろんなデータベースで調べてみたんだけど。犯罪歴や民事裁判の記録、債務や何らかの判決を受けた記録など、何もなかったわ。もっとも彼が性犯罪者として登録されているとか、扶養義務をはたしていない親だと思ってたわけじゃない。行方不明でも指名手配中でもない。FBIやCIA、それにATFの記録にも、彼のファイルはなかったわ。でもごくふつうに不動産の記録を調べたら、あやしい点がでてきたの。まず、彼はニューヨークにマンションをもっていて、かぎられた友人だけをそこに泊まらせているの。そのなかには法執行機関の幹部もいる」と、マリーノと私に言う。「セントラルパークのそばの、三百万ドル以上もする豪華なマンションで、アンティークの家具がいっぱいおいてあるの。それは自分のだとジェイは自慢してるんだけど、実際はそうじゃない。会社の名義になってるの」

「お金のある人が財産を法人名義にするのは、よくあることでしょう。プライバシーのためと、いろんな訴訟から財産を守るために」と、私は指摘した。

「そうね。でもその会社はジェイのじゃないの。彼が空輸会社を所有してるならべつだけど」

「ちょっと気になるでしょう？」と、マガヴァンが言いたす。「シャンドン一家が海運業に深くかかわっていることを思うと。もしかすると関連があるのかもしれない。断定するには早いけど」

「驚くにはあたらないね」と、マリーノはつぶやいたが、その目は輝いている。「よーくおぼえてるよ、やつがハーバード出の大金持ちのふりをしてたのを。な、先生？　俺がふしぎがってたのをおぼえてるだろう？　いきなりリアジェットに乗せられたと思ったら、つぎはコンコルドでフランスへ運ばれた。インターポールがその費用をだしたわけじゃねえのはわかってた」

「マンションのことを自慢しなきゃよかったのにね」と、ルーシーが言う。「ろくでもない連中と同じように、彼にも見栄という弱点があるのよね」そう言って私を見る。「いいところを見せたかったから、おばさんを超音速ジェット機に乗せた。法執行の仕事のためだから、無料でチケットが手に入ったことにして。たしかに航空会社がそういうことをする場合もある。いまそれを調査してるところ。だれが何と言って予約したか」

「わたしが知りたいのは」と、マガヴァンがつづけた。「あのマンションを所有しているのがシャンドン一家かどうかってこと。でも彼らにいきつくまでにどんなに手間ひまがかかるか、想像がつくでしょう？」

「ひょっとすると、その建物を丸ごとシャンドン一家がもってるんじゃねえか？」と、マリーノが言う。「ついでにマンハッタンの半分と」

「その会社の役員は？」と、私はきいた。「気になるような名前はでてこない？」

「名前はわかったけど、いまのところとくに重要なものはないわ」と、ルーシーが答える。

「この手の調査には時間がかかるの。その名前に関係あるものや人をすべて洗っていくと、きりがないのよね」

「ミッチ・バーボサとロッソ・マトスはどんなふうに関係してくるの？　そもそも関係があるのかしら？　だれかがうちの鍵を盗んで、バーボサのポケットに入れたのよ。ジェイがやったのだと思う？」

マリーノは鼻を鳴らして、バーボンをごくりと飲んだ。「俺はそうだと思うね。あんたのチッピングハンマーをとったのもあいつだろう。ほかにそんなことをするやつは考えられねえ。あそこに、あんたの家に入ったやつは全部知ってる。そうじゃなきゃライターだが、やつは臆病者だし、悪いことはしねえと思う」

これまでにもジェイの影が何度も頭をよぎっている。彼が私の家に入ったことも、私をうらんでいることもわかっている。みな彼の人格についてはかなり疑いをもっている。だがもしジェイが鍵をポケットに入れたか、うちから盗んでだれかにわたしたのだとすると、バーボサが拷問されて殺された事件、そしておそらくマトスの事件にも、彼が関与していることになる。「ジェイはいまどこにいるの? だれか知ってる?」みんなの顔を見まわした。

「木曜日にはニューヨークにいたんじゃねえか。それから昨日の午後、ジェームズ・シティ郡で会ったな。いまはどこにいるのかわかんねえ」マリーノが答えた。

「ほかにも耳に入れたいことがあるの」ルーシーが私に言った。「ひとつはすごく妙なことでね。どういうことなのか、まだ全然わからないんだけど。クレジットの調査をしたら、ジェイ・タリーという人物がふたり見つかってね。住所も社会保障番号もちがうの。ひとりは一九六〇年から六一年のあいだに、フェニックスで社会保障番号をもらってるの。だからジェイのはずはない。せいぜい三十代のはじめよね? ふたりめのジェイ・タリーの社会保障番号は、一九三六年から三七年のあいだに交付されている。生年月日はわからないけど、社会保障法が制定されたのが一九三五年だから、もっとも早く番号を交付されたひとりでしょうね。そのときこのジェイ・タリーがいくつだったのかは、神のみぞ知るってところね。いまはすくなくとも七十代になってるはず。しょっちゅう移動してて、実際の住所ではなく私書箱を使ってる。車もたくさん買ってるわ。一年に三、四回車を替えたこともある」

「タリーはどこで生まれたか話したことがあるか？」マリーノが私にきいた。

「パリで子供時代をすごして、そのあと家族とロサンゼルスへ引っ越したと言ってたけど。彼がその話をしてるとき、あなたもいっしょにカフェテリアにいたじゃない。インターポールで」

「どっちのジェイ・タリーもロサンゼルスに住んでたという記録はないわ」と、ルーシーが言った。

「インターポールといえば」と、マリーノが言う。「仕事をさせる前に人物調査をするだろう？」

「調査はしたかもしれないけど、それほどくわしくはしなかったでしょうね」と、ルーシーが答えた。「彼はATFの捜査官ですもの。それだけで信頼できると思うでしょう」

「ミドルネームは？」と、マリーノがきく。「やつのミドルネームはわかってるのか？」

「タリーにはミドルネームがないの。ATFの人事記録にはのってないわ」マガヴァンは皮肉な笑みをうかべた。「ノアの洪水の前に社会保障番号をもらってるジェイ・タリーもそうよ。それだけでもめずらしいでしょう。たいていの人はミドルネームをもってるもの。本部のファイルには、たしかにパリで生まれて六歳までそこに住んでいたとある。でもその後、フランス人の父親とアメリカ人の母親といっしょに、ニューヨークへ移ったことになってるわ。ロサンゼルスのことは何も書いてない。ATFへ入局するときの申請書には、ハーバード卒となってるけど、調べたらジェイ・タリーという人物がハーバードに在籍していた記録はないの」

「まったくもう」マリーノが大声をだした。「申請書を見るとき、調査はしねえのかよ。ハーバードを出たとかローズ奨学生だったとか、棒高跳びでオリンピックに出場したとか言えば、そのまま信じちまうのか？　それでそいつを雇って、バッジと銃をわたすのか？」

「でも内務課に通報して、彼のことをもっとくわしく調べさせるなんてことはしないわ」と、マガヴァンが言った。「だれかが彼にそれをばらすと困るでしょう。本部のだれが彼と親しいのか、よくわからないから」

マリーノは両腕をつきあげてのびをし、首をボキボキいわせた。「また腹がへってきたぞ」

32

アナの家のゲストルームは川に面している。ここで何日かすごすあいだに、窓の前にまにあわせの仕事用スペースをつくった。小さなテーブルをおいて、つやつやの表面に傷をつけないように布をかけ、書斎から黄緑色をしたイングリッシュレザーの回転椅子を拝借してきた。ラップトップを忘れたことに気づいて、最初は困ったなと思った。だがやがて万年筆をすべらせ、指をとおして考えをつややかな黒いインクの痕として紙に残していくことに、思いがけない喜びを感じるようになった。私は字が汚い。医者だからだろうという考えは、たぶんあたっている。名前かイニシャルを五百回もサインしなければならない日もあるし、血だらけの手袋をはめた手で、気味の悪い説明や寸法を走り書きすることも、おそらくそれと関係あるだろう。

アナの家での日課がきまってきた。毎朝キッチンへいき、コーヒーをいれる。コーヒーは五時半ぴったりにドリップしはじめるようセットしてある。部屋へもどってドアをしめ、窓辺にすわってまっ黒な四角いガラスを前に、書き物をする。最初の日の朝、犯罪科学研究所のつぎの死因調査の授業での講義内容を考えていた。だが夜明けの光が川を照らしはじめると、交通事故死や窒息死、法放射線学といったことはすべて頭から消えさった。

今朝も、そのときと同じようにくり広げられるショーに、ふたたび目を奪われた。六時半になると漆黒がうすらいでチャコールグレーになる。数分もすると、葉を落としたスズカケノキやオークの輪郭がうっすらとうかびあがる。そして黒々した平原が、川と陸地に変わっていく。朝はたいてい大気より川の温度のほうが高いので、ジェームズ川の川面のうえを霧が流れる。今朝の川はまるでステュクス川のようだ。いまにもぼろをまとったやせ衰えた幽霊のような男が、さおで小船をこぎながら霧のなかから姿をあらわすような気がする。動物の姿が見えはじめるのは八時近くになってからだ。それらには心をなぐさめられる。いっせいに鳴きながら、アナの家の桟橋のそばに集まってくるカナダガンを見るのは楽しい。リスは、たちのぼる煙のようなくるっと曲がったしっぽをたてて、忙しそうに木をのぼったりおりたりする。鳥たちは私のいる窓辺にやってきて、何を見ているのと言いたげに、私の目を見つめる。川向こうの森では、落葉した冬の木々のあいだをシカが駆けぬけ、アカオノスリが舞いおりる。

たまに運がよいと、ハクトウワシの姿が見られることもある。広げた翼のみごとなまでの長さと、白いかぶとのような頭と白いあしは、間違いようのない特徴だ。ワシを見るとなぜかほっとする。彼らはいちだんと高いところを単独で飛び、ほかの鳥のようにやるべき雑事がないように見えるからだ。私はワシが旋回したり、いっとき木の枝にとまったりするのをながめる。彼らは一つところに長くとどまることはなく、いつも急に姿を消す。残された私は思想家エマソンのように、いまのは何らかの合図だったのだろうかと考える。自然はやさしい。昨今の私をとりまくそれ以外のものは、やさしいどころではない。

今日は一月十七日、月曜日だ。私はあいかわらずアナの家に暮らしている。いまだに追放の身だ。すくなくとも、自分ではそんな気がしている。窓の向こうの川のように、時間はゆっくり流れ、ほとんどとまってしまったかのようだ。私の人生は気づかないほどわずかに、ある方向へと向かいはじめている。流れの向きを変えることは、もはや不可能だ。クリスマスと新年がきて去り、ギプスは伸縮包帯と添え木に変わった。車はまだ捜査のため押収されているので、レンタカーを使っている。私のメルセデスは、ハル・ストリートとコマース・ロードのそばにある押収車両用駐車場におかれている。そこは警官によって二十四時間監視されているわけではなく、番犬もいない。大みそかにだれかが私の車の窓を割り、送受信用無線機とAM‐FMラジオ、CDプレーヤーを盗んだ。ほかに何がとられたのか知るよしもない。こうなったらもう証拠も何もないわね、とマリーノに言った。

シャンドン事件にも新たな展開がおこっている。予想したように、スーザン・プレス事件で回収された精液が一九九七年に検査されたときは、四つのプローブしか使われなかった。ニューヨークの検屍局はいまでも最初のスクリーニングは、四つのプローブでおこなう。検屍局内で最初の検査をするので、そのほうが費用がかからないからだ。冷凍保存されていたサンプルを十五のプローブを使って再検査したところ、一致しないという結果がでた。精液を残したのはジャン・バプティスト・シャンドンでも、弟のトマでもなかったのだ。だが共通する遺伝子型の数があまりにも多く、ＤＮＡのプロファイルが信じられないほど近似していることから、三人目の兄弟がいるとしか考えられなかった。その兄か弟が、スーザンとセックスしたと思われる。

みな当惑し、バーガーは頭をかかえた。「ＤＮＡは真実を語って、わたしたちを窮地（きゅうち）におとしいれたのよ」と、彼女は電話で私に言った。嚙みあとはシャンドンの歯型と一致し、血だらけの遺体についていた唾液と毛も彼のものだった。しかしスーザン・プレスが殺される直前に彼女とセックスしたのは、彼ではない。ＤＮＡ全盛のいまの時代の陪審員は、それでは納得しないだろう。ニューヨークの特別大陪審が、シャンドンを起訴すべきか否（いな）かを決定することになった。バーガーからそれをきいたとき、なんという皮肉だろうと思った。私のほうはわずかな根拠をもとに殺人の疑いをかけられている。あるのはうわさと意図があったという推測、そしてチッピングハンマーとバーベキューソースで実験したという事実だけなのだ。

召喚状がくるのを何週間も待っていた。昨日やっとそれが届いた。保安官代理はそれをもって、いつものようにほがらかにオフィスへやってきた。今回のケースでは私が専門家証人ではなく、被告として呼ばれたことを知らなかったのだろう。私はジョン・マーシャル裁判所の三〇二号室へ出頭して、特別大陪審の前で証言することを求められた。審問は二月一日火曜日の、午後二時からおこなわれる。

七時ちょっとすぎに、クローゼットのなかに立ってスーツやブラウスを順に見ていきながら、今日一日にしなければならないことを考えた。六件の検屍が予定されているが、法病理学者ふたりは出廷していることを、ジャック・フィールディングからすでに知らされている。十時には電話でミッチェル知事と話すことになっている。ブルーのピンストライプが入った黒いパンツスーツと、ダブルカフスのシャツブラウスを選んだ。キッチンへいってもう一杯コーヒーを飲み、ルーシーがもってきてくれた高タンパクのシリアルを食べた。歯が欠けそうに固い、ヘルシーなプレゼントを嚙みながら、苦笑した。ルーシーはこの惨憺たる生活から、不死鳥のごとく私をはつらつとよみがえらせようと必死なのだ。食器を洗い、着替えをすませて玄関をでたとき、ポケットベルが振動した。ディスプレーにマリーノの番号と、九一一という数字が表示されている。

アナの家の私道には、私の人生における最新の変化であるレンタカーがとまっている。濃紺のフォード・エクスプローラーは、古いたばこのようなにおいがする。マリーノがすすめるように、ダッシュボードにエアフレッシュナーでもおかないかぎり、においは消えないだろう。携帯電話をシガレットライターにさしこんで、マリーノに電話した。

「いまどこにいるんだ？」彼はいきなりきいた。

「私道をでるところ」ヒーターをつけた。門があき、私道の外へでた。新聞はとらずに走りだしたが、新聞を見たほうがいいとマリーノは言った。まだ見てねえんだろう、見たらすぐ俺のところに電話してくるはずだ、という。

「もう遅いわ」と、彼に言った。「チェロキー・ロードへでちゃったもの」ここを殴ってみろとだれかに挑んで、おなかの筋肉を縮ませている子供のように、身をこわばらせた。「教えて。新聞に何がのってるの？」特別大陪審による審問のことがメディアにもれたのだろうと思ったが、やはりそうだった。車はチェロキーを走っている。このところつづいていた寒さがゆるみ、雪や氷が溶けてぽたぽたたれ、水たまりができていた。溶けかけた雪が、家々の屋根からゆっくりすべり落ちる。

「検屍局長、陰惨な殺人をおかした疑い」マリーノが第一面の全段抜き大見出しを読みあげた。「あんたの写真ものってる」と、つけ加える。「あのいやみな女が、あんたの家の前でとったやつみてえだ。ほら、氷ですべったやつがいただろう？　あんたが俺のトラックに乗ろうとしてるところだ。トラックはなかなかよくとれてる。あんたのほうはいまいちだな

……」

「いいから何て書いてあるのか言って」彼をさえぎった。

私がチェロキー・ロードの急なカーブととりくんでいるあいだ、マリーノはさわりの部分を読みあげた。リッチモンドの特別大陪審が警察副署長ダイアン・ブレイ殺害の容疑で私を調査している、と新聞には書かれていた。それは「ショッキング」で「異様な」できごとであり、地元の警察関係者は「ぼうぜんとしている」とある。州検事のビューフォード・ライ

ターはコメントすることを拒否したが、匿名の消息筋によると、目撃者の証言や警察による無視することのできない証拠の提示により、ライターは「心を痛めつつ」調査をはじめたという。べつの匿名の消息筋は、私とブレイが激しく衝突しており、ブレイは私が無能でバージニア州検屍局長としてもはやふさわしくないと考えていた、と主張していた。ブレイは私を解任させようとしており、殺される前にブレイが人に話したところでは、私は数度にわたって彼女と対決し、彼女にいやがらせや脅迫をおこなっていたという。私がブレイを殺害し、キム・ルオング惨殺事件と同じ犯人による犯行のように見せかけた可能性がある、と複数の筋が語っている、等々。

そのころにはユグノー・ロードにのり、ラッシュアワーの渋滞のまっただなかにいた。もうやめて、とマリーノに言った。それ以上ききたくなかった。

「まだえんえんとつづくんだ」と、彼は言う。

「そうでしょうね」

「クリスマス休暇のあいだずっとこれにかかってたんだろうな。あんたのことやいままでの経歴なんかも全部でてるぞ」ページをめくる音がする。「ベントンや彼が殺されたことや、ルーシーのことなんかもだ。ここにでかい補足記事があって、あんたの略歴がでてる。卒業した学校とか。コーネル、ジョージタウン、ジョンズ・ホプキンズ。なかのほうの写真はよくとれてるぞ。現場でのあんたと俺のツーショットまである。くそ、ブレイの殺害現場だ」

「ルーシーのことは？」と、きいた。

しかしマリーノは記事のほうに夢中になっている。きっと彼と私がいっしょに作業しているところも含めて、いろんな写真がでかでかとのっているのだろう。「こんなの見たことねえよ」またページを繰る音。「まだつづいてるよ、先生。これまでに署名記事が五つもあった。俺たちが知らねえうちに、新聞記者が総出でとりくんだんだろうな。あんたの家の空中写真まであるぞ……」

「ルーシーのことは？」もっと強い調子できいた。「ルーシーのことは何て書いてある？」

「たまげたな、あんたとブレイがいっしょにいる写真もある。ルオングの殺害現場のコンビニ店の前の駐車場で。お互いに憎らしくてたまんねえって顔してる……」

「マリーノ！」大声をだした。運転に注意を集中するのがむずかしい。「もうたくさんよ！」

しばし間があった。「ごめんよ、先生。ひでえ内容だけど、俺も第一面を見ただけですぐ電話したから、中身は知らなかったんだ。これほどとは思わなかった。悪かった。こんなすげえ扱いは見たことねえ。すごく有名な人が急に死んだときぐらいだろう」

涙がにじんだ。いまの言葉がどれほど皮肉にきこえたかは言わなかった。自分が死んだような気がした。

「ルーシーについて書いてあるところを見てみるな」と、マリーノが言っていた。「まあ予想どおりのことだよ。姪にあたるけどあんたは娘のように思ってたとか、優等のなんとか賞をもらってバージニア大を卒業したとか、酒酔い運転で事故をおこしたことがあるとか、レズだとか。ヘリコプターを操縦することやFBIとATFのことなんかもぐだぐだ書いてある。それからあんたの家の前庭で、シャンドンを撃ち殺そうとしたこと。つまりそれがこの記事のポイントってわけだ」いつもの不機嫌なマリーノにもどって言う。「ルーシーが公務休暇をくらったことや、あんたがアナの家に隠れてることはでてねえな。やつらもそれはさぐりだせなかったようだ」

車はのろのろとツエストケーリー・ストリートへ向かっている。「いまどこにいるの？」と、彼にきいた。

「署だ。これからそっちへいく。盛大な出迎えがあんたを待ってるだろうから」マリーノが言っているのは報道陣のことだ。「つれがいたほうがいいと思う。話したいこともあるし。ちょっとした策略があるんだよ、先生。俺が最初にオフィスへいって、車をどっかへおいとく。あんたは四番ストリートから裏の駐車場へいかずに、おもてのジャクソン・ストリートのほうへきてくれ。そこで車をおりてそのままなかへ入れば、俺が車を駐車しとく。警官たちの話じゃ、記者やカメラマンやテレビの連中が三十人ぐらい、検屍局の駐車場であんたがあらわれるのを待ってるそうだ」

じゃそうするわと言いかけて、思いなおした。やっぱりいいわ、と彼に言った。隠れたり身をかわしたり、ファイルやコートで顔を隠してカメラを避けたりはしたくない。ギャングの親玉ではあるまいし。絶対にいやだ。オフィスで会いましょう、とマリーノに言った。いつものように駐車する、メディアの人たちがいてもかまわないと。ひとつには持ち前の強情さが頭をもたげたからだ。それに、いつものように行動して真実を話すことが、自分に不利になるとは思えなかった。ダイアン・ブレイを殺してはいない。それが真実だ。これまでに出会っただれよりも彼女を嫌っていたのはたしかだが、殺そうなどとは思ったこともない。

九番ストリートの赤信号でとまり、スーツの上着を着た。バックミラーに顔をうつし、表面上は平静に見えることをたしかめた。軽く口紅をつけ、手で髪をすく。ラジオをつけ、最初のニューススポットにそなえて心の準備をした。おそらくローカル局はひんぱんに番組を中断して、新たに迎えたミレニアムの、最初のスキャンダルの主役が私であることをみんなに告げるだろう。

「……だからね、こういうことなんだよ、ジム。つまり完全犯罪をやってのけられる立場にいるのがだれかっていえば……」

「そうだな。実は彼女をインタビューしたことがあるんだが……」

つぎつぎにチャンネルをかえた。どの局でも私はあざけられ、おとしめられ、あるいは淡々と報道されていた。それというのも、法的手続きのなかでももっとも秘密が尊重されるべき事柄を、だれかがメディアにリークしたからだ。その規範を破ったのはだれだろうと考えた。悲しいことに、いくつかの名前が頭にうかぶ。ライターは信用できないし、私の電話や銀行の記録を手に入れるために、彼が接触した人々もあやしい。だが疑わしい人物がもうひとりいる。ジェイ・タリーだ。彼も召喚されているにちがいない。検屍局の駐車場に車を入れ、四番ストリートにならんだテレビとラジオのバンと、カメラやマイク、メモ帳をもって私を待っている何十人もの人たちを見て、身構えた。

記者たちのだれも、私の濃紺のエクスプローラーに気づかない。私がそれに乗ってくるとは思っていないからだ。そのとき、自分が重大な戦略ミスをおかしたことに気づいた。もう何日もレンタカーに乗っているが、その理由をきかれるかもしれないとは、いまのいままで思わなかった。玄関前の局長用スペースに車を入れると、みんなが私を見つけた。大きな獲物を追うハンターのように、全員がどっとこちらへ向かってくる。堂々と自分の役を演じようと心にきめた。私は局長だ。落ち着いた控えめな態度をとろう。おそれることはない。何も悪いことはしていないのだから。車をおり、ゆっくりバックシートからブリーフケースとフォルダーの束をとりだした。何重にも伸縮包帯をまいた肘が痛む。シャッターを押す音がひびき、撃鉄をおこした銃が標的に向けられるように、マイクがつきつけられた。

「ドクター・スカーペッタ？　何かコメントを……？」

「ドクター・スカーペッタ……？」

「特別大陪審に調査されていることを知ったのはいつですか?」

「あなたとダイアン・ブレイが反目しあっていたのは、事実ですか?」

「車はどうしたんですか?」

「自宅を追いだされて、いまは車もない状態だと言えるわけですね?」

「辞職なさいますか?」

私は歩道に立って報道陣のほうを向いた。黙って冷静にみんなが静かになるのを待つ。私が質問に答えるつもりであることがわかると、みな驚いたような顔を見せ、たちまちおだやかになった。知っている顔がいくつもあるが、名前は思いだせない。考えてみると、表舞台に立たず裏でニュースを集める報道現場の人たちの名前を、気にとめたことはない。彼らは仕事をしているだけだ、と自分に言いきかせた。個人的に私を攻撃しているわけではない。そう、彼らに腹をたててはいけない。無礼で思いやりがなく、時と場所をわきまえず、無神経でおおむね不正確だが、個人的な悪感情をもってはいない。「コメントは用意していませんが……」と、言いかけた。

「ダイアン・ブレイが殺された晩、どこにいたんですか……?」

「おねがいよ」彼らをさえぎった。「ダイアン・ブレイ殺害についての特別大陪審の調査がおこなわれていることは、あなたがたと同じように私も最近知ったばかりなの。こうした手続きは本来、内密におこなわれるべきものです。みなさんにもその機密性を尊重していただきたいの。それについて私がお話しするわけにいかないことを、わかってください」

「でも実際に……？」

「自分の車を運転していないのは、警察に押収されたからでしょう？」

オフィスへ向かうあいだ、問いつめる声や追及する声が、榴散弾（りゅうさんだん）のように朝の空気をつんざいた。だが私にはそれ以上言うことはなかった。私は局長だ。冷静で自信に満ちている。何もおそれはしない。罪をおかしてはいないのだから。名前をおぼえている記者がひとりだけいた。長身で端正な顔立ちをした白髪のアフリカ系アメリカ人で、名前がワシントン・ジョージときては、忘れようにも忘れられない。彼は長い革のトレンチコートを着ていた。玄関のガラスドアをあけようと苦労していると、彼がすぐうしろにやってきた。

「ひとつだけききたいんですが」と、彼は言った。「わたしをおぼえてらっしゃいますか？いや、質問はそれではないんですが」と、にっこりする。「ワシントン・ジョージです。AP通信の」

「おぼえてるわ」

「お手伝いしましょう」彼がドアをおさえてくれ、いっしょにロビーへ入った。警備員がこちらを見た。その表情はいまや見慣れたものになっている。みんなの目つきから、私の悪評の高さがうかがえる。暗い気持ちになった。「おはよう、ジェフ」コンソールのそばをとおりながら言った。

彼は軽く頭をさげただけだ。

プラスチックのIDキーを電子識別装置のうえにかざすと、モルグのほうへ通じるドアがあいた。ワシントン・ジョージはまだついてきている。ぜひ耳に入れたい情報があると言っているが、私はきいていなかった。受付のそばに女性がすわっている。椅子のうえで体を丸めた女性は、磨かれたみかげ石とガラスのブロックのなかで小さく、悲しそうに見えた。こんなところにいてはいけない、と思った。モルグの受付で待っている人を見ると、いつも心が痛む。「もうだれかご用件をうかがっています?」と、きいた。

「待ってるだけなの」彼女は低い声で言った。

「だれに会いにいらしたの?」

「それが、よくわからないんです」どもりながら言う。涙があふれ、のどの奥からすすり泣きがこみあげ、洟(はな)がではじめた。「息子のことなの。会えるかしら? なかであの子が何をされてるのかよくわからないんです」あごをふるわせ、手の甲で洟をぬぐった。「あの子に会いたいの」

フィールディングが今日の検屍についてメッセージを残してくれていたので、そのうちの一件が、首をつって自殺したらしい十代の少年であることがわかっていた。名前はなんだっけ? ホワイト? 女性にきくとうなずき、少年のファーストネームがベニーであることを教えてくれた。あなたはミセス・ホワイトですか、ときくとまたうなずき、数年前に再婚したとき息子と自分はラストネームをホワイトに変えたのだと説明した。いっしょにいらして、ベニーがどうなっているか見てきましょう、と彼女に言った。ミセス・ホワイトはいまや激しく泣いている。ワシントン・ジョージが何を話すつもりか知らないが、待ってもらうしかない。

「この話はすぐきかれたほうがいいと思いますよ」と、彼は言った。

「わかったわ。じゃいっしょにきてちょうだい。できるだけ早くきかせてもらうから」またIDキーを使ってオフィスへ入りながら言った。クリータが検屍記録をコンピューターに入れていたが、私を見たとたん顔を赤らめた。

「おはようございます」いつものようにほがらかに言う。だがその目には、私がおそれ、嫌悪するあの表情がうかんでいる。今朝、スタッフがどんなことを話していたのか想像するしかない。クリータのデスクのうえにたたんだ新聞がおいてあり、彼女がセーターでそれを隠そうとしているのを見逃さなかった。クリータは休暇のあいだに太り、目のしたにくまができている。私のせいでみんながつらい思いをしているのだ。

「だれがベニー・ホワイトを担当しているの？」と、彼女にきいた。

「ドクター・フィールディングだと思います」クリータはミセス・ホワイトを見てコンピューターの前から立ちあがった。「コートをおあずかりしましょうか？　コーヒーはいかが？」

ミセス・ホワイトを私の会議室へつれていくようクリータに指示し、ワシントン・ジョージには医学書図書室で待っていてくれるようたのんだ。それから秘書のローズを見つけた。彼女に会ってほっとし、一時的に自分の窮状を忘れた。ローズのほうも、みんなのような好奇心と当惑がいりまじったうしろめたそうな表情をすることで、私にそれを思いださせるようなことはしない。ローズはいつものローズだ。彼女は、災難にみまわれるといつも以上に勇気がわいてくるタイプの人間だ。彼女は私の目を見て首をふった。「もう腹が立って腹が立って」彼女の部屋の戸口に立つと言った。「こんなとんでもないでたらめは、生まれてこのかたきいたこともない」新聞をとりあげ、いたずらをした犬にでもするように、私に向けてふる。「こんなことでよくよしちゃいけませんよ、ドクター・スカーペッタ」それが簡単にできるかのように言う。「あのいくじなしのビューフォード・ライターめ。面と向かってあなたに言うことができないのよね。それでこんな卑怯なことをする」また新聞をふる。

「ローズ。ジャックはモルグにいる?」

「ええ、あのかわいそうな男の子の検屍をしてますよ」私のことから話題がそれると、怒りが同情にかわった。「本当にもう。もうあの子をごらんになりました?」

「いまきたばかりだから……」

「まるで天使のような子なの。金髪に青い目であどけなくて。まったく。もしあれが自分の子だったら……」

くちびるに指をあててローズをさえぎった。少年の気の毒な母親をつれてクリータが廊下を歩いていくのがきこえたからだ。声をださずに、あの子のお母さん、とローズに告げると、彼女は黙った。今朝のローズは落ち着きがなく、ぴりぴりしているようだ。服装は地味に黒でまとめ、髪はひっつめてまげにしている。それを見ると、グラント・デヴォルスン・ウッドの「アメリカン・ゴシック」という絵を思いだす。「私は大丈夫よ」おだやかに彼女に言った。

「ほんとかしら」目が濡れてきて、彼女はそわそわと書類にとりくみはじめた。

ジャン・バプティスト・シャンドンは私のスタッフ全員に打撃を与えた。私を知り、信頼している人はみな仰天（ぎょうてん）し、うろたえている。私を完全に信用することができなくなり、これから自分は、仕事はどうなるのだろうと、ひそかに心配している。十二歳のとき学校でおこった、それまでの人生で最悪のできごとを思いだした。ルーシーと同じようにませていた私は、クラスでいちばん年少だった。父はその年の十二月二十三日に死んだ。父がクリスマスの二日前まで待って息をひきとったことの唯一の利点は、すくなくとも隣人たちが仕事からはなれてのんびりし、ほとんどの人が家で料理したりお菓子を焼いたりしていたことだ。イタリアのカトリック教徒のよき伝統にしたがって、父の人生はにぎやかに祝われた。数日間、私の家は笑いと涙とごちそうとお酒と歌にあふれていた。

新年に教区学校へもどると、私は前にもまして頭脳による征服と探検に精をだすようになった。テストで百点をとるだけでは、もはや物足りなかった。注意をひきたい、喜ばせたいという欲求にかられ、何かとくべつなことをやらせてほしいと尼僧たちにせがんだ。どんなことでもよかった。そのうち放課後もずっと学校に残って、黒板ふきを階段ではたいたり、テストの採点を手伝ったり、掲示板にはるものをつくったりするようになった。はさみとホチキスを巧みに使えるようになったので、アルファベットや数字を切りぬいて言葉や文章、カレンダーなどをつくる必要があるとき、尼僧たちは私をさがした。

数学のクラスにマーサという子がいた。私の前の席だったが、話をしたことはなかった。彼女はしょっちゅう私のほうをふりかえった。よそよそしいが、好奇心にかられているのだ。半分に折った私の宿題やテストのいちばんうえに、赤えんぴつで囲んである成績をいつも見ようとした。ある日、とくにむずかしい代数のテストのあと、シスター・テリーサの私を見る目がやけに冷たいのに気づいた。彼女は、私が外で黒板ふきを掃除しはじめるのを待った。私はスタッコの階段にしゃがんで黒板ふきをたたき、亜熱帯の太陽が輝く冬の空に、チョークの粉をもうもうとまきあげていた。ふと目をあげると、修道女の法衣に身を包んだシスター・テリーサが、大男のように私の前に立ちはだかっていた。十字架をつけて顔をしかめた南極のペンギンという趣だ。私が代数のテストでカンニングしたと、だれかが言いつけたのだ。シスター・テリーサはこのうその情報源をあきらかにしなかったが、犯人はわかっていた。マーサだ。私が潔白であることを証明するには、もう一度テストを受けて、ふたたび百点をとるしかなかった。

それ以後、シスター・テリーサは私をきびしく見張るようになった。私は緊張して、机についているときよそ見をしないよう気をつけた。数日後、くずかごをあけているとき、教室でシスター・テリーサとふたりだけになった。彼女は、罪をおかさないよう神に祈りなさいと私に言った。たくさんの能力を与えられたことを神に感謝し、いつも正直でいられるようおねがいしなさい。あなたは頭がいいから、悪いことをしても見つからずにすんでしまうから、というのだ。神さまは何でもごぞんじよ、とシスター・テリーサは言った。神さまをごまかすことはできないわ。私は正直です、神さまをごまかそうとなんかしていません、と私は抗議した。シスターが自分で神さまにきいてくればいいわ。私は泣きだした。「カンニングなんかしていません」そう言ってすすり泣いた。「パパ、パパ」

ジョンズ・ホプキンズ大学で医学を学びはじめた最初の年に、シスター・テリーサに手紙をだした。思いだすのもつらいあの不公平なできごとについて書き、ふたたび身の潔白を訴えた。ぬれぎぬをきせられたこと、そして尼僧たちが私をかばってくれず、そのあと疑いの目で私を見るようになったことにまだこだわり、腹を立てていた。

あれから三十年以上たったいま、ローズの部屋に立って、バーガーとはじめて会ったときに彼女が言ったことについて考えた。傷が広がっていくのはこれからよ、と彼女はきっぱり言った。むろん、それは正しかった。「今日、みんなが帰る前に、話をしたいの」と、ローズに言った。「それをみんなに伝えて、ローズ。今日の仕事の具合を見て、なんとか時間をつくるから。ベニー・ホワイトの検屍の様子を見てくるわ。お母さんのほうの面倒をみてあげて。すぐ話をしにいくから」

廊下を歩いて休憩室をとおりすぎ、医学書図書室へいくとワシントン・ジョージが待っていた。「あまり時間がないんだけど」そそくさと言った。

彼は棚にならんだ本をながめていた。銃をもつように、メモ帳をもった手を脇にたらしている。「うわさをきいたんですよ」と、彼は言った。「もしそれが事実だと知ってらっしゃるなら、確認していただきたい。もしそのことをごぞんじないなら、本当かどうか確かめたほうがいいかもしれない。あなたに対する特別大陪審の調査では、検察官はビューフォード・ライターではないそうですよ」

「それは知らなかった」私より先にマスコミのほうが何か知っていると怒りをおぼえるが、つとめてそれをあらわさないようにした。「でも彼とはいろんな事件でいっしょに仕事をしてるから。この件は自分で手がけたくないんでしょう」

「そうでしょうね。きいたところでは、特別検察官が任命されたそうですよ。それをお話ししたかったんです。そのことをごぞんじですか？」と、私の顔をうかがう。

「いいえ」こちらも彼の顔をうかがい、不意打ちをくらうことにならないよう、何らかの兆候をそこに読みとろうとした。

「ジェイミー・バーガーがあなたを起訴する検察官に任命されたことを、どこからもきいていらっしゃらないんですか、ドクター・スカーペッタ?」彼は私の目を見つめた。「彼女がリッチモンドへきたのは、ひとつにはそのためだそうです。バーガーといっしょにルオングとブレイの事件を検討してらっしゃるようだけど、それは策略だと信頼できる筋からきいてます。彼女はいわばおとり捜査をしているわけだな。シャンドンがお宅にあらわれたとされている事件の前から、ライターはこれをしくんでいたようです。バーガーは何週間も前から、計画に加わっていたんです」

「あらわれたとされている?」それしか言えない。ショックのあまり、ほかに言葉がでてこなかった。

「その様子じゃ、何も知らなかったんですね」ワシントン・ジョージが言う。

「その信頼できる筋がだれかは、教えてもらえないんでしょう?」

「ええ」彼は困ったようにちょっと笑った。「となると、確認はできませんね?」

「もちろんできないわ」気をとりなおして言った。

「もっとさぐってみますけど、これだけはお伝えしたい。あなたには好意をもっています。いつもよくしてくださるし」彼はしゃべりつづけたが、ほとんどきいていなかった。頭にうかぶのはひとつのことだけだった。バーガーは本当のことを言わないまま車のなかや私の家、ブレイの家で、何時間も私といっしょにすごした。そのあいだずっと、特別大陪審の審問でこちらに不利な証拠として使えるようなことを、頭にとめていたのだ。私についてあらゆることを知っているのもふしぎではない。私の通話記録や銀行報告、クレジットの記録などに目をとおし、私を知っているすべての人から話をきいているのだろう。「ワシントン、子供をなくしたばかりの気の毒なお母さんを待たせているの。これ以上ここであなたと話をしてるひまがないの」そう言って部屋をでた。礼儀知らずだと思われてもかまわない。

化粧室をつっきって更衣室へいき、白衣を着て紙の靴カバーをつけた。解剖室は騒音に満ちていた。どの台のうえにも、不運なだれかがのっている。ジャック・フィールディングは血だらけになっていた。ミセス・ホワイトの息子の遺体をすでに切開し、十四ゲージの針をつけた注射器を大動脈に刺して、血液をとっている。彼の台に近づくと、混乱し途方にくれたような目をこちらに向けた。今朝のニュースのことが顔中にあらわれている。

「あとでね」彼が何かきく前に、手をあげてそれを制した。「彼のお母さんが私の部屋にきてるの」と、遺体を示す。

「ちくしょうめ」と、フィールディングは言った。「このろくでもない世界についちゃ、そう言うしかないよ」

「お母さんが彼に会いたいと言ってるの」移動ベッドのうえの袋からぼろ布をとりだして、少年の繊細(せんさい)な愛らしい顔をふいた。髪の毛は干し草のような色で、充血した顔以外は、なめらかなバラ色の肌をしている。うわくちびるの上にうぶ毛があり、陰毛がうっすらとはえている。少年を大人の生活へと導くためにホルモンが活動しはじめていたが、彼はそれを経験することなく逝くよう運命づけられていたのだ。首のまわりの黒っぽい細いすじが、右耳へ向かってななめに上がっている。ここにロープの結び目があったらしい。彼の若々しい健康な体には、それ以外に暴力のあとはいっさいなかった。彼が生きつづけられなかった理由は、ひとつもないように思える。自殺を扱うのはむずかしい。世間の通念に反して、自殺する人が遺書を残すことはすくない。生きているあいだ自分の気持ちを人に言うとはかぎらないし、死後に遺体が多くを語らない場合もある。

「ちくしょう」フィールディングがつぶやいた。

「わかってることは？」と、彼にきいた。

「クリスマスごろから、学校での様子がおかしくなりはじめたってことだけだ」フィールディングはホースをとりあげて胸腔を洗った。それはチューリップの内側のようにつやつやになった。「数年前にお父さんがガンで死んでいる」水がはねる。「あのスタンフィールドのやつ。いったいどういうことなんだ？　大安売りでもしてるのか？　くそ、四週間のあいだにあいつからのケースが三件もだぞ」そう言いながら、臓器のかたまりを洗いながす。まな板のうえにのせられた臓器は、さまざまな色あいに輝き、さらなる冒瀆（ぼうとく）がおこなわれるのを待っている。「くそ、なにかというとスタンフィールドだ」フィールディングはカートのうえから大型のメスをとった。「この子は昨日教会へいって、家へ帰ってから森で首をつった」

ジャック・フィールディングが「くそ」という言葉を連発するのは、とり乱しているときだ。いま、彼はまさにとり乱している。「スタンフィールドがどうかしたの？」気分も重くきいた。「あの人やめたんじゃなかったのかしら」

「やめてほしいよ。あいつはばかだ。このケースについて連絡してきたのはいいけど、それから何をやったと思う？　現場へいった。するとこの子が木からぶらさがってて、スタンフィールドはロープを切って遺体をおろした」

彼がつぎに何と言うか察しがついた。

「結び目のところを切ったのね」

やはりそうだった。「その前に写真をとっていることを祈るわ」

「あそこにある」部屋の向こう側にあるカウンターのほうへあごをしゃくる。

写真を見にいった。それらは心の痛む写真だった。ベニーは教会から帰ってから服もきかえずにまっすぐ森へいったらしい。木にナイロンロープをかけ、片方のはしに輪をつくり、もう一方のはしをそれにくぐらせた。それからもうひとつ、簡単な引き結びで輪をつくり、それに頭を入れた。写真のベニーは紺のスーツに白いワイシャツを着ている。青地に赤のしまが入ったクリップ留めのネクタイは、地面に落ちていた。ロープがあたってはずれたか、彼が最初にとったのだろう。ひざまずいたかっこうで腕をだらんと脇にたらし、首を前にたらしている。首つり自殺によく見られる姿勢だ。足が地面からはなれて完全に宙づりになっているケースはそう多くない。要は首の血管を圧迫して、酸素の不足した血液を脳へ送りこめば事足りる。頸静脈を圧迫するには二キロ足らずの重みがあればよい。頸動脈はその二倍をすこし超えるほどの重みで、閉塞する。つまりロープにかかる頭の重みだけでじゅうぶんなのだ。意識はすぐになくなり、ものの数分で死がおとずれる。

「こうしましょう」フィールディングに言った。「遺体をおおうの。血がにじんでこないように、ビニール加工したシーツをかければいい。検屍をすすめる前に、お母さんに一目見せてあげましょう」

フィールディングは深く息をついて、メスをカートにもどした。

「彼女と話してみるわ。ほかに何かわかるかもしれないから」そこをはなれながら言った。「準備ができたらローズに連絡してね。ありがとう、ジャック」足をとめて彼と目をあわせた。「あとで話しあいましょう。いっしょにコーヒーを飲むという約束、いまだにはたしてないじゃない。お互いにメリー・クリスマスも言えなかったわね」

ミセス・ホワイトは会議室にいた。もう泣いてはおらず、憂愁にとざされた空間で、まばたきもせずぼんやり虚空を見つめている。私が入っていってドアをしめても、こちらに注意を向けようともしない。いまベニーを見てきたわ、まもなくお母さんもベニーに会えるようにしますから、と彼女に告げた。ミセス・ホワイトはまた涙ぐみ、あの子は苦しんだのでしょうか、とたずねた。すぐに意識がなくなったはずよ、と私は答えた。息ができなくなったために死んだのだろうかときかれたので、まだはっきりわからないが、気道がふさがれたとは考えにくい、と答えた。

ベニーは低酸素による脳の損傷で死亡したとも考えられるが、それより血管の圧迫により血管迷走神経性反応がひきおこされた可能性のほうが強いだろう。つまり心臓の動きが鈍ったために死んだのだ。彼がひざまずいていたことを話すと、神のもとに召されるように祈っていたのではないか、とミセス・ホワイトは言った。そうかもしれない、その可能性は大いにある、と同意した。彼女をなぐさめるためにできるだけのことをした。ミセス・ホワイトの話では、しとめたシカをさがしていたハンターが、ベニーの遺体を見つけたという。死んでからそう時間はたっていないはずだ。いなくなったのは教会から帰った直後の十二時半ごろで、警察が家にきたのが五時ごろだから。警察によると、ハンターがベニーの遺体を見つけたのは二時ごろだった。あの子がひとりであそこにいたのがそう長い時間でなかったのが、せめてもの救いだ、と彼女はくりかえし言った。スーツのポケットに新約聖書が入っていたのもさいわいだった。それに名前と住所が書いてあったから。警察はそれを見て彼の身元を知り、家族の家をさがしあてたのだ。

「ミセス・ホワイト、最近ベニーの様子にどこか変わったところはなかった？　昨日の朝、教会へいったときは？　教会で何かあったのかしら？」

「ええと、このところむっつりしていたわ」ミセス・ホワイトはすこし気持ちが落ち着いたようだ。まるでベニーがおもての受付で待っているかのような口調で、彼のことを話した。

「来月十二歳になるんです。その年頃の子供って、そんなふうでしょう」

「『むっつり』というのは具体的にどういうこと？」

「よく自分の部屋へとじこもっていたわ、ドアをしめて。そこでヘッドホンをつけて音楽をきいていた。生意気な口をきくこともよくあったわ。前はそんなことはなかったのに。心配してたんです」声がつまる。自分のいる場所とその理由を急に思いだしたかのように、まばたきした。「でもなぜあんなことをしたのかわからない」涙がほとばしった。「教会でいっしょになる男の子の何人かとうまくいってなかったのは知ってます。その子たちによくからかわれてたんです、かわいいぼうやと呼ばれて」

「昨日、だれかにからかわれたのかしら？」

「そうかもしれない。その子たちと日曜学校でいっしょだったから。最近はみんながいろんなことを話してました。あの近くでおこった殺人についてね」彼女はまた口をつぐんだ。自分のよく知らない、異常なできごとのほうへ話がいくのを避けたいようだ。

「クリスマスの前に殺されたふたりの男性のこと？」

「ええ。呪われていたという人たち。アメリカの建国当時はあんなことはなかった、ああいうことをする人はいなかったというので」

「呪われていた？　だれがそう言ったの？」

「そういううわさなんです。いろんなうわさがあってね」深く息をしてつづける。「ジェームズタウンが近いから。ジョン・スミスやポカホンタスの幽霊を見たというような話が昔からあるの。それで最近あの人たちがジェームズタウン・アイランドのそばで殺されたもので、みんながいろんなことを言いはじめて。あの人たちが、その、自然に反するような行為をしていたとか。殺されたのはそのためなんでしょうね。すくなくとも、みんなはそう言っているけど」

「ベニーとそのことについて話したの？」しだいに重苦しい気分になってきた。

「すこしね。このところ、その焼かれたり拷問されたりして殺されたという男の人たちの話でもちきりだったから。みんないつもより戸締まりをしっかりするようになって。ほんとにこわい話ですよね。ベニーともそれについて話したわ。実をいうと、あの事件があってから、ベニーはますますむっつりするようになってね。あのことが気になってるのかもしれない」

沈黙。ミセス・ホワイトはテーブルのうえを見つめた。死んだ息子について話すとき、どの時制を使うべきか迷っているようだ。「それと、ほかの男の子たちからめめしいといわれるのを、とてもいやがってたんです。無理もないけど。だからいつも言ってやってたの。大きくなったらうんとハンサムになって、女の子たちがむらがってくるからね。そうしたらあいつらを見返してやりなさいって」ちょっとほほえんでから、また泣きだした。「あの子はそのことをすごく気にやんでたの。子供って残酷なからかいかたをするでしょう」

「昨日、教会でまたひどくからかわれたのかしら？」話をそちらへ導いた。「男の子たちがいわゆるヘイトクライムだのゲイだののことを言って、おまえもおかしいとかなんとか……？」

「ええ、ええ」彼女は勢いこんで言った。「不自然な行為をする邪悪な人間は呪われると。聖書にもそれは書いてあるわ。『神は彼らを、心の欲望のままに、汚らわしい行いにおまかせになった』」と、引用する。

「ベニーが自分の性的な傾向について心配していた可能性はないかしら、ミセス・ホワイト？」おだやかに、だがはっきりきいた。「思春期になりかけの子供にはよくあることよ。自分の性的な嗜好がよくわからないとか。とくにいまの時代はね。いろんなことが昔より複雑に……はるかに複雑になっているから」電話が鳴った。「ちょっと失礼」

フィールディングからだった。ベニーとの対面の準備ができたという。「それからマリーノがきて、あなたをさがしてる。重要な情報があるそうだ」

「私の居場所を教えといて」電話を切った。

「あの男の人たちがあんなひどいことをされたのは、ふたりが……〝変〟だからか、とベニーはきいたわ」と、ミセス・ホワイトは言っていた。「あれは神さまが与えた罰かもしれないと言っておいたけど」

「ベニーはそれにどんな反応を示した？」
「何も言わなかったような気がするわ」
「それはいつのこと？」
「三週間ぐらい前。ふたり目の遺体が発見されて、ふたつの殺人がヘイトクライムだというニュースが流れてから」

捜査上のディテールをろくでもない義兄にもらしたことがどんなに深刻な影響をもたらしたか、スタンフィールドはわかっているだろうか？ 廊下を歩きながら、ミセス・ホワイトはそわそわとしゃべりつづけている。ひと足ごとに不安がつのっていくようだ。彼女をオフィスの正面へ案内し、ドアをあけて小さな対面室へ導きいれた。なかにはカウチとテーブルがあり、壁にはイギリスののどかな田園風景を描いた絵がかかっている。カウチの向かい側の壁はガラス張りになっており、カーテンがひかれている。ガラスの向こうは冷蔵室だ。

「ここにかけて、楽になさって」と、ミセス・ホワイトに言って、肩にさわった。

彼女は緊張し、おびえている。その目はひかれた青いカーテンに釘づけになっている。カウチのはしに腰かけ、両手をぎゅっと組みあわせてひざにおいた。私はカーテンをあけた。ベニーは青い布におおわれていた。青いシーツがあごのしたにはさみこまれ、ロープの痕を隠している。濡れた髪はうしろへとかされ、目はとじてある。母親はカウチのはしで身をこわばらせた。呼吸もとまってしまったかのようだ。理解できないいまま、うつろな表情で見つめる。やがて眉をひそめた。「どうして顔があんなに赤いのかしら？」まるで非難するようにきいた。

「ロープのせいで、血液が心臓にもどれなくなったから」と、説明した。「だから顔がうっ血しているの」

彼女は立ちあがってガラスに近づいた。「わたしの赤ちゃん」そっとつぶやく。「わたしのベニー。いまは天国にいるのね。天国でイエスさまの腕のなかに。見て、まるで洗礼を受けたみたいに髪が濡れてる。洗ってくださったのね。ベニーは苦しまなかったのでしょう？それだけを知りたいの」苦しまなかったと言ってあげることはできない。最初に輪が首をしめつけたとき、頭のなかの圧力が増してごうごうと音がひびき、彼はおそろしい思いをしたにちがいない。自らの命を絶つための行為をはじめたあと、死がおとずれるのを感じるまで意識はあったのだ。苦しまなかったとは言えない。「そう長くはね」と、母親に言った。「そう長くは苦しまなかったわ、ミセス・ホワイト」

彼女は両手で顔をおおってむせび泣いた。わたしはカーテンをひいて、彼女を部屋の外へつれだした。

「これからあの子にどんなことをするの？」私のあとについてぎごちない足どりで部屋をでながら、ミセス・ホワイトはきいた。

「もうすこし調べて、いくつか検査をするわ。ほかに知っておくべきことがないか見るために」

彼女はうなずいた。

「すこし休んでいらっしゃる？　何かおもちしましょうか？」

「いえいえ、すぐ帰ります」

「息子さんのこと、本当にお気の毒です、ミセス・ホワイト。心からお悔やみします。もし何かおききになりたいことがあったら、いつでも電話してね。私がいなくても、必ずだれかがお話をうかがうわ。これからいろんなつらい思いをすることになるでしょう。何かお手伝いできることがあれば、遠慮なく電話してね」

彼女は廊下で立ちどまり、私の手をつかんだ。真剣な面持ちで私の目をのぞきこむ。「だれかにこんなことをされたのではないことは、たしかなの？　自分でやったとどうしてわかるの？」

「いまのところ、ほかの人がやったことを示すような形跡はまったくないわ」安心させるように言った。「でもあらゆる可能性をさぐってみます。まだ調べは終わっていないの。検査には、何週間もかかるものがあるから」

「あの子を何週間もここにおいておくわけではないわね！」

「もちろん。もう二、三時間で帰れるわ。葬儀社の人にひきとりにきてもらいます」

正面オフィスまできた。ガラスドアをとおって、ふたたびロビーへ彼女をつれていく。ミセス・ホワイトはつぎにどうすればいいかわからないとでもいうように、ためらった。「ありがとう。ご親切にどうも」

感謝の言葉をかけてもらえることはめったにない。沈みこんでいたので、自分の部屋へもどったときマリーノがいることに気づかず、あやうくぶつかりそうになった。彼はドアのすぐ内側で待っていた。書類を手にもち、興奮に顔を輝かせている。

「信じられねえようなことがわかったぞ」

「いまはどんなことだって信じられるわ」ぼそっと言って、書類が山積みになったデスクの前の大きな革の椅子に倒れこむようにすわり、ためいきをついた。マリーノはきっと、ジェイミー・バーガーが特別検察官に任命されていることを知らせにきたのだろう。「バーガーのことなら、もう知ってるわ。AP通信の記者からきいたの。彼女が私を起訴する検察官なんですってね。それがいいことなのか悪いことなのか、よくわからない。もうどっちでもいいような気がしてきたわ」

マリーノはとまどったような顔をしている。「ほんとか？　バーガーが？　なんでそんなことできるんだ？　バージニアで弁護士資格をとってるのか？」

「その必要はないのよ。プロー・ハーク・ヴァイシーでできるの」これは、この場合にかぎりという意味だ。特別陪審の要請があれば、裁判所はバージニアで資格をとっていない州外の弁護士に、州内での裁判にかかわる権利を与えられることを、マリーノに説明した。

「ライターはどうなるんだ？」と、マリーノがきいた。「そのあいだやつは何をするのさ？」

「バージニア州検事局のだれかが、彼女といっしょに検察をつとめなきゃいけない決まりなの。たぶんライターが補佐役になって、尋問は彼女にまかせるつもりでしょう」

「実はな、フォートジェームズ・モーテル事件で、おもしろい展開があったんだ」マリーノがニュースを話しはじめた。「バンダーがやっきになって部屋のなかの指紋を調べてね。信じられねえことがわかったんだ。だれの指紋が見つかったと思う？　ダイアン・ブレイだ。かついでるわけじゃねえぞ。部屋に入ったところにある電気のスイッチのそばに、完全な潜在指紋があった。彼女の、ダイアン・ブレイの指紋だ。もちろん被害者の指紋はあったけど、ほかにはでてこなかった。ベヴ・キフィンの以外はってことだがね。キフィンの指紋は、ギデオン協会の聖書にもついてた。ところが、聖書にはマトスの指紋はねえんだ。ちょっとおもしろいだろう。聖書をあけたのはどうやらキフィンらしい。あの、なんとかいうところに」

「伝道の書ね」もう一度教えた。

「そうそう。ひらいたページのうえに、潜在指紋がついてた。キフィンのだ。聖書をあけたのは自分じゃないって、あいつ言ってただろう？　それで電話してきいたら、やっぱりあけてねえって言うんだ。そうなると、あいつが何らかの形でかかわってたんじゃねえかと疑いたくなるよな。とくにあそこでマトスが殺される前に、ブレイがあの部屋に入ってることがわかったんだから。ブレイはあのモーテルで何やってたんだろう？　それを知りてえよな」

「麻薬の取引であそこへいったんじゃないかしら。ほかに理由は考えつかないわ。あのモーテルにブレイが泊まるとはとても思えないし」

「あたり」マリーノは指を銃の形にして私につきつけた。「それにキフィンの亭主は、バーボサと同じ運送会社につとめてることになってるよな。もっともトラックか何かを運転するキフィンという名前の従業員の記録は、まだ見つかってねえ。そういう人物がいるかどうかもつかめねえんだ。妙だよな。オヴァーランドが麻薬と銃の密輸にかかわってることはわかってる。そうなると、キャンプ場に毛を残したのはシャンドンだと考えたほうがつじつまがあう。やつの家族の犯罪カルテルが関係してるんじゃねえだろうか？　そもそもやつがリッチモンドへきたのは、そのためかもしれねえ。ファミリービジネスのため。それでここにいるあいだも、女性を殺すくせがぬけなかったってことじゃねえか？」

「マトスがここで何をしてたのかも、それで説明がつきそうね」

「そうとも。ひょっとすると、やつとバプティストの野郎は仲間だったのかもしれねえ。あるいはファミリーのだれかが、バプティストぼうやを消すためにマトスをバージニアへ送りこんだのか。家族の商売のことをだれかにばらす前に、やつをお役ごめんにしようってんで」

可能性はかぎりなくある。「でもマトスがどんな理由で、だれに殺されたのかはわからない。バーボサが殺された理由も」と、私は指摘した。

「ああ。でも真相に近づいてきた感じはある。どうもむずむずするんだが、そこをひっかくとタリーがあらわれそうな気がしてならねえ。やつがすべての鍵をにぎってるんじゃねえかな」

「そういえば彼、ワシントンでブレイを知ってたようね。それにシャンドン一家の本拠地のある町に住んでいたわけだし」

「しかもバプティストの野郎が出没するところに、必ずやつもあらわれるんだよな」マリーノがさらに言う。「こないだあいつを見かけたぞ。赤信号でとまったら、ホンダの黒くてでかいバイクがとなりのレーンにいた。最初はやつに気づかなかった。ヘルメットをかぶって、色つきのシールドをおろしてたから、顔がよく見えなかったんだ。でも俺のトラックをじろじろ見てた。絶対タリーだと思う。すぐ顔をそらせたけどな。あんちくしょうめ」

知事から電話がかかっている、とローズが連絡してきた。十時に予定されている電話での話しあいのためだ。部屋のドアをしめてくれるようマリーノに合図して、ミッチェルが電話にでるのを待った。ふたたび現実にひきもどされ、自分の窮状と、それが大々的に報道されていることを思いだした。知事が何を言うつもりか、ほぼ察しはついている。

「ケイ?」マイク・ミッチェルは重々しい声で言った。「今朝の新聞を見て、心を痛めている」

「私もあまりうれしくないわ」と、彼に告げた。

「わたしはきみの味方だ。この先もずっとね」これから伝えようとすることを、私が受けいれやすいようにそう言ったのだろうか？　いい話であるはずがない。私は黙っていた。ミッチェルはバーガーのことも知っているにちがいない。彼女が特別検察官に任命されたことに、彼も一枚かんでいるのかもしれない。そのことはもちださなかった。言ってもしようがないからだ。「目下の状況を考えると」と、ミッチェルはつづけた。「この件に決着がつくまで、きみは職務からはなれたほうがいい。報道を信じているわけではないよ、ケイ」だからといって、私が無実だと信じていることにはならない。「でも事態がおちつくまでは、きみが州の検屍局の責任者をつとめるのはまずいと思う」

「私をくびにするということ、マイク？」単刀直入にきいた。

「いやいや」彼は急いで言い、さっきよりおだやかな声でつづけた。「特別大陪審の審問が終わるのを待って、それから考えよう。きみにも、独立して仕事をしたいというきみの希望にも、まだ見切りをつけちゃいないよ。とにかく、この件が終わるまで待とう」

「もちろん、おっしゃるとおりにするわ」と、丁重に言った。「でも、いま私が扱っているケースからあっさり手をひいてしまうのは、州にとって利益にはならないと思うけど」

「ケイ、このまま仕事をつづけるのは無理だよ」いかにも政治家らしく言う。「二週間だけだからね。審問で良い結果がでたら」

「もしそうならなかったらどうしよう」

「大丈夫、必ずうまくいくよ」

電話を切り、マリーノを見た。「そういうこと」書類をブリーフケースに投げ入れはじめた。「私がでていったとたんに鍵をつけかえたりしないでしょうね」

「まあ、知事としちゃそうするしかないよ。なあ、先生、しかたねえだろう」マリーノはこの避けがたい事態を、甘んじて受け入れるつもりのようだ。

「メディアにリークしたのがどこのどいつかを知りたいわ」ブリーフケースをしめて、留め金をとめる。「あなたも召喚されたの、マリーノ？」かまわずきいた。「もう何も秘密じゃないんだから。言っても大丈夫よ」

「俺が召喚されることはわかってただろう」マリーノはつらそうな顔をしている。「やつらに負けちゃだめだぞ、先生。あきらめるな」

私はブリーフケースをもって部屋のドアをあけた。「あきらめるもんですか。これからやることがいろいろあるのよ」

何を？　マリーノの表情がそう問いかけている。何もするな、といま知事に命じられたところなのだ。「マイクはいいやつだ」と、マリーノは言った。「でも怒らせねえほうがいい。あんたをくびにする理由を与えるようなまねをするな。しばらくどっかへいったらどうだ？

ルーシーに会いにニューヨークへいってもいい。もうニューヨークへいったんだろう、あいつとティウンは？　とにかく審問まで、どっかへいってろよ。そうすりゃ朝から晩まであんたのことを心配せずにすむ。あんたがひとりでアナの家にいるのも気にくわねえし」

私は深呼吸して、怒りと苦痛をおさえようとした。マリーノの言うとおりだ。知事を怒らせてさらに事態を悪化させるのは、得策ではない。だがもろもろのことに加えて、いまやこの町からも追いだされたような気分だ。アナから何の連絡もないことにも、傷ついている。涙がでそうになったが、オフィスでは絶対に泣きたくない。マリーノから目をそらせた。だが彼には私の気持ちがわかったようだ。

「よう、先生。しけた気分になるのは当然だよ。ひでえ話だもんな」

廊下をわたり、化粧室をつっきってモルグへいった。タークがベニー・ホワイトの遺体を縫合し、フィールディングはカウンターの前にすわってペーパーワークをしていた。椅子をひきだしてとなりにすわり、彼の手術着についた抜け毛をつまみとった。「抜け毛をなんとかしなきゃね」動揺しているのを悟られないように言った。「どうしてこんなに毛が抜けるのか教えてくれる？」何週間も前からきこうと思っていた。だが例によっていろいろなことがおこり、フィールディングと話す機会がなかった。

「新聞を見ればすぐわかるよ」彼はペンをおいて言った。「なぜこんなに毛が抜けるのか」目に生気がない。

彼の言わんとしていることがわかり、うなずいた。予想したとおりだ。フィールディングはしばらく前から、私が深刻な事態にみまわれていることを知っていた。もしかすると何週間か前にライターが彼と接触して、アナにしたように、いろいろさぐりはじめたのかもしれない。そうなのかときくと、フィールディングはそのとおりだと認めた。それ以来悩んでいたらしい。政治的なことや管理に関することが大きらいなので、私のかわりにこのポストにつくことは、いまも将来も望んでいないという。

「あなたのおかげで無事にやってこられたんだ。ずっとそうだよ、ドクター・スカーペッタ。僕を局長に任命しようということになったら、どうしよう？ どうしたらいいかわからない」指で髪をすくと、また毛が抜けた。「早くすべてが正常にもどってほしいよ」

「私も心からそう思うわ」そう言ったとき電話が鳴り、タークがでた。

「それで思いだした」と、フィールディングが言った。「最近ここに妙な電話がかかってくるんだ。そのことを話したっけ？」

「私がいるときにも一度あったわ。だれかがベントンの名前をかたってかけてきたの」

「最悪だよな」腹立たしげに言う。

「私が知ってるのはそれだけだけど」

「ドクター・スカーペッタ？」タークが呼んだ。「でてもらえます？ ポールからです」

電話のところへいった。「元気、ポール？」犯罪研究所の責任者ポール・モンティにきいた。

「まず、研究所のものは全員あなたの味方だってことを言わせてくれ、ケイ。とんでもない言いがかりだ。新聞にのってるあのたわごとを読んで、コーヒーを吐きだしそうになったよ。われわれは全力をあげてとりくんでいる」というのは、証拠の検査のことだ。建て前としては、それは平等におこなうことになっている。被害者の重要性に順位をつけて、だれかを優先するようなことをしてはいけない。しかし暗黙の了解というものがある。警官が撃たれたときと同じだ。仲間を優先するのは人情で、どこの世界でもあることだ。「興味深い検査結果がでたので、直接お知らせしようと思って」と、ポール・モンティはつづけた。「キャンプ場で見つかった毛……シャンドンのものかもしれないという。DNAが一致したんだ。さらにおもしろいのは、繊維を比較した結果、キャンプ場にあったコットンシーツと、ダイアン・ブレイの寝室のマットレスから採取した繊維とが一致することがわかった」

あるシナリオが頭にうかんだ。シャンドンはダイアン・ブレイを殺害してから、その部屋のシーツをもってキャンプ場へ逃げた。そのうえに寝たのかもしれないし、そのまま捨ててしまったのかもしれない。いずれにしても、シャンドンがフォートジェームズ・モーテルへいったのはたしかだ。ポールが報告できることは、いまのところそれだけだった。

「バスルームで見つかったデンタルフロスは？」と、ポールにきいた。「マトスが殺された部屋の？」

「あれは一致するものがない。あのDNAはシャンドンのでもブレイのものでもないし、ほかのだれとも一致しない。前にモーテルに泊まった客のものじゃないか？　たぶん関係ないだろう」

カウンターへもどった。フィールディングはいたずら電話の話をつづけた。これまでに何回かかかっているという。

「たまたま僕がでたときは男性の声で、あなたを呼んでくれと言った。自分はベントンだとなのって電話を切った。そのつぎはタークがでた。やはり男性で、夕飯に一時間ほど遅れるとあなたに伝えてくれ、自分はベントンというものだと言って、電話を切ったというんだ。そんなこんなで、毛が抜けるのも無理ないだろう」

「なぜ電話のことを私に言わなかったの？」移動ベッドにのったベニー・ホワイトの、衣服を脱がされる前のポラロイド写真をぼんやり手にとった。

「ただでさえいろいろ大変なのに、心配させたくなかったんだ。でも話すべきだった。悪かったよ」

よそ行きの服を着た少年が、ジッパーのあいた遺体袋に入ってステンレスの移動ベッドにのせられているところは、あまりにもちぐはぐで痛々しい。ズボンの丈が短くなっており、ソックスは合っておらず片方が青でもう片方が黒だ。それを見ると深い悲しみにおそわれた。ますます気分が暗くなる。「このケースでは何か変わったことはなかった？」自分自身のトラブルについてはもうじゅうぶん話した。それにベニーの写真を見て、対面室での母親のことを考えると、私のトラブルなどささいなことのように思える。

「それが、ひとつ気になることがあってね」と、フィールディングが言った。「僕がきいたところでは、彼は教会から帰ってから、家には入らなかったというんだ。車からおりて納屋のほうへいった。ポケットナイフをさがしてくる、すぐもどるからと言って。ナイフは釣り道具箱に入ってると思う、こないだ釣りにいったあとだすのを忘れたんだと言ったそうだ。そのまま家にはもどらなかった。つまり日曜日の昼食は食べていないはずだ。ところが胃には食物がいっぱい残っていた」

「何を食べたかわかる？」

「ああ。ポプコーン。それにホットドッグも食べたらしい。それで彼の家に電話して、義理の父親と話をした。ベニーが教会で何か食べた可能性があるかときいたら、ないと言う。どこでそんなものを食べたのか見当がつかないというんだ」

「変ね。教会から帰って首をつりにいったけど、その前にどっかへ寄ってポプコーンとホットドッグを食べたわけ？」

「胃の内容物のことがなければ、自殺だと断定していいと思うんだが」フィールディングはすわったまま私を見上げた。「スタンフィールドのやつ、殺してやりたいぐらいだ。結び目のところを切りやがって。まぬけやろうめ」

「ベニーが首をつった場所を見たほうがいいかもしれない。現場へいって」

「一家はジェームズ・シティ郡の農場に住んでいる。川のすぐそばだ。ベニーが首をつった森は畑のはしにある。家から一・五キロほどのところだ」

「いきましょう」と、フィールディングに言った。「ルーシーに送ってもらえるかもしれないわ」

ニューヨークからリッチモンドのヘローエアまでは、二時間の飛行だ。ルーシーは、会社の新しいヘリコプターを見せびらかす機会ができたことを喜んだ。私たちは簡単な計画をたてた。ルーシーがフィールディングと私をひろって農場へつれていき、三人でベニー・ホワイトが自殺したという場所を見にいく。私はベニーの部屋も見るつもりだった。調べが終わったらフィールディングをリッチモンドへ送り、私はルーシーといっしょにニューヨークへいき、特別大陪審の審問まで向こうにいる。計画は明日の朝実施されることになった。スタンフィールド刑事は、私たちといっしょに現場へいくつもりはないと言った。

「何のために?」彼は開口一番そう言った。「なぜ現場へいく必要があるんだ?」

胃の内容物がほかのこととつじつまがあわない、とあやうく言いそうになった。何かおかしいと思うようなことがなかったかとスタンフィールドにききかけて、やめた。なぜか言わないほうがいいような気がしたのだ。「彼の家へどうやっていけばいいか教えてちょうだい」

とだけ言った。

スタンフィールドはベニー・ホワイトの家族が住む家へのいきかたを説明した。家はルート五をすこし入ったところにある。交差点のところに小さな雑貨店があるから、見逃す心配はない。店のところを左へ曲がればよい。そのほかにも目印を教えてくれたが、空からいく場合には役にたたないものばかりだ。最後にやっと、農場がジェームズタウンの渡船場から一キロ半ほどのところにあることをききだした。そのときはじめて気づいた。ベニー・ホワイトの農場は、フォートジェームズ・モーテル・アンド・キャンプグラウンドのすぐそばだ。

「そうなんだ」そのことをきくと、スタンフィールドは言った。「例の事件があったのと同じ地域に住んでいた。そのことでひどく動揺していたらしい。母親によるとね」

「農場はモーテルからどれぐらい離れているの？」

「モーテルから川をへだてたところにある。ちっぽけな農場だ」

「スタンフィールド刑事、ベニーがベヴ・キフィンの子供たち……ふたりの息子を知っていた可能性はある？　ベニーは釣りが好きだったらしいけど」ミッチ・バーボサのタウンハウスの二階の窓にたてかけられていた釣り竿が目にうかんだ。

「ベニーは釣り道具箱からポケットナイフをとってくると言ったそうだが、実際にそうしたわけじゃないと思うね。みんなから離れる口実としてそう言っただけじゃないかな」

「彼がどこでロープを手に入れたかわかってるの？」スタンフィールドの愚にもつかない推測を無視してきいた。

「義理のお父さんの話では、納屋にいろんなロープがおいてある。納屋と呼んでいるけど、がらくたを入れておくだけの場所だそうだ。何がおいてあるのかきいたら、がらくただと言ってた。ベニーは釣りをしてるときに、バーボサと会ったんじゃないかと思う。バーボサは子供にやさしかったらしいし。そう考えると、なんとなく説明がつくような気がする。実際、お母さんの話によると、ベニーはあの殺人事件にショックを受けて、悪夢にうなされていたらしい。死ぬほどこわがっていた、とお母さんは言っていた。それで現場へのいきかただけど、まっすぐ川へ向かっていくと、畑のはしに納屋が見える。そのすぐ左が森だ。森には草の生い茂った小道がある。彼が首をつったのは、小道を十五メートルほどいったところにある、ハンター用のシカの見張り台のところだ。いけばすぐわかる。わたしはその台にはのぼらなかった。ロープを切るためにね。首のまわりについている部分を切ったから。だから、まだそこにあるはずだ。ロープはそのまま残ってるだろう」

スタンフィールドのいいかげんな捜査のやりかたにあきれたが、口にはださなかった。それ以上質問したり、彼がやると宣言していること、つまり辞職するべきだと言ったりもしなかった。ミセス・ホワイトに電話して、こちらの計画を知らせた。彼女は悲しみに沈んでいるような、低い声で応対した。ぼうっとしていて、ヘリコプターで農場に着陸したいと言っても、よく意味がわからないようだ。「ひらけた場所が必要なの。平らなところ。電話線や木がなくて」

「うちには滑走路はないけど」彼女は何度もそう言った。

しまいに、彼女にかわって夫がでた。マーカスという名前だ。彼によると、家とルート五のあいだに大豆畑があり、深緑色のサイロがたっている。その近くにはほかにサイロはない、深緑のやつは、と彼は言いたした。そして畑に着陸することを許可してくれた。

そのあと、長い一日が待っていた。部屋で仕事をし、スタッフが帰る前にみんなを集めた。自分の身におこっていることを説明し、みなさんが職を失うような事態にはなりませんから、と言って安心させた。また、自分が間違ったことはやっていないこと、いずれ身の潔白が証明されると確信していることを告げた。だが辞職したことは黙っていた。みなすでに心が揺れ動いているのに、ここで大地震にあわせたくなかったのだ。自分の部屋のものをまとめたりせず、ブリーフケースひとつでオフィスをでた。すべて順調にいっており、朝にはいつもどおりみんなに会えるかのように。

いまは午後九時。アナの家のキッチンにすわり、厚切りのチェダーチーズをつつきながら、赤ワインを飲んでいる。きちんと食事しないのは、考えごとをしたいからだ。それに、固形物はほとんどのどをとおらなかった。体重はへっている。どれぐらいかはわからない。食欲がなく、定期的に外へいってはたばこを吸うという、悪しき習慣がついてしまった。ほぼ三十分ごとにマリーノに連絡をとろうとしているが、まだ電話がない。トリップ・ファイルのことをずっと考えている。クリスマスの日に見て以来、そのことが頭から離れない。

十二時近くなって電話が鳴った。ようやくマリーノがポケットベルの呼びだしに応じてくれたのだろうと思った。「スカーペッタです」

「ジェイミーよ」特徴のあるバーガーのしっかりした声がきこえてきた。

驚いて一瞬黙りこんだ。だがすぐに思いだした。バーガーは、自分が刑務所へ送りこもうとしている相手とは、何時だろうとためらわずに話をするくせがあるようだ。

「マリーノと電話で話してたの」と、彼女は話しだした。「だから、あなたがわたしの立場を知ってることはわかったわ。というより、わたしたちの立場と言ったほうがよさそうね。でも、そのことで心配することないのよ、ケイ。手ほどきするつもりはないけど、これだけは言っておく。わたしに話すのと同じ調子で陪審員に話せばいいのよ。心配しないで」

「ここまできたら、もう心配してもしようがないわ」

「電話したのは、いくつか情報を伝えるためよ。切手のDNAの結果がわかったの。トリップ・ファイルにあった手紙の切手だけど」またもや私の考えていることを見とおしたかのように言う。リッチモンドの検査室は、いまや直接彼女とやりとりしているらしい。「どうやらダイアン・ブレイがあらゆるところで暗躍してたようよ、ケイ。すくなくとも、切手をなめたのは彼女だった。おそらく手紙を書いたのもそうでしょうね。そして賢明にも指紋を残さないようにした。一部の手紙にあった指紋はベントンのだった。手紙をあけたときについたんでしょうね。どういう種類の手紙か気づかずに。ついているのが自分の指紋だと彼は知っていたでしょうに。なぜそれをメモしておかなかったのかしら。ベントンはブレイのことをあなたに話したことがある？　ふたりがお互いを知っていた可能性はあるかしら？」

「ブレイのことを彼からきいたおぼえはないわ」私は思考がとまっている。バーガーが言ったことが信じられなかった。

「ベントンが彼女を知っていた可能性は大いにあると思うわ」と、バーガーはつづけた。「ブレイはDCにいたんですもの。ベントンのいたクワンティコから、数キロのところよ。確かめることはできないけど。でもなぜブレイが彼にこんな手紙をだしたのか、まるでわからない。手紙を送ったのはキャリー・グレセンだとベントンに思わせるために、ニューヨークでそれが投函されるようにしたのかしら？」

「ベントンは実際にそう思っていたのよ」思いださせるように言った。

「ブレイがベントン殺害にかかわっていた可能性も、ないとは言えないわね」バーガーがとどめの一撃を加えた。

　バーガーはまた私をためしているのだろうか、とふと思った。何を期待しているのだろう？　自分の罪を証明するようなことを、私が口走るとでも？　よかった、ブレイは報いを受けたわけねとか、いい気味だわとか？　だが一方では、そんなはずはないと思う。私が疑心暗鬼になっているだけだと。バーガーはたんに思ったことを言っているにすぎないのかもしれない。

「ブレイはベントンのことをあなたに言ったことはないでしょうね」と、バーガーは言っていた。

「きいたおぼえはないわ。ブレイがベントンのことを口にしたことはないと思う」

「解せないのはシャンドンとのかかわりのことね。もしジャン・バプティスト・シャンドンがブレイを知っていたとすると……いっしょにビジネスをやってたとしたら……なぜブレイを殺したのかしら？　しかもあんなやりかたで。その点がどうもおかしいと思う。つじつまがあわないわ。どう思う？」

「ブレイを殺した人物について質問する前に、私に諸権利を伝えたほうがいいんじゃない？」そう言わずにはいられなかった。「あるいは、その質問は審問のときまでとっておくとか」

「あなたは逮捕されたわけじゃないわ」と、バーガーは答えた。信じられないことに、その声には笑いがふくまれている。私の言ったことをおもしろがっているのだ。「だから諸権利を言う必要はない」まじめな声になってつづける。「あなたをもてあそんでるわけじゃないのよ、ケイ。あなたの協力を求めてるの。審問のとき、証人を尋問するのがライターでなくわたしであることを、喜ぶべきよ」

「そもそも審問がおこなわれること自体、悲しむべきことだと思う。間違ってるわ。私が審問されるなんて」

「とにかく、考えなきゃならない重要な鍵がふたつある」バーガーはいっこうに動じず、さらに話をつづけた。「スーザン・プレス事件の精液はシャンドンのものではなかった。そして今度はダイアン・ブレイについての新たな情報が手に入った。これはたんなる勘だけど。シャンドンはダイアン・ブレイを知らなかったと思う。個人的にはね。顔見知りではなかった。たぶん彼の被害者はみんな、遠くから見かけた人ばかりだった。その人を見て、あとをつけて、あれこれ空想したのだと思う。そういえばベントンもそういう意見だった。スーザンの事件をプロファイルしたとき」

「彼は、スーザンを殺害した人物が精液を残したと考えていたの？」

「ベントンはあの事件にふたり以上の人物がかかわった可能性があるとは、考えていなかったわ」と、バーガーは認めた。「リッチモンドでの殺人がおこるまで、わたしたちはルミでスーザンといっしょに食事をした身なりのよいハンサムな男をさがしていたの。むろん遺伝的疾患をもつ、自称狼男をさがしてはいなかった。あのころはね」

そんな情報をきいたあとで安眠できるはずがない。一晩中うとうとしては目ざめ、目覚まし時計を見ることをくりかえした。時間のすすみかたは、まるで氷河のように重々しくのろかった。自分の家で子犬を飼っている夢を見た。黄色のかわいらしいラブラドルレトリーバーのめすだ。ぼってりした長い耳と大きな足をもつ、愛くるしい顔の犬だ。ＦＡＯシュウォーツで売っているガンドのぬいぐるみのようだ。ＦＡＯシュウォーツはニューヨークにあるすばらしい玩具店で、ルーシーが小さいころよくここでプレゼントを買った。その夢、うつらうつらしながら私の頭がつむぎだしたゆがんだ作り話のなかで、私は子犬と遊んでいた。くすぐってやると、子犬はさかんにしっぽをふって私をなめる。だがふたたび家へ入ると、なかは暗くひんやりしていて、だれもいない。生き物の気配はまったくなく、しんと静まりかえっている。子犬を呼び……名前はおぼえていない……必死で家中さがしまわる。アナのゲストルームで目をさましたとき、私は涙をながし、声をあげて泣きじゃくっていた。

33

朝がきた。煙のようにかすみがたなびき、私たちは木々のうえを低く飛んでいる。新しいヘリコプターに乗っているのは、ルーシーと私だけだ。フィールディングは、今朝おきると悪寒がして節々が痛むという状態だったので、いかないことになった。彼の病気は、自ら招いたものではないかという気がした。たぶん二日酔いなのだろう。私がオフィスに耐えがたいほどのストレスをもたらしたことが原因で、彼は悪い習慣を身につけてしまったようだ。いまの生活に満足しきっていたのに、いまや何もかも変わってしまったのだ。

ベル四〇七は、黒にあざやかな色のストライプが入っており、新車のようなにおいがする。どっしりした絹織物のように、その飛びかたはなめらかで力強い。ヘリコプターは高度八百フィートのところを東へ向かっている。私はひざのうえにおいた区分航空図に注意を集中し、送電線や道路、鉄道線路などの記号と、実際に見えるものとを、てらしあわせている。そうしないと自分たちの位置がわからなくなるからではない。ルーシーのヘリコプターには、コンコルドを操縦できるほどの航法計器がそなえてある。だがいまのような気分のときは、そのとき何をやっているにしろ、それに没頭するくせがあるのだ。

「一時の方向にアンテナが二本あるわ」ルーシーに地図を見せた。「海抜五百三十フィート。

問題はないと思うけど、まだ見えないわ」

「あたしも見てるけど」と、ルーシーが言う。

アンテナは地平線よりかなり下にあるはずだ。ということは、近づいても危険はない。だが私は障害物にひどく神経質なのだ。また最近は通信が発達しているので、絶えず新たな障害物ができる。リッチモンド航空交通管制塔からの無線が入った。レーダーサービスを終了するので有視界飛行をおこなうようにという。トランスポンダーの周波数を千二百に切りかえたとき、数キロ先にアンテナが見えた。高光度ストロボライトがついておらず、濃い灰色のもやのなかに、細いまっすぐな線がぼんやりたっているだけだ。ルーシーにそれを示した。

「見えたわ。あれ、大きらい」ルーシーはサイクリック・ピッチレバーを右に押し、アンテナを避けて北のほうへ機を大きくカーブさせた。アンテナのガイワイヤーにひっかかると面倒なことになるからだ。それらはスナイパーのように奇襲してくる。

「おばさんがこんなことをしてるのを知ったら、知事は怒るかしら?」ヘッドホンからルーシーの声がきこえてきた。

「でもオフィスから離れるように言われたのよ」と、私は答えた。「そのとおりオフィスから離れてるじゃない」

「で、ニューヨークへくるのね、あたしといっしょに。あたしのアパートに泊まればいいわ。おばさんが辞職してよかった。局長をやめて、独立することになってうれしいわ。もしかすると、ニューヨークでティウンやあたしといっしょに仕事することになるかもね」

ルーシーの気持ちを傷つけたくないので、私はうれしくないとは言わなかった。でも私はリッチモンドにいたいのだ。自分の家にいていつものように仕事をしたい。だがもはやそれは永久にかなわない。

まるで逃亡者みたいな気分よ、とルーシーに言った。だが彼女はコックピットの外に注意を向け、自分のやっていることから決して目をはなさない。ヘリコプターを操縦している人と話すのは、電話で話すようなものだ。相手はこちらを見ていない。お互いに身ぶりで示したりふれあったりすることはできない。太陽の光が強くなり、東へすすむにつれもやがうすくなっていった。眼下では地球の内臓のように川が鈍（にぶ）く光り、ジェームズ川は雪のように白く輝いている。ヘリコプターはしだいに高度を下げ、スーザン・コンスタント、ゴッドスピード、ディスカヴァリーのうえをとおりすぎた。それらは一六〇七年に百四人の男と少年をバージニアへ運んできた船のレプリカで、大きさも現物に忠実だ。ジェームズタウン・アイランドの木々のうえにオベリスクがそびえているのが、遠くに見えた。そこでは考古学者たちが、アメリカの最初のイギリス人植民地を復元しようとしている。フェリーがゆっくり川をわたって車両をサリーへ運んでいる。

「九時の方向に緑色のサイロが見える」と、ルーシーが言った。「あれかしら？」

彼女の視線を追うと、川を背に小さな畑が見えた。濁った水の流れる細い川の向こう岸の、生い茂るマツのあいだに屋根や古いキャンピングカーがちらちら見えはじめ、やがてフォートジェームズ・モーテル・アンド・キャンプグラウンドが姿をあらわした。ルーシーは高度五百フィートで農場のうえを旋回し、送電線などの障害物がないことをたしかめた。あたりを見まわして安全であることを確認すると、コレクティヴ・ピッチレバーを下げて速度を六十ノットに落とした。私たちはベニー・ホワイトが十二年の短い生涯をすごした小さなれんがの家と森のあいだの、空き地へ向かいはじめた。ルーシーはヘリコプターを何度か軽く接地させて地面が平らであることをたしかめながら、ゆったりと機を着陸させた。あたりに生えている枯れ草が激しくゆれた。ミセス・ホワイトが家からでてきた。額(ひたい)に手をかざしてひざしをよけながら、こちらを見つめている。やがてスーツ姿の男性もでてきた。私たちが二分ほどかけて完全にヘリコプターを停止させるあいだ、ふたりはポーチで待っていた。ルーシーといっしょに外へでて家へ向かって歩きはじめたとき、ベニーの両親が私たちのために、よそいきを着ていることに気づいた。まるで教会から帰ったばかりのように見える。

「こんなものがうちの畑にまいおりるとは、考えたこともなかった」ミスター・ホワイトは重々しい顔で、ヘリコプターをながめた。

「どうぞお入りください」と、ミセス・ホワイトが言った。「コーヒーでもいかが?」

私たちはここまでの空の旅のことなどを気軽な調子で話したが、そのあいだも部屋には不安が重苦しくたれこめていた。私がここへきたのは、息子におこったことについての不吉なシナリオをひそかに抱いているからだと、ホワイト夫妻は察している。ルーシーも捜査に加わっていると思っているらしく、何か言うときは必ず私たちふたりに向かって話す。家のなかはきちんと片づけられ、すわり心地のよさそうな大きな椅子や三つ編みのひものラグ、真鍮のランプなどが、あたたかな雰囲気をかもしだしている。床板はマツの幅広い心材で、白く塗られた木の壁には南北戦争の場面を描いた水彩画がかかっている。居間の暖炉のそばに棚があり、砲弾やミニエ式銃弾、軍隊用炊事用具セット、古いびんなど、南北戦争当時のものと思われる品が、ぎっしりならべられていた。私が興味深そうにながめていることに気づくと、そういうものを収集しているのだとミスター・ホワイトは言った。オフィスの仕事が忙しくないときは、金属探知機をもって宝さがしをするように、あたり一帯を探索するのだという。彼は会計士の仕事をしている。畑はいまは使われていないが、百年以上前から受け継がれてきたものだ、とルーシーと私に話した。

「歴史が大好きでね」と、ミスター・ホワイトはつづけた。「独立戦争のときのボタンまで見つけましたよ。ここいらじゃ、ほんとに何が見つかるかわからない」

私たちはキッチンにいる。ミセス・ホワイトはルーシーのためにコップに水をついでいた。

「ベニーはどうでした？」と、私はきいた。「やはり宝さがしが好きだったの？」

「ええ、大好きだったわ」と、母親が答えた。「もちろん、いつも本物の宝が見つかることを期待していたの。金とか」彼女は息子の死を受けいれはじめ、過去形で彼のことを話すようになっている。

「南軍が大量の金を隠して、それがいまだに見つかっていないという言い伝えがあってね。ベニーはそれを見つけるつもりだったんです」ミスター・ホワイトは、これをどうすればいいかわからないというように、水の入ったコップをもっている。一口も飲まずにそれをカウンターのうえにおいた。「あいつは外にいるのが大好きだった。うちで畑仕事をやらなくなったのは残念だとよく思いましたよ。やってたらきっと喜んだだろう」

「動物も好きだったの」と、ミセス・ホワイトがつけ加えた。「あんなに動物好きな子は見たことがない。ほんとに気のやさしい子で」そう言って涙ぐむ。「鳥が窓にぶつかると、かけだしてさがしにいくんです。鳥の首の骨が折れていたりすると、悲しがって大騒ぎして。そうなることが多いんですけど」

ベニーの義父は、つらそうな顔で窓の外を見つめている。母親は黙りこんだ。必死で気持ちを落ち着けようとしている。

「ベニーは死ぬ前に何か食べたようなの」と、ふたりに言った。「そのことについてドクター・フィールディングから質問があったと思うけど。彼が教会で何か食べものをもらった可能性がないか」

ミスター・ホワイトは窓の外に視線をやったまま、首をふった。「いいえ。水曜日の夜には夕食がでるけど、それ以外のときに教会で食べものをだすことはない。ベニーが何か食べていたとしたら、どこで食べたのかわからないな」

「うちでは食べてません」ミセス・ホワイトが強い口調で言いそえた。「サンデー・ディナーのためにポットローストをつくったんです。でもベニーはそれを食べなかった。ポットローストは大好物だったのに」

「胃のなかからポプコーンとホットドッグが見つかっているんです。死んだのはそれを食べてまもなくらしいの」それが奇妙なことで、説明をつける必要があることをふたりに納得させるように言った。

ふたりとも、わけがわからないという顔をした。目に驚きととまどいの色をうかべている。ベニーがそんな「ジャンクフード」をどこで食べたのか、見当もつかない、とふたりは言った。ルーシーが隣人のこと、森へいく前にベニーが近所の家へ寄った可能性がないかをたずねた。ふたりはこれも否定した。ベニーが食事どきによその家にいくはずがないし、隣人は年配者が多く、親に電話して許可をとらないかぎり、食事やおやつを食べさせるようなことはしないという。「わたしたちに電話もせずに、あの子がディナーを食べられなくなるようなことをするはずないわ」ミセス・ホワイトは確信しているように言った。

「ベニーの部屋を見せていただけるかしら？」私はつぎに言った。「プライベートな時間をすごしていた場所を見ることで、その人のことがよくわかる場合があるから」

夫妻はちょっとためらった。「そうですね、ではどうぞ」義父がしまいに言った。

ふたりに案内されて家の奥へいった。途中で、淡いピンクのカーテンとピンクのベッドカバーのかかった、女の子の部屋とおぼしき寝室のそばをとおった。壁に馬のポスターがはってある。これはベニーの妹のローリーの部屋だと、ミセス・ホワイトが説明した。いまはウィリアムズバーグの祖母の家にいっている。まだ学校は欠席しており、明日の葬儀がすんでからいく予定だという。両親は何も言わなかったが、おそらく検屍官が空からやってきて、兄の非業(ひごう)の死についてききはじめたとき、ローリーがそこにいるのはまずいと思ったのだろう。

ベニーの部屋には、さまざまな動物のぬいぐるみがおかれていた。ドラゴン、クマ、鳥、リスなど、ふわふわしたかわいらしいものばかりで、コミカルなものも多い。それらが何十個もある。両親とルーシーはドアの外で足をとめたが、私はなかへ入った。部屋のまんなかで立ちどまり、まわりを見まわして周囲のものが語りかけてくることに耳をすませた。マジックマーカーで描かれた色あざやかな絵が、壁にはってある。これも動物が主題で、想像力にあふれた、豊かな才能が感じられる絵だ。ベニーはすばらしく絵が上手だった。ベニーはスケッチブックをもって外へいき、木や鳥など目に入ったものを描くのが好きだった、とミスター・ホワイトが戸口から説明した。人にあげるための絵もよく描いていたという。ミスター・ホワイトが話しているあいだ、彼の妻は涙をぼろぼろこぼしながら、声をださずに泣いていた。

私はドレッサーの右手の壁にはってある絵をながめた。カラフルで想像力豊かな絵には、ボートに乗った男性が描かれている。男性はつばの広い帽子をかぶって釣りをしており、獲物がかかったかのように竿（さお）がしなっている。輝く太陽と二、三片の雲のほかに、ベニーは背景の岸のうえに、窓とドアのたくさんある四角い建物を描いていた。

「これはおたくの畑の裏の川かしら？」と、たずねた。

「そうです」ミスター・ホワイトは片腕で妻を抱きながら言った。「大丈夫だよ」と、彼女に言いつづけているが、自分も泣きだしそうに、ごくんとつばを飲みこんだ。

「ベニーは釣りが好きだったの？」廊下でルーシーがきく声がした。「ちょっと疑問に思ったの。動物好きのなかには、釣りがきらいという人もいるから。さもなければ釣りあげたものを全部はなしてしまうか」

「たしかにそうね」と、私は言った。「クローゼットのなかを見てもいいかしら？」と、ホワイト夫妻にきく。

「どうぞ」ミスター・ホワイトはためらわず答えた。「そう、ベニーは魚を釣るのは好きじゃなかった。ボートに乗ったり、岸にすわったりするのが好きだっただけで。すわって絵を描いていることが多かった」

「じゃ、これはあなたかしら、ミスター・ホワイト？」小船に乗った男性の絵をふりかえって言った。

「いや、それはあの子のお父さんだと思う」ミスター・ホワイトは重々しく答えた。「よくベニーといっしょにボートに乗っていた。わたしはボートには乗らないんですよ」すこし間をおく。「泳げないもので、どうも水のうえにいると不安でね」

「ベニーは、絵を描くことを恥ずかしがっていたんです」ミセス・ホワイトがふるえる声で言った。「釣り竿をもち歩いていたのは、なんていうか、そうすればほかの男の子たちと同じように見えると思ったんじゃないかしら。たぶん餌ももっていかなかったと思うわ。あの子がミミズを殺すところも想像できないぐらいだから、まして魚なんて」

「パン」と、ミスター・ホワイトが言う。「パンをもっていってた。それを丸めて餌にするつもりだったらしい。餌がパンだけじゃ、大物は釣れないよと、よくあの子に言ってた」

地味で、両親が選んでやったように見える。クローゼットの奥に、デイジーのBBガンがたてかけてあった。ミスター・ホワイトの話では、ベニーはそれで的や缶を撃っていたという。BBガンで鳥などを撃とうとしたことは、もちろんない。魚を釣るのもいやがっていたほどだから、と両親はふたたびそれを強調した。

机のうえに教科書がつんであり、マジックマーカーの箱があった。それらのうえにスケッチブックがおかれている。なかを見たかと両親にきいた。ふたりとも見ていないという。見てもいいかときくと、うなずいた。私は机のそばに立った。すわったり、彼らの亡くなった息子の部屋で自由にふるまったりすることは慎んだ。大事なものを扱うようにスケッチブックを手にとり、ていねいにページをめくって、えんぴつで細部まで丹念に描かれた絵を見ていった。最初の絵は馬で、驚くほどうまい。つづいて、川を背景に葉の落ちた木にとまったタカのスケッチがいくつかあった。ベニーは古い崩れかけたフェンスや、雪景色も何枚か描いていた。スケッチブックは半分まで埋まっている。スケッチはどれも同じような感じだったが、最後の数枚だけがちがう。雰囲気や主題が、がらっと変わっている。ひとつは夜の墓地を描いたもので、むきだしの木々のうしろの満月が、かたむいた墓石をほのかに照らしている。つぎは手だ。たくましい手がこぶしを握っている。それをめくると、犬の絵があった。太った不器量な犬が歯をむきだし、背中の毛を逆立て、おどされたかのようにすくんでいる。

ホワイト夫妻を見上げてきいた。「ベニーはキフィン家の犬の話をしたことがあるかしら？　ミスター・ピーナツという名前の犬」

義父は妙な表情を見せた。目に涙があふれてくる。彼はためいきをついた。「ローリーがアレルギーなもので」それが質問の答えになっているかのように言う。

「あの犬がひどい扱いを受けていると、ベニーはいつも文句を言ってました」ミセス・ホワイトが助け舟をだした。「あげくに、うちでミスター・ピーナツを飼えないかときいてきたんです。あの犬がほしい、キフィン家の人たちはきっと犬を手放すだろうと言って。でもうちでは飼えなかった」

「ローリーのことがあるからね」と、推測して言った。

「それによぼよぼの犬だったし」ミセス・ホワイトがつけ加える。

「だった？」

「とても悲しい話なんですけど。クリスマスの直後からミスター・ピーナツは具合が悪くなってね。ベニーの話ではふるえたり、苦しそうに体をなめたりしていたんですって。それで一週間ぐらい前に、死に場所を求めて姿を消したらしいの。動物はよくそうするでしょう。ベニーは毎日ミスター・ピーナツをさがしていたわ。かわいそうで見ていられなかった。あの犬が大好きだったのね。あそこへいったのは、おもにそのためだと思う。ミスター・ピーナツと遊ぶため。あちこちさがしまわっていたわ」

「ベニーが変わった様子を見せはじめたのは、そのころから？」と、きいた。「ミスター・ピーナツがいなくなったあと？」

「そのころだな」と、ミスター・ホワイトは答えた。ふたりともベニーの部屋に足をふみいれることができない。壁を支えてでもいるように、戸口にしがみついている。「まさか犬のためにあんなことをしたわけじゃないでしょうね？」彼は泣きそうな顔できいた。

　それから約十五分後、ルーシーと私は両親を家に残して森へ向かった。ふたりはベニーが首をつったシカの見張り台へはいっていないという。見張り台のことは知っているし、金属探知機をもってそのあたりへいったときに何度もそれを見てはいるが、いまは妻もわたしもそこへいく気にはならない、とミスター・ホワイトは言った。ベニーが死んだ場所のことを、ほかの人は知っているだろうか、とふたりにたずねた。物見高い連中がそのあたりを踏み荒らしていないか心配だったのだ。しかし、ベニーの遺体がどこで見つかったかはっきり知っている人はいないだろう、と両親は答えた。あの刑事さんがこの辺の人たちにふれまわっていないかぎり、とミスター・ホワイトは言いそえた。

　ヘリコプターが着陸した畑は、家と川のあいだにある。もう何年も耕された形跡のない、荒れた土地だ。その東側に何キロにもわたって森が広がっている。川のふちにたつサイロはさびて黒っぽくなり、荒れ果てた太い灯台のようだ。それは川の向こうにあるフォートジェームズ・モーテル・アンド・キャンプグラウンドを見張っているように見える。ベニーがキフィンの家に遊びにいっていたとすると、どうやっていったのだろう？　川は三十メートルほどの幅で橋はかかっておらず、支流もない。ルーシーといっしょに、あたりを調べながら森の小道をすすんでいった。川に近いところにある木に、もつれた釣り糸がひっかかっている。古いショットガンの薬莢や、清涼飲料の缶もある。五分も歩かないうちに、シカの見張り台のところへでた。だれかが大急ぎでつくった、屋根のない樹上の家のようだ。木の幹に、横木が釘で打ちつけてある。切断された黄色いナイロンロープが桁(けた)からぶらさがり、川のほうから木々のあいだを吹き抜けてくる冷たいそよ風にゆれている。

私たちは立ちどまり、無言であたりを見まわした。ごみくずは見えない。紙袋やポプコーンの容器などベニーがここで食べたことを示すようなものは何もない。ロープに近づいた。スタンフィールドは地面から約一・二メートルのところでそれを切断していた。ルーシーのほうが身軽なので、見張り台にのぼってロープをきちんとはずしてくれるようたのんだ。そうすればせめてもう一方のはしの結び目を見ることができる。最初に写真をとった。幹に打ちつけられている横木を調べると、しっかりしているようだ。ルーシーはぶあついダウンジャケットを着こんでいるが、それでも軽やかにのぼっていった。台のところまでいくと、慎重に板を押したりひっぱったりして、乗っても大丈夫なことを確かめた。「わりに頑丈にできてるみたい」と、ルーシーは私に知らせた。

証拠品用テープをひと巻きほうりなげて渡し、ルーシーはバック・ツールをあけた。ATFのエージェントは全員、道具類のセットをつねに携帯している。そのなかにはナイフ、ドライバー、ペンチ、はさみなどが入っている。火災現場でそういったものが必要になるからだ。たとえば、鋼(はがね)で補強したブーツの底から釘をひきぬくような場合だ。ATFのエージェントは汚れ仕事をしなければならない。ありとあらゆる障害物に対処することを要求される。ルーシーは結び目のうえでロープを切り、その部分をまたテープではりあわせた。「こくふうの二重のこま結びよ」ロープとテープをこちらへ落としながら、ルーシーが言った。「ボーイスカウトでやるようなね。でも端が溶かしてある。ロープを切ったとき、よりがほどけないように切り口を溶かしたのね」

それをきいてちょっと驚いた。首をつるためにロープを切ろうとしている人間が、そんな細かいことにこだわるとは意外だ。「めずらしいわね」と、おりてきたルーシーに言った。

「私も思いきってのぼって、調べてみるわ」

「気をつけてね、ケイおばさん。さびた釘がつきでてるから。木のささくれにも注意して」

ベニーはこの台を自分の隠れ家にしていたのではないか、とふと思った。雨風にさらされて灰色になった横木を順につかんで、のぼっていった。カーキ色のスラックスにくるぶしまでのブーツというかっこうをしてきてよかった。見張り台のなかにはベンチがつくられていた。ハンターはそこにすわって、何も知らないシカが視界に入ってくるのを待つのだ。ベンチを手で押して強度を確かめ、大丈夫そうなのですわった。ベニーは私より二、三センチ背が高いだけだったから、もし彼がここへきたとすれば、彼が見ていたのとほぼ同じながめが見えるはずだ。ベニーはここにのぼってきたにちがいないという気がした。だれかがきたことはたしかだ。さもなければ台の床は枯れ葉にあつくおおわれているはずだが、そうなっていない。

「ここがすごくきれいになってることに気がついた？」と、下にいるルーシーに言った。

「いまでもハンターが使ってるんじゃないかしら」と、ルーシーは答えた。

「ハンターが朝五時に、枯れ葉を掃こうなんて気になるとは思えないけど」台のうえからは、川とその向こうにあるモーテルの裏と、黒っぽい汚い水のたまったプールが見える。キフィンの家の煙突から煙がたちのぼっている。ベニーがここにすわり、まわりのいろいろなものを見てスケッチしているところが目にうかんだ。父親が死んでから感じていたにちがいないさびしさを、そうやって紛らしていたのかもしれない。自分自身の子供時代を思いだすと、その気持ちが痛いほどよくわかる。想像力のある孤独な少年にとって、この見張り台はかっこうの隠れ家になっただろう。すぐ先の川のほとりには、高いオークの木がそびえている。まるでスパッツでもはいているように、その幹はクズでおおわれている。その高い枝にアカオノスリがとまっているところを想像した。「ベニーはあの木をスケッチしたのかもしれない」と、ルーシーに言った。「ここからはキャンプ場がすごくよく見えるわ」

「ベニーは何か見たのかしら?」下からルーシーの声がのぼってくる。

「じゅうぶん考えられるわね」暗い気持ちで言った。「そしてだれかがそれを見ていたのかもしれない。いまの時期は葉が落ちているから、木のうえにいるのが見えたのかも。とくにそのだれかが双眼鏡をもっていて、それでこっちをながめていたとしたら」そう言いながら、いまもだれかがこっちを見ているかもしれないと思った。ぞっとしながら、したへおりはじめた。「バットパックに銃を入れてるでしょう?」地面に足がつくと、ルーシーに言った。

「この小道をたどっていって、どこへでるか見たいの」

ロープをひろいあげて巻き、ビニール袋に入れてコートのポケットにつっこんだ。証拠品用テープはかばんのなかに入れる。ルーシーとふたりで小道を歩きだした。またショットガンの薬莢や、弓を使うことが許された狩猟期のものと思われる矢が落ちていた。私たちは森の奥へとすすんでいった。小道は川にそって曲がっている。きこえるのは突風が吹いたときの木々のうなりと、足のしたで小枝が折れる音だけだ。小道がどこかで川をわたって向こう岸へつづいているのだろうかと思っていたら、そのとおりだった。フォートジェームズ・モーテルまで歩いて十五分の距離だ。小道はモーテルとルート五のあいだの森へつづいていた。教会から帰ったあと、ベニーがここまで歩いてくることはじゅうぶん可能だ。モーテルの駐車場には車が五、六台とまっていた。何台かはレンタカーだ。コーラの自販機のそばに、ホンダのツーリング用大型バイクがとめてある。

ルーシーと私はキフィンの家へ向かって歩いた。シーツや乳母車（うばぐるま）があった場所をルーシーに教えながら、ミスター・ピーナツのことを考え、怒りと悲しみをおぼえた。あの犬が死に場所を求めて姿を消したという話は信じられない。ベヴ・キフィンが何か残酷なことをしたのではないだろうか。毒をもったのかもしれない。ほかの質問とともに、犬がどうなったのかも彼女にきくつもりだった。ベヴ・キフィンがどんな反応を示そうがかまわない。今日以降、私は仕事を離れる。停職になり、職務を放棄せざるをえなくなった。ふたたび法病理学者として仕事ができるかどうかわからない。くびになり、生涯汚名をきせられることになるかもしれない。それどころか、刑務所に入れられる可能性さえあるのだ。キフィン家のポーチの階段をのぼりながら、だれかに見られているような気配を感じた。

「うす気味の悪いところね」ルーシーが小声で言った。

カーテンのうしろから顔がのぞき、すぐひっこんだ。ベルを鳴らすと、その男の子がドアをあけた。ベヴ・キフィンの上の息子が、私に見られたことに気づいたのだ。体が大きくずんぐりしており、ニキビだらけの意地悪そうな顔をしている。年はよくわからないが、たぶん十二から十四のあいだだろう。前にここへきたときに見かけた子だ。

「こないだここへきた人だね」彼はにらむように私を見て言った。

「そうよ。ドクター・スカーペッタがきたとお母さんに伝えてちょうだい。話をしたいと言ってると」

彼は下品な秘密を知っていて、それをおもしろがっているとでもいうように、にやっとして笑いをかみころした。「いま家にいない。忙しいんだ」険しい目つきになり、モーテルのほうに視線をやる。

「名前はなんていうの？」と、ルーシーがきいた。

「ソニー」

「ソニー、ミスター・ピーナツはどうしたの？」私はさりげなくたずねた。

「あのばか犬ね。だれかにつれていかれたらしい」

あのよぼよぼのしょぼくれた犬をつれていく人がいるとはとうてい思えない。それにミスター・ピーナツは他人を警戒していた。車にひかれたとでもいうならわかるが。

「あらそう。かわいそうに」と、ルーシーが応じた。「どうしてつれていかれたと思うの?」

ソニーはそんな質問を予期していなかったらしい。とまどったような目をして、いろんなうそを言いかけては途中でやめる。「ええと、夜中にどっかの車がきてね。音がきこえたんだ。ドアがしまってあいつが吠えるのがきこえて。それだけだ。そのあといなくなった。ザックはすごくしょげてるよ」

「いなくなったのはいつ?」と、私はきいた。

「さあ、いつだったかな」肩をすくめる。「先週かな」

「ベニーもとても悲しがってたらしいわ」そう言って彼の反応を見た。

また目に残酷な色があらわれた。「学校じゃみんなあいつのことをめめしいやつって呼んでた。ほんとにそのとおりだった。だから自殺したんだ。みんなそう言ってるよ」ソニーは驚くほど冷然と言った。

「あなたたち、ともだちだったんじゃないの?」ルーシーは彼を追及しはじめた。

「あいつ、うるさいったらなかった。あのばか犬と遊ぶためにしょっちゅうきてたんだ。ともだちなんかじゃないよ。ザックとミスター・ピーナツと仲がよかっただけだ。ぼくはめめしいやつとはつきあわない」

バイクのエンジンをかける音がひびき、轟音がきこえてきた。玄関の右手の窓にザックの顔があらわれた。彼は泣いている。

「先週の日曜日にベニーはここへきた?」ソニーにずばりときいた。「教会のあと。十二時半から一時ぐらいのあいだに。いっしょにホットドッグを食べた?」

ソニーはまたふいをつかれたようだ。ホットドッグのことをきかれるとは思っておらず、どうしていいかわからない様子だ。うそをつきたい気持ちより好奇心のほうがまさったらしい。「どうしてホットドッグ食べたこと知ってるの?」と、眉をひそめてきいた。そのとき、さっき見たバイクが、騒音とともにモーテルから家までの泥道をがたがた走ってきた。バイクはまっすぐこちらへ向かってくる。ドライバーは赤と黒のレザーの服を着ていた。スモークシールドつきのヘルメットをかぶっているので顔は見えない。だがどこか見覚えがある。気がついてぎょっとした。バイクはとまり、ジェイ・タリーが大きなサドルシートを身軽にまたいでおりてきた。

「ソニー、家へ入れ」と、ジェイは命令した。「いますぐ」彼をよく知っていることを思わせる、ひややかでものなれた口調だ。

ソニーは家へもどってドアをしめた。ザックの顔は窓から消えている。ジェイはヘルメットを脱いだ。

「ここで何してるの？」ルーシーが彼にきいた。ベヴ・キフィンがこちらへ向かって歩いてくるのが遠くに見えた。ショットガンをもっている。モーテルのほうからくるところをみると、ジェイといっしょにそこにいたとしか思えない。頭のなかで警告の赤旗がいくつもあがったが、ルーシーも私も、そのつながりに気づくのが一瞬遅かった。ジェイがあついレザージャケットのジッパーをおろしたと思うと、あっというまにその手に銃がにぎられていた。

彼は黒いピストルをもった手を脇にたらした。

「やめてよ」ルーシーが言った。「どういうつもりなの、ジェイ？」

「ここにはきてほしくなかったな」彼はよそよそしい、冷たい口調で私に言った。「できればやめてほしかった」銃でモーテルのほうを示す。「いこう。ちょっとした話しあいが必要だ」

逃げなければ。だが逃げる場所がない。私が逃げたら、彼はルーシーを撃つかもしれない。私も背中を撃たれるだろう。ジェイはピストルをもちあげてルーシーの胸にねらいをつけ、彼女のバットパックをはずした。そのなかに何が入っているか、むろん彼は知っている。私のかばんもとりあげ、ボディーチェックをした。ことさら念入りに私の体をまさぐる。私をはずかしめ、思い知らせるためだ。それを見せつけられているルーシーの顔に、激しい怒りの色がうかぶのを楽しんでいる。「やめて」静かに言った。「ジェイ、もうやめて」

彼はにやっとした。どす黒い怒りの炎がその顔にもえている。彼はギリシャ系のようでもあるし、イタリア系にも見える。フランス人のようでもある。ベヴ・キフィンがやってきて、私を見ると目を細めた。この前と同じ赤いランバージャケットを着ており、寝起きのように髪が乱れている。「おやおや」と、彼女は言った。「歓迎されてないことが、どうしてもわからない人間っているのね」ジェイに視線を移し、彼を見つめる。

ふたりがセックスしていたことは、言われなくてもわかる。ジェイがこれまでに言ったことはすべて偽りだったと悟った。ベヴ・キフィンの夫がオヴァーランドでトラック運転手をしていると私が言ったとき、なぜジリソン・マキンタイア捜査官がとまどったような顔をしたのか、いまにしてわかった。マキンタイアはおとり捜査をしており、オヴァーランド社の帳簿をつけていた。キフィンという名の従業員がいれば、それをおぼえているはずだ。あの犯罪の巣窟(そうくつ)である運送会社とかかわりがあるのはベヴ・キフィン自身で、会社を隠れみのにしておこなわれている銃と麻薬の密輸は、シャンドン・カルテルとつながりがあるのだ。ついに答えがわかった。だがもう遅い。

ルーシーは無表情な顔で私のそばを歩いている。銃をつきつけられて、さびたキャンピングカーのそばをとおりすぎたときも、何の反応も示さない。キャンピングカーに泊まり客がいないことには、理由があるのだろうと気づいた。「麻薬をつくるのね」と、ジェイに言った。「ここで麻薬を精製したりするの？　それともアサルトライフルのような、殺人に使われる武器をおいておくだけ？」

「ケイ、黙れ」ジェイが低い声で言った。「ベヴ、おまえがこいつの面倒をみろ」と、ルーシーを指さす。「部屋に案内して、くつろがせてやれ」

キフィンはかすかな笑みをもらし、ショットガンでルーシーの脚のうしろをついた。私たちはモーテルまできている。駐車してある車をながめたが、人がいる気配はない。突然ベントンのことが頭にひらめいた。心臓が激しく打ち、真相が脳をかけぬけた。ボニーとクライド。キャリー・グレセンとニュートン・ジョイスのことを、私たちはそう呼んでいた。殺人カップル、ボニーとクライド。ベントンを殺したのはそのふたりだと確信していた。だがあの日の午後、ベントンがフィラデルフィアでだれと会うことになっていたのか、はっきりつきとめたわけではない。なぜベントンはだれにも言わずに、ひとりで出かけたのだろう？彼はそんな軽率なことをする人ではない。キャリー・グレセンやニュートン・ジョイス、または情報提供者に会うことを、そうやすやすと承諾するはずがない。キャリーのようなずる賢い、邪悪な連続殺人犯を追うために知らない町へきているときに、情報を提供するという見知らぬ人間を信用するとは思えない。駐車場で立ちどまった。十四号室だ。キフィンは部屋のひとつのドアをあけ、ルーシーが先にそこへ入るのを待っている。ルーシーは私のほうをふりむかずに入っていき、彼女とキフィンのうしろでドアがしまった。

「あなたがベントンを殺したのね、ジェイ」質問ではなく、事実として言った。

彼は私の背中に手をおいた。ピストルを押しつけ、私のうしろで立ちどまって、ドアをあけろと命令する。となりの部屋へ入った。この安宿でどんなマットレスとシーツを使っているのか見たいと私が言ったときに、キフィンが見せてくれた部屋だ。「あなたとブレイね」と、ジェイに言った。「ブレイはそのためにニューヨークから手紙を送ったのね。キャリーが送ったように見せかけるため。キャリーが、監禁されていたカービーでそれを書いたとベントンに思わせるために」

ジェイはドアをしめ、疲れたように銃をふった。私にはいらいらさせられる、もううんざりだ、と言わんばかりだ。「すわれ」

私は視線を天井にやり、輪つきボルトをさがした。ヒートガンはどこだろう、私もそれを使われる運命にあるのだろうか？　たんすのそばに立ったままでいた。たんすのうえにはギデオン協会の聖書がおいてある。前は空虚な行為についての章があけてあったがこれはとじられている。「ベントンを殺した男と寝てしまったのかどうか、知りたいの」ジェイをまっすぐ見て言った。「私を殺すつもりなら、どうぞ。でも彼を殺したときにもう私も殺してるのよ。だからもう一度私を殺すことになるわけね、ジェイ」おかしなことに、恐怖は感じなかった。あきらめの気持ちがあるだけだ。あきらめられないのは姪のことだ。ルーシーのことを考えると、激しい苦痛と悲しみを感じる。ショットガンの銃声が壁をふるわせるのを待った。「彼女は赦（ゆる）してやることはできないの？」無駄と思いつつ、きかずにいられなかった。ルーシーのことを言っていることがジェイにはわかるはずだ。

「僕はベントンを殺してはいない」ジェイは、いきなり歩みよって大統領を銃撃する人のように、生気のない顔をしている。青ざめ、無表情で、まるでゾンビのようだ。「手を下したのはキャリーと彼女のいかれたともだちだ。僕は電話をかけただけだ」

「電話？」

「彼を呼びだす電話。そうむずかしくはなかった。僕はエージェントだからね」私にそれを思いださせることに喜びを感じているようだ。「あとはキャリーがやった。キャリーと、彼女がつるんでたあの頭のおかしなあばた面のやつが」

「あなたがベントンをわなにかけたのね」ずばりと言った。「キャリーが逃亡するのも助けたんでしょう」

「助けはたいして必要なかった。ちょっとだけだ」抑揚のない声で言う。「キャリーもこのビジネスをやってる大半のやつらと同じだった。麻薬に手をそめると、ただでさえおかしな頭が、よけいおかしくなる。彼女もヤクをやってた。何年も前から。きみたちがあいつを始末してくれなかったら、こっちでやるところだった。あいつは僕たちにとってもう役にたたなくなってたんだ」

「ファミリービジネスにかかわってるのね、ジェイ」彼の目を見つめた。銃を脇にたらし、ドアにもたれている。私をおそれてはいない。私はしぼりすぎた弓の弦（つる）のように、いまにもプツンと切れそうだ。全身を耳にして、となりの部屋から何かきこえてくるのを待っている。「殺された女性たち。そのうちの何人と寝たの？　彼女たちが殺される前に。スーザン・プレスのように」首をふった。「シャンドンの手助けをしたの、それとも彼があなたのあとをつけて、あなたが残したものにありついたの？」

私を見つめるジェイの目がするどくなった。私が真実をついたのだ。

「ねえ、ジェイ・タリーがだれか知らないけど、あなたはその人物にしては若すぎるわ」と、つぎに言った。「ミドルネームのないジェイ・タリーね。それにあなたはハーバードへはいってないし、子供のときロサンゼルスに住んでたというのもうそでしょう。彼はあなたの兄さんなのよね。そうでしょう、ジェイ？　狼男と自称する、あのぞっとするような異形の男。彼はあなたの兄弟。だからDNAが似ていて、通常のスクリーニング検査では一卵性双生児ほどの差しかでない。ふつうのスクリーニングでは、あなたのDNAは彼と一致することを知ってた？　四つのプローブしか使わない検査では、あなたたちふたりはまったく同じなのよ」

ジェイの顔に怒りがひらめいた。うぬぼれの強い美しいジェイは、ジャン・バプティスト・シャンドンのような見るもおそろしい醜い男と、DNAが似ているとは考えたくないのだ。

「それから貨物船のコンテナで見つかった遺体。あなたのおかげで、あれはトマという弟だと私たちは信じこまされたわけだけど。彼のDNAも共通している点が多かった。でもあなたほどではない。スーザン・プレスが惨殺される前に、あなたが彼女の体に残した精液で調べたあなたのＤＮＡほどでは。トマは親戚なの？　兄弟ではないの？　何なの？　いとこ？　彼もあなたが殺したの？　アントワープで彼を溺死させたの、それともそれはジャン・バプティストのしわざ？　私をインターポールへ呼んだのも、捜査の手助けが必要だったからではなく、私が何を知っているかをさぐりたかったのね。おそらくベントンがつかみかけていたこと……あなたがシャンドンの一味であるという事実を私が知らないことを、確かめたかったんでしょう」ジェイは何の反応も示さない。「あなたはきっとお父さんのためにビジネスの計画をたてたり手配したりするのね。法執行機関に入ったのはそのためでしょう。逆おとり捜査をするため。いわばスパイね。あなたのためにどれほど捜査が攪乱されたか。法の側に立つものがやっていることをすべて知って、その裏をかいていたわけね」首をふった。

「ルーシーをはなしてやって。何でも言うことをきくから、彼女だけは助けて」

「だめだ」ジェイは私の言ったことに反論しようともしない。

彼は向こうを見とおすことができるかのように、壁を見た。向こうで何がおこっているのか、なぜ音がしないのか考えているのだろう。神経がますますはりつめた。おねがいです、神様、どうぞおねがい。だめならせめて早く終わらせてください。彼女を苦しませないで。

ジェイはドアノブのロックを押しこんでチェーンをかけた。「服をぬげ」もはや私の名前を言わない。相手から人格をはぎとったほうが殺しやすいのだ。「心配するな」と、わざわざ言いたす。「何もしやしない。ただべつのもののように見せかける必要があるんだ」

天井を見上げた。私が何を考えているか彼にはわかっている。ジェイは青ざめ、汗をかいている。彼はたんすのひきだしをあけて、輪つきボルトを数本とヒートガンをとりだした。赤いヒートガンだ。

「なぜ?」と、彼にきいた。「なぜあのふたりを?」ジェイが殺したと思われるふたりの男性のことだ。

「これを天井にねじこめ」ジェイは私に言った。「横桁のところに。ベッドに乗ってそれをやれ。おかしなまねはするな」

彼はボルトをベッドにおき、あごをしゃくって、それをとって言われたとおりにやるよう私をうながした。「余計なことに首をつっこむとああなるってことだ」ひきだしからぼろ布とロープをとりだす。

私はその場につっ立って彼を見つめていた。ベッドのうえのボルトが、白目のように光っている。

「マトスが最初にやってきた。ジャン・バプティストをさがしに。ちょっとした手間をかけて、何をするつもりでだれに命令されたのかを吐かせてやった。真相はあんたが考えているようなことじゃない」ジェイはレザージャケットを脱いで、椅子にかけた。「命令を下したのは家族ではなく、組織の中枢にいるやつだ。ジャン・バプティストがしゃべりはじめたら、いい思いをしているおおぜいの人間が迷惑をこうむると考えたんだ。だがこの家族についてひとつ言えるのは……」

「あなたの家族よ、ジェイ」それが彼自身の家族であることと、私が彼の名前を知っていることを思いださせる。

「ああ」ジェイは私をにらんだ。「そのとおり、僕の家族だ。われわれはお互いの面倒をみる。何をしようと、家族は家族だ。ジャン・バプティストはどうしようもないやつだ。一目見ればそれがわかるし、やつがなぜああいうことをするのか理解できるだろう」

私は黙っている。

「もちろん、われわれもそれがいいとは思っていない」ジェイは、街灯を撃って明かりを消したり、ビールを飲みすぎる若者の話でもしているようにつづけた。「でも彼は家族の一員だ。血のつながりがある。ほかのやつらに手出しはさせない」

「トマにはだれかが手出しをしたじゃない」私はボルトをさわってもいないし、ベッドにも乗っていない。彼が私を苦しませるのに手を貸すつもりはない。

「本当のことを知りたいか？　あれは事故だったんだ。トマは泳げなかった。ロープにつまずいて甲板から落ちたか、何かそういったことだ。僕はその場にいなかった。とにかくトマは溺れ死んだ。ジャン・バプティストは彼の死体を遠くへやりたかった。そこでおこなわれているほかのことに注意をひかないように。彼の身元もわからないようにね」

「うそでしょう。悪いけどジャン・バプティストは遺体のそばに、ボン・ヴォイヤージュ、ル・ルガルと書き残してたのよ。注意をひきたくないのにそんなことをする？　おかしいわね。お兄さんの話したことをもう一度調べてみたほうがいいんじゃない。あなたの家族はお互いの面倒をみるというけど、もしかするとジャン・バプティストは例外かもしれない。彼はぜんぜん家族の面倒をみてないようじゃない」

「トマはいとこだ」ジェイの口ぶりでは、それで罪が軽くなるとでもいうようだ。「さあ、のぼって言ったとおりにしろ」ボルトをさして言う。ジェイは怒ったようだ。本気で。

「いやよ。やるならやればいいわ、ジェイ」彼の名前を何度も言う。私は彼を知っている。何かするつもりなら、彼の名前を口にし、彼の目を見つめている私にそれをしなければならない。「私を殺すのを手助けするつもりはないわ、ジェイ」

となりの部屋で、どさっという音がした。何かがひっくりかえったか床に倒れたようだ。つづいて爆発音がひびき、一瞬心臓がとまったように感じた。涙がこみあげ、目にあふれた。ジェイはたじろいだが、すぐ無表情な顔にもどった。「すわれ」と命令する。無視するとそばへきて、泣いている私を荒々しくベッドへすわらせた。私はルーシーのために泣いた。

「ろくでなし」彼に向かって叫んだ。「あの子もあなたが殺したんでしょう？　ベニーをつれだして首をつったのね。十二歳の子供を？」

「あの子はここへくるべきじゃなかった。ミッチもそうだ。ミッチとは知り合いだった。あいつに顔を見られたから、やるしかなかったんだ」ジェイはつぎに何をするか迷っているように、私の前に立ちはだかっている。

「それであの子も殺したのね」両手の甲で涙をぬぐった。少年のことは気にしているようだ。私やほかの被害者のことは何とも思わないが、ベニーについては後ろめたいらしい。

「あの子の首をつるなんてことがよくできたわね。あんな子供の。晴れ着を着た子供の」

ジェイは手をふりあげて私の顔を平手で打った。あまりにすばやかったので、最初は何も感じなかった。口と鼻の感覚がなくなり、やがてずきずき痛みはじめた。何かがぽとりと落ちた。血がひざにたれている。それをそのままにして、ふるえながらジェイを見上げた。彼は気が楽になったようだ。いったんはじめてしまえば、あとは簡単だ。私をベッドに押したおして体のうえにまたがり、ひざで腕を押さえつけた。私の両手を頭のうえに上げ、ロープでしばろうとした。骨折がなおりかけているひじが、苦痛の叫びをあげる。手をしばりながら、彼はダイアン・ブレイをののしりはじめた。ブレイはベントンを知っていたんだ、とあざけるように言う。ブレイはベントンに気があった。ベントンはそのことを言わなかったか？　ベントンがもうすこし彼女にやさしくしてたら、ブレイは彼をほっておいたかもしれない。あんたへのいやがらせもしなかっただろう。私は頭がガンガンして、言われていることもほとんど耳に入らない。

ベントンはあんたとしか浮気しなかったと本気で思ってるのか？　ベントンが妻は裏切ってもあんたは裏切らなかったと思ってるのか？　なんてばかなんだ？　ジェイは立ちあがってヒートガンをとった。人間は同じことをやるもんだ、と彼は言った。ベントンはDCでブレイと浮気した。でもすぐに彼女を捨てた。それだけはやつのために言っとくよ。だがブレイのほうはそれが許せなかった。あの誇り高いダイアン・ブレイはね。ジェイはさるぐつわをはめようとしている。私は首を左右にふって、そうさせまいとした。鼻血がでているのにさるぐつわをされたら、呼吸ができなくなる。ブレイは望みどおりベントンをしとめた、とジェイは言っていた。彼女がリッチモンドへきたのは、ひとつにはそのためだ。つぎにあんたを破滅させるため。「一、二回だれかと寝たことが、とんでもなく高くつくことになったわけだ」ジェイがまたベッドから立ちあがった。汗をかき、青白い顔をしている。

必死で鼻から息をしようとした。心臓が機関銃のようにつづけざまに打っている。全身がパニックに陥りはじめた。なんとか気を静めようとした。呼吸が速くなるとますます酸素が不足する。パニック。息を吸おうとした。血がのどの奥を伝っている。せきをして、むせた。こぶしでドアをたたいてあけようとするかのように、心臓が肋骨にぶちあたる。ドキドキドキドキ。激しい鼓動とともに部屋がかすんでいき、動けなくなった。

34

二週間後

　私のために集まったのは、ふつうの人々だ。彼らは静かに、うやうやしくすわっている。ほとんどショック状態にあるとも言える。ニュースで報道されていることを、彼らが耳にしていないはずはない。アフリカの奥地にでも住んでいないかぎり、ここ数週間のできごと、とくにジェームズ・シティ郡の観光客相手の安宿でおこったことを知らずにはいられないだろう。その宿はおそるべき腐敗と不正の根城（ねじろ）であり、文字どおり悪の巣窟であったことが判明している。

　草木の生い茂るあのさびれたキャンプ場は、ひっそりとして、変わったところは何もなさそうに見えた。まわりで何がおこなわれているか気づかないまま、テントやモーテルに泊まった人がどれぐらいいるだろう？　海上へ移動した台風のように、悪行（あくぎょう）のかぎりをつくしていた者どもは逃走した。ベヴ・キフィンは死んではいない。ジェイ・タリーもだ。皮肉なことに、ジェイはいまやインターポールの「赤の告示」と見なされている。かつての同僚たちが、全力をあげて彼を追っている。キフィンもやはり赤の告示だ。ジェイとキフィンは国外へ逃亡し、外国に潜伏（せんぷく）しているのではないかと推測される。

目の前にジェイミー・バーガーが立っている。私は三人の女性と五人の男性からなる陪審を前に、証人席にすわっている。陪審員のふたりが白人、五人がアフリカ系アメリカ人、そしてひとりがアジア人だ。シャンドンの被害者たちの人種がみな含まれている。だれかが意識的にそのように配慮したわけではないと思う。だがそれはとても公平なことに思えて、うれしかった。やじうまや報道陣がなかをのぞけないように、法廷のガラスドアには茶色い紙がはられている。陪審員と証人と私は、囚人が裁判につれてこられるときのように、地下の傾斜路から法廷へ入った。秘密主義のためか、法廷は寒々とした雰囲気だ。陪審員たちは幽霊でも見るような目で、私を見つめている。私の顔は治りかけたあざのため、緑がかった黄色をしている。左腕にはまたギプスがはまり、手首にはまだロープによるすり傷のあとが残っている。私が生きているのは、ルーシーがボディ・アーマーをつけていたおかげだ。そのことはまったく知らなかった。ヘリコプターで迎えにきてくれたとき、彼女はダウンジャケットのしたに防弾チョッキを着ていたのだ。

バーガーは、ダイアン・ブレイが殺害された夜のことをきいている。今の私は、まるで部屋ごとにちがう音楽が鳴っている家のようだ。彼女の質問に答えながらほかのことを考え、ほかの場面を思いうかべ、心のあちこちでほかの音をきいている。それでもなんとか証言に注意を集中することはできる。バーガーは、私が買ったチッピングハンマーが記されたレジのテープのことに言及した。それから、記録事項として検屍や毒物検査などの報告書とともに法廷に提出されている、チッピングハンマーに関する報告書を読みあげた。そしてチッピングハンマーがどんなものかを陪審に教え、その表面とブレイのむごたらしい傷との相関関係について説明するよう私に求めた。

私は説明をつづけながら、私を裁くために集まった人たちの顔をながめた。無表情な人、好奇心をそそられている人、ぞっとしている人など、さまざまだ。頭蓋骨の打ち抜かれた部分のことや、眼窩（がんか）からほとんど捻除（ねんじょ）、すなわちとびだした眼球のことをきくと、気分が悪くなったような顔をする女性もいた。報告書によると私の家で発見されたチッピングハンマーはさびていた、とバーガーは指摘し、ブレイが殺されたあと私が買ったチッピングハンマーはさびていたか、と私にきいた。さびていなかった、と答えた。

「こういった道具が二、三週間でさびることはありますか?」と、バーガーはさらにきいた。「ドクター・スカーペッタ、チッピングハンマーは血がついたためにこの状態になった可能性があると思いますか?　あなたの家で見つかったハンマー、シャンドンがあなたをおそったときにもっていたというチッピングハンマーですが」

「いいえ、それはないと思います」と、答えた。可能性があると答えたほうが私には有利であることを知っていたが、かまわなかった。たとえ自分に不利でも、真実を話すつもりだった。「ひとつには、警察が証拠品袋にハンマーを入れるとき、濡れていればふくはずですから」と、言いそえた。

「チッピングハンマーを調べた検査官は、それがさびていたと報告していますね？　つまり、わたしはこの報告書を正確に読んでいるでしょう？」バーガーはちょっと笑った。うすいブルーのピンストライプ入りの黒いスーツを着たバーガーは、尋問をすすめながら小刻みに歩きまわる。

「検査官が何と言っているか知りません」と、私は答えた。「報告書を見ていないので」

「もちろんそうでしょう。あなたは十日以上オフィスにいっていない。この報告書は、ええと、おととい提出されたものですから」日付を見て言う。「でも、ブレイの血がついたチッピングハンマーはさびていた、とこれにはあります。古いもののように見えると。ところがプレザンツ金物店の店員は、十二月十七日の夜、つまりブレイが殺されてから二十四時間近くたってからあなたが買ったハンマーは、もちろん古いものには見えなかったと証言しています。真新しいものだったと。そうですね？」

私はふたたび、金物店の店員が何と言ったのか知らないと、証人席からバーガーに言った。陪審員は私のすべての言葉やしぐさに注目している。私は証人の証言は一切きいていない。バーガーが私の答えることのできない質問をするのは、たんにそれを陪審員にきかせたいからだ。これは特別大陪審による審問のよい点であり、あぶない点でもあるが、弁護人も判事もその場にいない。バーガーの質問に異議をとなえるものはいないので、彼女は好きなことをきけるし、実際にそうする。なぜならこれは、被告が無罪であることを検察官があきらかにしようという、世にもまれなケースだからだ。

バーガーは、パリから帰って食料品店へ買い物にいったのは何時かと私にきいた。そしてその夜私がジョーに会いに病院へいき、そのあとルーシーと電話で話したことに言及した。可能性の窓は小さくなり、さらにせばまってきた。ブレイの家へいって彼女をなぐり殺し、証拠をおいて別人の犯行のように見せかけるだけの時間が、はたしてあっただろうか？　犯行から二十四時間近くもたってから、チッピングハンマーを買う理由があるか？　あるとすれば、私が最初から言っているように、それを使って実験するためではなかろうか？　バーガーはこうした問いをなげかけた。そのあいだビューフォード・ライターは検事席にすわり、リーガルパッドに書いたメモを見ている。彼はできるだけ私を見ないようにしていた。

私はひとつひとつバーガーの質問に答えていった。話すのがしだいに困難になってくる。さるぐつわをされたため口のなかがすりむけ、それが潰瘍（かいよう）化してしまったのだ。口内炎になったのは子供のとき以来で、それがどんなに痛いものか忘れていた。話すとき潰瘍ができた舌が歯にあたると、まるで言語障害があるようにきこえる。疲れて気力がなくなってきた。左腕がずきずき痛む。ジェイが私の両腕を頭のうえに上げさせてベッドのヘッドボードにしばりつけたとき、治りかけていたひじが悪化して、再度ギプスをはめられている。

「話すのに苦労していらっしゃるようね」バーガーは質問を中断してその点を指摘した。

「ドクター・スカーペッタ、これは本題に関係ないことはわかっていますが」ジェイミー・

バーガーが関係ないことを言うはずがない。彼女のすることにはすべて理由がある。呼吸のしかた、歩きかた、顔の表情など、あらゆることが計算ずくなのだ。「ちょっと脱線してもいいかしら？」バーガーは足をとめ、手のひらをうえに向けて肩をすくめた。「先々週、あなたの身に何がおこったかを陪審員のみなさんに話していただけるとありがたいわ。あなたがなぜあざだらけで、しゃべりにくそうにしているのか、疑問に思っているでしょうから」

バーガーはズボンのポケットに両手をつっこみ、その話をするようおだやかに私をうながした。目下のところあまりシャープとは言えない状態であることをおわびします、と私が言うと、陪審員たちは笑った。ベニーの話をすると、みなつらそうな顔をした。ベニーが描いた絵のことを説明すると、ひとりの男性は涙ぐんだ。私はそれらの絵を見てシカの見張り台へいったこと、ベニーはその台で長い時間をすごし、まわりのものを観察してスケッチしていたと思われることを話した。さらに、ベニーが犯罪にまきこまれた可能性があること、死ぬ前の数時間の状況からは胃の内容物を説明できないことを説明した。

「小児性愛者は、キャンディや食べ物などで子供をおびきよせようとすることがあります。そうしたケースを扱ったことがありますか、ドクター・スカーペッタ？」と、バーガーが質問した。

「はい、残念ながら」

「子供が、食べ物かキャンディでおびきよせられたケースの例をあげていただけますか？」

「数年前、八歳の男の子の遺体が運びこまれたことがあります」私は自分で経験した例をあげた。「検屍の結果、その子供……八歳の少年は、加害者にオーラルセックスを強要されたために、窒息死したことが判明しました。胃のなかにはガム、チューインガムの大きなかたまりがありました。捜査により、近所に住む大人の男性が少年にデンティーン・ガムを四つ与えたことがわかり、その男性は彼を殺したことを自供しました」

「するとあなたは長年の経験から、ベニー・ホワイトの胃のなかにポプコーンとホットドッグがあったことを知って、懸念を抱いたわけですね」と、バーガーが言う。

「そうです。心配になりました」

「どうぞ話をつづけてください、ドクター・スカーペッタ。見張り台をおりて、森のなかの小道をすすんでいったあと、何がおこったのですか？」


陪審員席の前列に女性がすわっている。左から二番目にいるその女性は、母に似ている。太りすぎで、年は七十近いと思われる。大きな赤い花柄のやぼったい黒のワンピースを着ており、私をずっと見つづけている。彼女にほほえみかけた。分別のあるやさしい女性のように見える。母がここにいなくてよかったと思った。母はマイアミにいる。私の人生に何がおこっているか知らないと思う。私からは話していない。体が弱っているので、私のことで心配をかけたくないからだ。フォートジェームズ・モーテルでおこったことを話すあいだ、花柄のワンピースを着た陪審員のほうに何度も目をやった。

ジェイ・タリーとのそれまでのかかわりについて話すよう、バーガーがうながした。彼と出会ってパリで親密な関係になったことについてだ。そのこととモーテルでの一件のあいだに、シャンドンにおそわれたあとにおこった不可解なできごとについての話が入った。調査のために私が買ったチッピングハンマーがなくなったことと、ミッチ・バーボサのポケットから私の家の鍵が見つかったことだ。バーボサは、拷問されて殺されたおとり捜査中のFBI捜査官だが、私は会ったこともなかった。ジェイはあなたの家に入ったことがあるかと、バーガーがきいた。もちろんある。だから鍵を手に入れることも、警報装置の暗証番号を知ることもできた。そう、証拠に近づくことができたわけです、と私は肯定した。

ジェイ・タリーがあなたにぬれぎぬをきせて、兄の犯行をくらまそうとたくらんだとしても、ふしぎではありませんね？ バーガーはまた足をとめて、あの力強い目で私を見つめた。その質問にはどう答えてよいかわからない。バーガーはつぎの質問へ移った。タリーがモーテルであなたをおそってさるぐつわをはめたとき、彼の腕をひっかきましたね？

「彼に抵抗したのはおぼえています」と、私は答えた。「あとで見ると、爪のしたに血がついていました。それから皮膚と」

「あなた自身の皮膚ではありませんか？ もみあっているときにひっかいたのでは？」

「ちがいます」

バーガーは検事席へもどり、書類をめくってべつの検査報告書をとりだした。ビューフォード・ライターは押し黙り、緊張した様子でじっとすわっている。私の爪のしたにあった血や皮膚のDNAは、私のDNAとは一致しなかった。だがスーザン・プレスの膣に射精した人物のDNAとは一致した。「その人物はジェイ・タリーにちがいありません」バーガーはうなずき、また歩きまわりはじめた。「つまりこういうことです。ある女性が惨殺される直前に、連邦法執行官が彼女とセックスしている。彼のDNAはジャン・バプティスト・シャンドンのDNAと近似している。つまりジェイ・タリーはジャン・バプティスト・シャンドンの近縁、おそらく兄弟であることが、ほぼ確実である」バーガーはくちびるに指をあてて、二、三歩すすんだ。「ジェイ・タリーの本名はジェイ・タリーではありません。彼はうそで固めたような人間です。彼はあなたをなぐりましたか、ドクター・スカーペッタ？」

「はい。顔をなぐりました」

「あなたをベッドにしばりつけて、ヒートガンで拷問するつもりだったのですね？」

「そうだと思います」

「彼はあなたに服を脱ぐように命令し、しばりあげてさるぐつわをはめ、殺すつもりだったのですね？」

「はい。殺すつもりだとはっきり言いました」

「ではなぜそうしなかったのですか、ドクター・スカーペッタ？」バーガーは私を信じていないかのように言う。しかしそれは演技だ。彼女は私の言うことを信じている。私にはわかる。

母に似た陪審員を見た。ジェイにしばられ、さるぐつわをされたあと、呼吸が苦しくなったことを話した。パニックに陥って呼吸が亢進した、つまり速く、浅くなったために、酸素が不足したのだと説明した。鼻は出血してはれ、さるぐつわのために口から息をすることもできず、意識を失った。気がつくとルーシーが部屋にいた。ロープはほどかれ、さるぐつわははずされ、ジェイ・タリーとベヴ・キフィンはいなくなっていた。

「ルーシーの証言はすでにきいています」バーガーは考え深そうに陪審員席のほうへ歩きながら言った。「その証言から、あなたが気を失ったあと何がおこったかはわかっています。あなたの意識がもどったとき、ルーシーは何と言いましたか、ドクター・スカーペッタ？」

通常の裁判では、ルーシーが言ったことを私が話すのは伝聞になってしまう。だが、ごくかぎられたものしか出席しないこの特別な審問では、バーガーは何をしてもとがめられずにすむ。

「ルーシーは防弾チョッキを、あの、ボディ・アーマーを身につけていたと話しました」質問に答えて言った。「部屋に入ってからすこし言葉をかわし……」

「ルーシーとベヴ・キフィンが、ですね」と、バーガーが補足する。

「ええ。ルーシーによると、壁を背にして立っている彼女に、ベヴ・キフィンがショットガンをつきつけた。そして発射した。でも防弾チョッキが弾をくいとめた。ルーシーはひどい打撲傷を負ったけれど、命には別状なかった。そこでミセス・キフィンからショットガンをもぎとり、部屋から走りでたそうです」

「あなたのことをまず考えたからですね。ルーシーはあなたを救うことを優先したので、ベヴ・キフィンをおさえようとはしなかった」

「そうです。ルーシーはあちこちの部屋のドアをけったそうです。私がどの部屋にいるのかわからなかったので。それからプールに面した側には窓があることを思いだして、モーテルの裏へまわった。そして私のいる部屋を見つけた。私がベッドのうえにいるのを見て、ショットガンの台尻で窓ガラスを割ってなかへ入った。そのときには彼はいなかった。タリーとベヴ・キフィンはおもてからでて、彼のバイクで逃げたようです。ルーシーの話では、私を介抱しているとき、バイクの音がきこえたそうです」

「その後、ジェイ・タリーは何か言ってきましたか？」バーガーは立ちどまって私と目をあわせた。

「いいえ」この長い一日ではじめて、怒りがわきおこった。

「ベヴ・キフィンは？　彼女がどこにいるかわかりますか？」

「いいえ。見当もつきません」

「ふたりは逃げたわけですね。彼女は子供をふたり、おきざりにしています。それから犬と。家族で飼っていた犬です。ベニー・ホワイトはその犬をとてもかわいがっていました。もしかすると、彼が教会のあとモーテルへいったのもそのためかもしれません。わたしの記憶が間違っていたら訂正してください。ベヴの息子のソニー・キフィンは、ベニーをからかったと言いましたね？　教会へいく直前にベニーが電話してきて、ミスター・ピーナツが見つかったかどうかきいた。そこで、ミスター・ピーナツは泳ぎにいっただけだ、うちにきたら会えるよ、とベニーに言った。あのできごとのあと、つまりジェイ・タリーとベヴ・キフィンがあなたと姪ごさんを殺そうとして逃げたあと、ソニーはマリーノ警部にそのように話しましたね？」

「ソニーがピート・マリーノに何を話したのか、はっきり知りません」と言ったが、バーガーは私が答えるのを期待してはいない。陪審員に質問をきかせたいだけだ。あの哀れな老犬とその運命のことを考えると、胸がつまった。あの犬がどうなったかは知っている。

「犬は泳ぎにいったわけではない。すくなくとも自発的には。そうですね、ドクター・スカーペッタ？　キャンプ場で警察がくるのを待っているあいだに、あなたとルーシーはミスター・ピーナツを見つけましたね？」と、バーガーはつづけた。

「はい」涙がこみあげた。

ミスター・ピーナツは、モーテルの裏のプールの底に沈んでいた。後ろ足にれんがをくくりつけられて。花柄のワンピースの陪審員は泣きだした。べつの女性陪審員は息をのみ、手で目をおおった。みんなの顔には怒り、そして憎しみさえうかんでいる。バーガーは悲痛な空気が部屋を包むのにまかせた。法廷にミスター・ピーナツの痛々しい姿がうつしだされたかのように、みなその残酷な光景を生々しく頭にうかべているようだ。バーガーはそのイメージを消そうとはしない。沈黙が流れた。

「よくそんなひどいことを！」花柄のワンピースの陪審員が声をあげ、ハンドバッグをパチンとしめて涙をふいた。「なんておそろしい人たちでしょう！」

「血も涙もないやつらなんだ」

「でもよかった。神さまがあなたを守ってくださったんだ。ぜったいそうですよ」男性の陪審員が首をふりながら、私に向かって言った。

バーガーは三歩すすみ、陪審員をながめわたした。それからじっと私を見つめた。「ありがとうございました、ドクター・スカーペッタ」と、低い声で言う。「世の中にはほんとに、邪悪ないまわしい人間がいます」陪審員にきかせるために、静かに言いそえた。「このいっときをわたしたちといっしょにすごしてくださったことを感謝します。痛みをおして、しかもあんなひどい目にあったあと。そうです」と、陪審員のほうをふりかえる。「悪夢のような経験です」

全員がうなずいた。

「まさに悪夢ね」花柄のワンピースの陪審員が、だめおしをするように私に言った。「ほんとにおそろしい経験をなさったのね。おききしたいことがあるの。質問してもいいんでしょう?」

「どうぞ」と、バーガーが言う。

「わたしの考えはもう決まってますよ。でもひとつ言いたいことがあるの。わたしが子供のころは、うそをつくとおしりをぶたれました。思いきりね」義憤にかられたように、あごをつきだす。「みなさんが話したようなひどいことをする人たちがいるなんて、信じられません。もう二度と安眠できそうにないわ。わたしは黒白の決着をはっきりつけたいたちでね」

「よくわかります」と、私は答えた。

「ずばりききますけど」彼女は大きなグリーンのハンドバッグを胸にかかえて、私を見つめた。「やったの? 警察のあの女の人を殺したの?」

「いいえ」これほど力強くものを言ったことはかつてない。「殺してはいません」

私は反応を待った。みな静かにすわっている。もはや話すこともきくこともない。陪審員たちは納得したようだ。ジェイミー・バーガーは検事席へいって書類を手にとった。紙をきちんと重ね、テーブルに打ちつけてはしをそろえる。その場の雰囲気が落ち着くのを待って、顔をあげた。陪審員ひとりひとりに視線をやり、最後に私を見た。「尋問を終わります。みなさん」手すりのところへいき、大きな船をながめるように、陪審員のほうに身をのりだ

して くれる船だ。実際、花柄のワンピースの女性や他の陪審員たちは、私を危険な荒海からつれだしてくれる船だ。

「わたしは真実を求めることを職業にしているものです」と、バーガーは言った。「いかなるときも真実をこのような言葉で自分を表現するのをきくのは、はじめてだった。検察官がさがし、それを尊重するのがわたしの使命です。わたしがリッチモンドへ呼ばれたのはそのため、すなわち絶対的な真実をあきらかにするためです。みなさんは、正義は盲目であるという言葉をごぞんじだと思います」間をおき、みんながうなずくのを待つ。「それが意味するのは、正義は公明正大であり、あらゆる人に公平であるということです。しかしながら」と、陪審員たちの顔を見る。「わたしたちは真実に対して盲目ではありません。この部屋のなかで話されたことをききました。ここで話されたことをみなさんが理解していること、盲目ではないことがわたしにはわかります。盲目でないかぎり、これほど明白なことが見えないはずはない。この女性」ふりかえって私を指さす。「ドクター・ケイ・スカーペッタを、これ以上わたしたちの尋問、疑惑、心ない詮索にさらすのは忍びない。わたしの良心にかけて、そんなことはできません」

バーガーは言葉を切った。陪審員たちは憑かれたように、まばたきもせず彼女を見つめている。「今日ここに集まっていただいたこと、そしてみなさんの良識、それに正義をまっとうしようという意欲に感謝いたします。どうぞ仕事に、ご家庭とご家族のもとに、お戻りください。審問を終わります。訴訟は却下(きゃっか)されました。閉廷いたします。ご苦労さまでした」

花柄のワンピースの女性はにっこりしてためいきをついた。陪審員たちは拍手しはじめた。ビューフォード・ライターは、テーブルのうえに組んでおいた両手を見つめた。私は立ちあがった。酒場の自在戸のようなドアを押しあけて証人席をあとにしたとき、部屋がぐるぐるまわりだしたような気がした。

数分後

灯火管制が解除になったときの気分はこんなだろうか。私を外の世界から隠し、いままたそこへ戻そうとしている、紙をはったガラスドアの外側で記者たちが待ちかまえている。彼らと目をあわせないようにした。

そばの証人室まで、バーガーがいっしょにきてくれた。部屋へ入ったとたん、期待と不安におののきながら待っていたマリーノとルーシーとアナが立ちあがった。三人は何がおこったかを察し、私はうなずいた。「うまくいったわ。ジェイミーはみごとだった」そう言うのがやっとだった。私はようやくバーガーをファーストネームで呼んだ。過去十数年のあいだに、この証人室へは何度となくきている。いつも陪審員に死の様態を説明するために、ここで待つ。だが自分の容疑に対して釈明するために裁判所へくることがあろうとは、考えたこともない。そのことにはじめて気づいた。

ルーシーは抱きついてきて、私をかかえあげた。けがをした腕がずきんとして、その痛みにたじろぐと同時に、笑いだした。アナを抱き、マリーノを抱いた。バーガーは今度ばかりは邪魔せずに、戸口で待っている。彼女も抱きしめた。バーガーはファイルやリーガルパッドをブリーフケースに入れ、コートを着た。「じゃ、失礼するわ」ふたたび事務的な態度にもどったが、その声に喜びがまじっているのは隠しようがない。バーガーは得意になっている。当然だ。

「どうやってお礼を言えばいいのやら」私は心からの感謝と尊敬をこめて言った。「何て言えばいいのかわからないわ、ジェイミー」

「あたしもよ」ルーシーも大声で言った。スマートなダークスーツを着たところは、とびきりの美人の弁護士か医師、またはルーシーがなりたい何らかの専門家のように見える。バーガーのことをきわだって魅力的な女性だと考えていることが、彼女を見つめるまなざしでわかる。ルーシーはバーガーから目をはなさず、くりかえし彼女に賛辞をおくっている。姪は感激屋なのだ。媚びているとも言える。なんとルーシーは私の特別検察官に媚びているのだ。

「ニューヨークへ帰らなきゃ」と、バーガーは私に言った。「重要な裁判が待ってるから」スーザン・プレス事件のことをさりげなく思いださせる。「準備しなきゃならない。いっしょにスーザンのケースを検討したいんだけど、いつごろこられる?」バーガーは本気のようだ。

「いけよ」と、マリーノが言った。濃紺のスーツはしわくちゃで、赤一色のネクタイは短すぎる。さびしそうな表情が顔をよぎった。「ニューヨークへいけよ、先生。すぐに。しばらくはここにいねえほうがいい。騒ぎがおさまるまで」

返事をしなかったが、彼の言うとおりだと思った。でもいまは言葉がでない。

「ヘリコプター好き？」ルーシーがバーガーにきいた。

「わたしは絶対あんなものに乗りたくないわ」アナが口をはさんだ。「あれが空を飛ぶことを説明するような物理の法則は存在しないのよ。ひとつも」

「そのとおり。でもハチが飛べることを説明する物理の法則もないわよ」ルーシーはほがらかに答えた。「丸々太ったやつがちっぽけな羽で飛ぶんだから。ブルブルブルブル」うれしそうに両腕を勢いよく動かして、ハチが飛んでいるまねをする。

「おいおい、またラリってるんじゃねえだろうな」マリーノがルーシーを見て目を天井に向けた。

ルーシーは私の体に腕をまわし、いっしょに証人室をでた。バーガーはブリーフケースをかかえて、一足先にエレベーターのところまできていた。下向きの矢印が光り、エレベーターの戸があいた。あまりぞっとしない風貌（ふうぼう）の連中がおりてきた。裁きを受けにきたのか、だれかほかの人の窮状を見にきたのだろう。バーガーがマリーノとルーシーとアナと私のために戸をおさえてくれた。記者たちがうろついているが、私に近づこうとはしない。私が首をふってコメントはない、ほっておいてほしいという意思表示をしたからだ。特別大陪審の審問でどんなことがあったか、報道陣は知らない。だれも知らない。私が今日出廷することはむろんみんな知っていたが、記者たちは法廷に入ることを許されなかった。でもリークはあるだろう、間違いなく。かまわないが、すくなくともしばらくはここをはなれたほうがいいというマリーノの提案は、賢明かもしれない。エレベーターが下るにつれて、気分も沈んでいった。一階についた。私は現実を見つめ、決断をくだした。

「いくわ」エレベーターをでながら、そっとバーガーに言った。「ヘリコプターでニューヨークへいきましょう。どんな形でもあなたの力になれるのは光栄だわ。今度は私の番ね、ミズ・バーガー」

バーガーは人がいきかう騒がしいロビーで立ちどまり、ぱんぱんにふくらんだみすぼらしいブリーフケースをもう一方の手にもちかえた。革のストラップが片方とれてしまったのだ。彼女は私と目をあわせた。「ジェイミーよ」と、思いださせるように言った。「法廷で会いましょう、ケイ」

●訳者あとがき

検屍官シリーズ十一作目の本作は、十作目の『警告』の続編の形をとっている。むろんこれだけで独立した作品だが、話の流れとしては、前作からそのまま続いている。『警告』の最後でケイは狼男におそわれ、あやういところを助かるが、本作はその直後から話がはじまる。

凄惨（せいさん）きわまりない連続殺人事件の犯人である異形の狼男、シャンドンはすでにつかまっており、本来ならここで一件落着するはずだ。ところがそうはならない。逮捕されることと、裁判で有罪になって刑を宣告されることとはちがう。シャンドンに罪の報いを受けさせるために、ケイらは四苦八苦することになる。その過程でケイ自身が殺人の嫌疑をかけられたり、新たな連続殺人がおこったり、はてはとうに決着していたはずの事件の裏に、思いがけない事実が隠れていたことが判明したりと、話は壮大な広がりを見せていく。

しかしストーリーが大がかりである一方、登場人物、とりわけケイの内面は、かつてないほど深く掘り下げられている。マリーノの言葉を借りると、「医者で弁護士でインディアンの族長」であるケイは、明晰な頭脳と卓越した推理力、行動力に加えて、恵まれた容姿のもちぬしだ。けれどもそこから想像されるようなスーパーウーマンではなく、良くも悪くも人間的な面をたぶんにもちあわせている。これまで私たちは作品を通じて、ケイのそうした側面にふれ、ほっとしたりほほえましく思ったり、親近感をおぼえたりしてきた。だが、ケイがこれほど詳細に自分自身について語るのは、本作がはじめてだろう。ケイにとっての原体験ともいうべき父親の病気と死。それが自身の性格や行動にどんな影響を及ぼしているかといったことからセックスライフにいたるまで、驚くほど赤裸々に語り、生身の自分をさらけだしている。

ベントンとの関係についても、これまで知られていなかった事実があきらかにされる。不幸なできごとによりケイの前から姿を消すことになったベントンは、いまだにケイの心の支えであり、熱愛の対象であることに変わりはない。だが人目を忍ぶ不倫な関係から晴れて公認の仲になり、いっしょに住むようになってからは、当然ながら毎日がときめいていたわけではない。自我のぶつかりあいからつまらないけんかをしたり、忍びよる老いや容姿の衰えに不安をもったりいらだったりと、長年ともに暮らしているカップルにありがちなトラブルに、ケイたちも悩んでいた。「ふたりの関係の性的な部分は、使われなくなった空港のようになった……たまに一瞬着地してすぐ上昇するタッチアンドゴーがあるだけ」などというくだりを読むと、なんとリアルな、と首をふりたくなる。知的でクールなイメージのベントンに、こんな一面があったのかと驚くようなエピソードもでてくる。

登場人物の内面とともに力をいれて描かれているのは、犯罪被害者の「その後」と、犯罪が及ぼす影響の大きさと深さだ。主人公がおそわれ、危機一髪で助かるというのはよくあるパターンだ。一昔前のミステリーでは助かってしまえばめでたしめでたしで、それからどうなるかについては言及されないことが多かった。重傷を負った場合でもすぐ元どおりの生活に戻ってしまうし、外傷後ストレス障害に悩むこともなかった。だが最近、ミステリーの世界は言うに及ばず、現実に起こるさまざまな事件でも、犯罪被害の後遺症が切実な問題としてクローズアップされている。本作でも、九死に一生を得たケイが、そのおそろしい経験のためにその後いかに苦しまねばならなかったかが、つぶさに描かれる。おそわれた際に骨折し、ギプスをはめられた腕はいつまでも痛み、ふとした光景やにおいに事件を思いだしてパニックに陥る。犯行現場になった自宅は警察の捜査でさんざん荒らされる。それでもケイのように助かればまだ良い。不幸にして殺人の犠牲になった場合は、当人はもとより遺(のこ)された者もはかりしれないほどの苦しみを味わうことになる。たとえ殺されたのが悪人であっても同じだ。これは本作で作者が伝えたかったテーマのひとつだと思われる。

コーンウェルの作品にはかっこいい女性がたくさん登場する。まだまだ男性が幅をきかせている法執行や医学、法曹などの世界で、男性と対等にわたりあい、場合によっては彼らを凌駕(りょうが)するような女性だ。才能豊かできっぷがよく、精力的に仕事をする一方、女性としての魅力もそなえている。ケイやルーシーは言うまでもなく、『私刑』に登場した交通警察のペン隊長、『業火』および本作の元ATF捜査官マガヴァン、精神科医のアナ・ゼナーなど、数えあげればきりがないが、なかでもきわめつきともいうべき存在が、今回はじめて登場する検事、ジェイミー・バーガーだ。人目をひく美人だが、プロ中のプロともいうべきその仕事ぶりには、さすがのケイも舌をまき、尊敬せずにはいられない。

このバーガーにはどうやらモデルがいるらしい。コーンウェルは本書を、「検察官で小説家。よき助言者で親友」のリンダ・フェアスタインに捧げている。彼女はジェイミー・バーガーと同じく、ニューヨーク地区検事局の性犯罪課の責任者で、性犯罪とドメスティック・バイオレンス専門の検察官として有名だ。インターネットの彼女のホームページにはコーンウェルのヘリコプター、スカーペッタ号の前でとったフェアスタインとコーンウェルのツーショットがのっている。コーンウェルはおそらく彼女をもとに、ジェイミー・バーガーの人物像をつくりあげたのだろう。

本作はこれまでのシリーズとやや趣を異にしているとともに、変化のきざしが濃厚に感じられる作品だ。なかでも最大の変化は、ケイが検屍局長の職を辞することだろう。その後の身のふりかたはまだあきらかにされないが、やはりATFを辞めたルーシーとマガヴァンが設立した私的捜査機関、ラスト・プリシンクトに参加して活動する道も示唆されている。ちなみにこのラスト・プリシンクト（最終管区）は原作のタイトル（『The Last Precinct』）であり、本文のなかの重要な手がかりになる言葉でもある。

いずれにしても、これまで十数年にわたってバージニア州検屍局長をつとめてきたケイがその座を去るというのだから、読者としてもさびしいものがあるし、彼女の今後が大いに気になる。「俺はどうすりゃいいんだ、先生？」というマリーノの嘆きももっともだ。しかし作者の頭のなかでは、おそらく彼らのための新天地とシリーズの新たな展開がすでに用意されているのだろう。自由になったケイがどんな活躍を見せてくれるのか、期待して次作を待ちたい。

本作はボリュームの点でもシリーズ最大である。いつも夏に刊行される原作が今回は冬だったこともあり、翻訳作業は時間との闘いだった。二十世紀が終わる前に本書が無事出版にこぎつけられたことにほっとしつつ、本書の製作に携わったすべての方々に心から感謝したい。本当にありがとうございました。

二〇〇〇年十二月

相原真理子

|著者|パトリシア・コーンウェル　マイアミ生まれ。警察記者、検屍局のコンピューター・アナリストを経て、1990年『検屍官』で小説デビュー。MWA・CWA最優秀処女長編賞を受賞して、一躍人気作家に。バージニア州検屍局長ケイ・スカーペッタが主人公の検屍官シリーズはDNA鑑定、コンピューター犯罪など時代の最先端の素材を扱い読者を魅了、1990年代ミステリー界最大のベストセラー作品となった。本書（原題：THE LAST PRECINCT）は、シリーズ第11作目。

|訳者|相原真理子　東京都生まれ。慶應義塾大学文学部卒業。レスラー『FBI心理分析官』（早川書房）、テューダー『ターシャ・テューダーの世界』（文藝春秋）、ラヴェット『精神分析医 シルヴィア』（扶桑社ミステリー）、コーンウェル『検屍官』『真犯人』『私刑』『警告』『スズメバチの巣』『サザンクロス』（以上、講談社文庫）など、翻訳書多数。

審問（しんもん）（下）

P.コーンウェル|相原真理子（あいはらまりこ） 訳

講談社文庫
定価はカバーに
表示してあります

2000年12月15日第1刷発行

発行者——野間佐和子
発行所——株式会社 講談社
東京都文京区音羽2-12-21　〒112-8001
電話 出版部（03）5395-3510
販売部（03）5395-3626
製作部（03）5395-3615

Printed in Japan

デザイン—菊地信義
製版——凸版印刷株式会社
印刷——凸版印刷株式会社
製本——株式会社若林製本工場
株式会社千曲堂
有限会社中澤製本所
株式会社上島製本所

落丁本・乱丁本は小社書籍製作部あてにお送りください。送料は小社負担にてお取替えします。なお、この本の内容についてのお問い合わせは文庫出版部あてにお願いいたします。（庫）

ISBN4-06-273046-4

講談社文庫刊行の辞

二十一世紀の到来を目睫に望みながら、われわれはいま、人類史上かつて例を見ない巨大な転換期をむかえようとしている。

世界も、日本も、激動の予兆に対する期待とおののきを内に蔵して、未知の時代に歩み入ろうとしている。このときにあたり、創業の人野間清治の「ナショナル・エデュケイター」への志を現代に甦らせようと意図して、われわれはここに古今の文芸作品はいうまでもなく、ひろく人文・社会・自然の諸科学から東西の名著を網羅する、新しい綜合文庫の発刊を決意した。

激動の転換期はまた断絶の時代である。われわれは戦後二十五年間の出版文化のありかたへの深い反省をこめて、この断絶の時代にあえて人間的な持続を求めようとする。いたずらに浮薄な商業主義のあだ花を追い求めることなく、長期にわたって良書に生命をあたえようとつとめるところにしか、今後の出版文化の真の繁栄はあり得ないと信じるからである。

同時にわれわれはこの綜合文庫の刊行を通じて、人文・社会・自然の諸科学が、結局人間の学にほかならないことを立証しようと願っている。かつて知識とは、「汝自身を知る」ことにつきていた。現代社会の瑣末な情報の氾濫のなかから、力強い知識の源泉を掘り起し、技術文明のただなかに、生きた人間の姿を復活させること。それこそわれわれの切なる希求である。

われわれは権威に盲従せず、俗流に媚びることなく、渾然一体となって日本の「草の根」をかたちづくる若く新しい世代の人々に、心をこめてこの新しい綜合文庫をおくり届けたい。それは知識の泉であるとともに感受性のふるさとであり、もっとも有機的に組織され、社会に開かれた万人のための大学をめざしている。大方の支援と協力を衷心より切望してやまない。

一九七一年七月

野間省一

海外作品

小説

C・アンドレア　渋谷比佐子訳　動機
M・アービング　中山善之訳　情報部員
グレッグ・アイルズ　中津悠訳　ブラッククロス(上)(下)
グレッグ・アイルズ　雨沢泰訳　神の狩人(上)(下)
グレッグ・アイルズ　中津悠訳　甦る帝国(上)(下)
S・K・ウルフ　翔田朱美訳　聖戦
S・ヴォイエン　笹野洋子訳　雪豹
M・W・ウォーカー　矢沢聖子訳　凍りつく骨
M・W・ウォーカー　矢沢聖子訳　処刑前夜
M・W・ウォーカー　矢沢聖子訳　神の名のもとに
M・W・ウォーカー　矢沢聖子訳　すべて死者は横たわる
M・ウェズレー　河野万里子訳　満潮
M・ウェズレー　山岡訓子訳　すれ違い
N・ヴィーダ　矢沢聖子訳　グッバイ・サイゴン
K・ウーゼンクラフト　高野裕美子訳　シンシアの真実
J・ウォーターハウス　細美遙子訳　鏡をのぞく女
A・ウォラック　松本みどり訳　裁き〈二人の女性裁判長〉
C・ウエスト　矢沢聖子訳　黄昏の北京〈王警部補の事件簿〉
バーバラ・ウッド　加藤しをり訳　女性司祭
M・エバハート　白石朗訳　死体なき殺人
M・エバハート　白石朗訳　法に背いて
P・エイブラハムズ　矢沢聖子訳　ライツアウト
P・エイブラハムズ　相原真理子訳　プレッシャー・ドロップ
L・D・エスルマン　宇野輝雄訳　私立探偵
L・D・エスルマン　宇野輝雄訳　欺き
K・エークマン　澤村灌訳　白い沈黙
D・オズボーン　山岡訓子訳　熱気球殺人事件
M・オルシェイカー　加藤しをり訳　女性刑事
ローズマリー・オーバート　長野きよみ訳　セカンド・チャンス
N・ガーボウ　石森康久訳　復讐(上)(下)
J・カッツェンバック　高橋健次訳　理由(上)(下)
J・カッツェンバック　高橋健次訳　追跡(上)(下)
C・キング　翔田朱美訳　盗聴
B・M・キャンベル　加藤しをり訳　ガラスの壁(上)(下)
B・キャムベル　北沢あかね訳　逃走
W・キンソルヴィング　大澤晶訳　外交官の娘(上)(下)
マイケル・キンブル　高儀進訳　計画殺人
R・ギャドニー　高橋健次訳　ナイトシェード
J・キャドウ　田中一江訳　無法の正義
S・クーンツ　冴木淳訳　デビル500応答せず(上)(下)
S・クーンツ　高野裕美子訳　ミノタウロス(上)(下)
S・クーンツ　高野裕美子訳　大包囲網(上)(下)
S・クーンツ　高野裕美子訳　ザ・レッドホースマン(上)(下)
S・クーンツ　高野裕美子訳　イントルーダーズ(上)(下)
S・クーンツ　高野裕美子訳　撃墜王

講談社文庫　海外作品

- ロバート・クラーク　小津薫訳　記憶なき殺人
- D・クロンビー　西田佳子訳　警視の休暇
- D・クロンビー　西田佳子訳　警視の隣人
- D・クロンビー　西田佳子訳　警視の秘密
- D・クロンビー　西田佳子訳　警視の愛人
- D・クロンビー　西田佳子訳　警視の死角
- D・グターソン　高儀進訳　殺人容疑
- D・グターソン　高儀進訳　死よ光よ
- M・L・グロス　玉木亨訳　大統領の身代金
- L・グラス　翔田朱美訳　刻印
- W・グルーム　小川敏子訳　フォレスト・ガンプ
- M・J・クラーク　山本やよい訳　女性キャスター
- シェリ・P・ゲラー　北沢あかね訳　女執行人
- S・コーエン　北澤和彦訳　インヴィジブル・ワールド
- J・コーゾル　公文俊平　藤原作弥　訳　ドル大暴落の日〈ハードランディング作戦〉
- P・コーンウェル　相原真理子訳　検屍官
- P・コーンウェル　相原真理子訳　証拠死体
- P・コーンウェル　相原真理子訳　遺留品
- P・コーンウェル　相原真理子訳　真犯人
- P・コーンウェル　相原真理子訳　死体農場
- P・コーンウェル　相原真理子訳　私刑
- P・コーンウェル　相原真理子訳　死因
- P・コーンウェル　相原真理子訳　接触
- P・コーンウェル　相原真理子訳　業火
- P・コーンウェル　相原真理子訳　警告
- P・コーンウェル　相原真理子訳　審問(上)(下)
- P・コーンウェル　相原真理子訳　スズメバチの巣
- P・コーンウェル　相原真理子訳　サザンクロス
- S&A・ゴロン　井上一夫訳　アンジェリク全26冊
- F・コンロイ　西田佳子訳　マンハッタン物語(上)(下)
- W・コフリン　中山善之訳　逆転敗訴(上)(下)
- A・コバーン　石森康久訳　警察署長モーガン
- B・コンフォート　矢沢聖子訳　女精神科医
- R・コナリー　山本やよい訳　殺人台本(上)(下)
- R・ゴダード　幸田敦子訳　閉じられた環(上)(下)
- R・L・サイモン　木村二郎訳　誓いの渚
- L・サンダーズ　高野裕美子訳　顧客名簿（クライアント・リスト）
- アーウィン・ショー　常盤新平訳　夏服を着た女たち
- アーウィン・ショー　常盤新平訳　ニューヨークは闇につつまれて
- アーウィン・ショー　中西秀男訳　パリ・スケッチブック
- アーウィン・ショー　常盤新平訳　ニューヨーク恋模様
- アーウィン・ショー　常盤新平訳　夏の日の声
- アーウィン・ショー　平井イサク訳　はじまりはセントラル・パークから(上)(下)
- アーウィン・ショー　工藤政司訳　ローマは光のなかに
- W・ジャスト　西田佳子訳　大統領をめざした少年
- J・ジラード　柴田京子訳　遅番記者
- L・シェイムズ　北沢あかね訳　争奪
- L・シェイムズ　北沢あかね訳　絆

講談社文庫　海外作品

L・シェイムズ　北沢あかね訳　約束
S・シュービン　北沢あかね訳　リメンバーミーオールウェイズ
D・ジョーンズ　金子　浩訳　魔笛
マーティン・C・スミス　北澤和彦訳　ローズ
L・スコットライン　高山祥子訳　売名弁護
L・スコットライン　高山祥子訳　逃げる女
L・スコットライン　高山祥子訳　逆転弁護
S・J・ストレイホーン　羽根田治美訳　憑かれた女
P・タスカ　笹野洋子訳　メルトダウン〈日米同時崩壊〉
R・ダンサー　中川　聖訳　バッドガール・ブルース
ロバート・K・タネンボーム　加地美知子訳　断罪
リーチャイルド　小林宏明訳　キリング・フロアー(上)(下)
A・デュマ　新庄嘉章訳　モンテ=クリスト伯　全五冊
G・ディナロ　高橋健次訳　沈黙
S・デュナント　小西敦子訳　最上の地〈私立探偵ハンナ〉
S・デュナント　小西敦子訳　裁きの地〈私立探偵ハンナ〉

S・デュナント　小西敦子訳　愚者の地〈私立探偵ハンナ〉
S・デュナント　小西敦子訳　女性翻訳家
P・ドリスコル　吉野壮児訳　国家機密(上)(下)
P・ドリスコル　吉野美耶子訳　大誘拐
G・ドルド　夏来健次訳　ホットサマー・コールドマーダー〈私立探偵ミッチ・ロバーツ〉
R・トムソン　斎藤伯好訳　終わりなき闇
N・トーシュ　高橋健次訳　抗争街
J・M・ドゥルーリー　高山祥子訳　噤(きん)句
ハックスリー　松村達雄訳　すばらしい新世界
D・ハンドラー　河野万里子訳　真夜中のミュージシャン
D・ハンドラー　河野万里子訳　フィッツジェラルドをめざした男
D・ハンドラー　北沢あかね訳　笑いながら死んだ男
D・ハンドラー　北沢あかね訳　猫と針金
D・ハンドラー　北沢あかね訳　女優志願
D・ハンドラー　北沢あかね訳　自分を消した男
T・バーンズ　矢沢聖子訳　デッド・ミート

W・ハリントン　吉川正子訳　強行着陸
B・パーカー　佐藤耕士訳　疑惑
B・パーカー　佐藤耕士訳　疑心
B・パーカー　佐藤耕士訳　擬装心理
B・バーガー　笹野洋子訳　リスクが多すぎる
B・バーガー　笹野洋子訳　リスクを追いかけろ
W・バーンハート　白石　朗訳　多重追走
L・S・ハイタワー　小西敦子訳　引火点
L・S・ハイタワー　小西敦子訳　切断点
エヴァン・ハンター　小林宏明訳　秘匿特権
T・J・パーカー　渋谷比佐子訳　渇き
T・J・パーカー　渋谷比佐子訳　凍る夏
C・ハリソン　笹野洋子訳　マンハッタン夜想曲
R・ハンセン　山本やよい訳　執念
J・L・バーク　佐藤耕士訳　シマロン・ローズ
A・ハーメッツ　羽根田治美訳　痕跡

講談社文庫　海外作品

デイヴィッド・バルダッチ　北澤和彦訳　運命の輪(上)(下)
C・ビクター　翔田朱美訳　遺言執行人
C・ビクター　田村達子訳　ダブル・シークレット
R・フェリーニョ　深井裕美子訳　チェシャ・ムーン
R・フェリーニョ　深井裕美子訳　ダンスは死の招き
J・ファインダー　高野裕美子訳　モスコウ・クラブ(上)(下)
J・ファインダー　高野裕美子訳　至高権力(上)(下)
フィリップ・フリードマン　赤尾秀子訳　大陪審団(上)(下)
B・プロンジーニ　木村二郎訳　凶悪
ジャネット・フィッチ　杉　奈穂訳　扉
L・ベイカー　高儀　進訳　フラミンゴ白書
R・G・ベルスキー　高山祥子訳　殺したいほど愛してる
G・ホワイト　犬飼みずほ訳　誰が社長を殺したか
G・ボイル　佐久間俊訳　盗撮
G・ボイル　佐久間俊訳　鮮血
G・ボイル　佐久間俊訳　究明

ジェイムズW・ホール　山岡訓子訳　大座礁
ジェイムズW・ホール　北澤和彦訳　大潮流
B・ポミドア　翔田朱美訳　解剖探偵講座
C・ホーガン　赤尾秀子訳　封印
C・ホーガン　羽田詩津子訳　人質
T・ホスキンス　小津　薫訳　心療室
T・ホスキンス　小津　薫訳　眠れぬ家
J・マーサー　北沢あかね訳　喪失
J・マーサー　北沢あかね訳　偽装
M・マギャリティ　渋谷比佐子訳　弔鐘
ダニー・マーティン　夏来健次訳　報復者（ヒットマン）
ボニー・マクドゥーガル　白石　朗訳　賠償責任
スジャータ・マッシー　矢沢聖子訳　雪殺人事件
ジョン・R・ミラー　石田善彦訳　ラスト・ファミリー(上)(下)
C・G・ムーア　井坂　清訳　死ぬには遅すぎる
C・G・ムーア　井坂　清訳　最後の儀式

J・メイナード　吉野壮児訳　誘惑
R・ラドラム　丹野　真訳　囁（ささや）く声(上)(下)
R・ラドラム　田村源二訳　砕かれた双子座(上)(下)
ベントレー・ライアン　北條元子訳　白い鴉（からす）
クリストファー・ライク　土屋京子訳　匿名口座(上)(下)
P・リンゼイ　笹野洋子訳　目撃
P・リンゼイ　笹野洋子訳　宿敵
P・リンゼイ　笹野洋子訳　殺戮
マーティン・リモン　北沢あかね訳　犯罪捜査官
G・ルッカ　古沢嘉通訳　守護者（キーパー）
G・ルッカ　古沢嘉通訳　奪回者
レアージュ　鈴木　豊訳　O嬢の物語
N・ロバーツ　加藤しをり訳　スキャンダル(上)(下)
N・ロバーツ　加藤しをり訳　イリュージョン(上)(下)
N・T・ローゼンバーグ　吉野美耶子訳　女性判事(上)(下)
N・T・ローゼンバーグ　吉野美耶子訳　証人脅迫

池波正太郎　田園の微風
池波正太郎　新私の歳月
池波正太郎　抜討ち半九郎
池波正太郎　剣法一羽流
池波正太郎　若き獅子
池波正太郎　きままな絵筆
池波正太郎　池波正太郎の映画日記〈1978・2〜1984・12〉
池波正太郎　新装版 緑のオリンピア
井上　靖　楊貴妃伝
井上　靖　本覚坊遺文
伊藤桂一　静かなノモンハン
伊藤桂一　秘剣やませみ
石川英輔　大江戸神仙伝
石川英輔　大江戸仙境録
石川英輔　大江戸えねるぎー事情
石川英輔　大江戸遊仙記
石川英輔　大江戸テクノロジー事情
石川英輔　SF三国志
石川英輔　大江戸仙界紀
石川英輔　大江戸生活事情
石川英輔　大江戸泉光院旅日記
石川英輔　大江戸リサイクル事情
石川英輔　雑学「大江戸庶民事情」
石川英輔　2050年は江戸時代〈衝撃のシミュレーション〉
石川英輔　大江戸仙女暦
石川英輔・田中優子　大江戸ボランティア事情
石牟礼道子　苦海浄土〈わが水俣病〉
今西祐行　肥後の石工
今西祐行　ヒロシマの歌ほか
いわさきちひろ　ちひろのことば
松本　猛　ちひろへの手紙
いわさきちひろ・松本　猛　いわさきちひろの絵と心
いわさきちひろ・絵本美術館編　ちひろ・子どもの情景〈文庫ギャラリー〉
いわさきちひろ・絵本美術館編　ちひろ・紫のメッセージ〈文庫ギャラリー〉
いわさきちひろ・絵本美術館編　ちひろの花ことば〈文庫ギャラリー〉
いわさきちひろ・絵本美術館編　ちひろのアンデルセン〈文庫ギャラリー〉
いわさきちひろ・絵本美術館編　ちひろ・平和への願い〈文庫ギャラリー〉
石野径一郎　ひめゆりの塔
入江泰吉　大和路のこころ
井沢元彦　猿丸幻視行
井沢元彦　本廟寺焼亡
井沢元彦　六歌仙暗殺考
井沢元彦　修道士の首〈織田信長推理帳①〉
井沢元彦　五つの首〈織田信長推理帳②〉
井沢元彦　謀略の首〈織田信長推理帳③〉
井沢元彦　ダビデの星の暗号
井沢元彦　義経幻殺録
井沢元彦　欲の無い犯罪者
井沢元彦　義経はここにいる
井沢元彦　芭蕉魔星陣
井沢元彦　光と影の武蔵〈切支丹秘録〉
色川武大　明日泣く
李御寧（イー・オリョン）　「縮み」志向の日本人
一ノ瀬泰造　地雷を踏んだらサヨウナラ
石森章太郎　トキワ荘の青春〈ぼくの漫画修行時代〉
伊藤雅俊　商いの心くばり
泉　麻人　丸の内アフター5

遠藤周作　第三ユーモア小説集
遠藤周作　怪奇小説集
遠藤周作　第二怪奇小説集
遠藤周作　新撰版 怪奇小説集〈「恐」の巻〉
遠藤周作　新撰版 怪奇小説集〈「怖」の巻〉
遠藤周作　ただいま浪人
遠藤周作　どっこいショ
遠藤周作　ぐうたら人間学
遠藤周作　ぐうたら愛情学
遠藤周作　ぐうたら好奇学
遠藤周作　ぐうたら交友録
遠藤周作　協奏曲
遠藤周作　口笛をふく時
遠藤周作　結婚
遠藤周作　聖書のなかの女性たち
遠藤周作　さらば、夏の光よ
遠藤周作　最後の殉教者
遠藤周作　何でもない話
遠藤周作　悪霊の午後(上)(下)
遠藤周作　作家の日記
遠藤周作　父親
遠藤周作　わが恋う人は(上)(下)
遠藤周作　イエスに邂った女たち
遠藤周作　妖女のごとく
遠藤周作　反逆(上)(下)
遠藤周作　ひとりを愛し続ける本
遠藤周作　決戦の時(上)(下)
遠藤周作　深い河（ディープ・リバー）
遠藤周作　周作塾〈読んでもタメにならないエッセイ〉
遠藤周作　『深い河』創作日記
永六輔　無名人名語録
永六輔　普通人名語録
永六輔　一般人名語録
永六輔　真紅の琥珀
永六輔　わが師の恩
永六輔　どこかで誰かと
永六輔　壁に耳あり
永六輔・下保進　第一生命広報部長からの手紙
永六輔・下保進　第一生命教育部長からの手紙
永六輔・ピーコ　I 愛 Eye〈よってたかって目の勉強・7年後〉
江波戸哲夫　小説大蔵省〈財政再建極秘指令〉
江波戸哲夫　左遷！〈商社マンの決断〉
江波戸哲夫　小説都市銀行
江波戸哲夫　銀行支店長
江波戸哲夫　高卒副頭取
江波戸哲夫　企業の闇に棲む男
江波戸哲夫　新入社員 船木徹
海老沢泰久　孤立無援の名誉
江坂遊　あやしい遊園地〈奇妙で愉快なショートショート集〉
江坂遊　短い夜の出来事〈奇妙で愉快なショートショート集〉
枝川公一　今日も銀座へ行かなくちゃ
NHK「なぞ解き歳時記」制作グループ編　なぞ解き歳時記
大江健三郎　新しい人よ眼ざめよ
大江健三郎・文 大江ゆかり・画　恢復する家族
大江健三郎・文 大江ゆかり・画　ゆるやかな絆
小田実　何でも見てやろう
大森実　ヒトラー〈人物現代史1〉

講談社文庫　目録

勝目梓　蒼い牙
勝目梓　淫夜
勝目梓　濡れる殺意
勝目梓　逃亡
勝目梓　あやしい叢（くさむら）
勝目梓　滴（したた）り
勝目梓　歯科医
勝目梓　耽溺
勝目梓　暗黒の狩人
勝目梓　悪党図鑑
勝目梓　闇に光る肌
勝目梓　処刑猟区
勝目梓　獣たちの熱い眠り
勝目梓　昏（くら）き処刑台
勝目梓　眠れない
勝目梓　処刑
勝目梓　生贄（いけにえ）
勝目梓　幻花祭
鎌田慧　自動車絶望工場〈ある季節工の日記〉

鎌田慧　日本の兵器工場
鎌田慧　教育工場の子どもたち
鎌田慧　アジア絶望工場
鎌田慧　ロボット絶望工場
鎌田慧　「東大経済卒」の十八年
鎌田慧　トヨタと日産〈自動車王国の暗闇〉
鎌田慧　反骨〈鈴木東民の生涯〉
鎌田慧　ルポ 権力者 その素顔
鎌田慧　ルポ 大事故！その傷痕
鎌田慧　ルポ 戦後日本50年の現場
鎌田慧　六ヶ所村の記録〈核燃料サイクル基地の素顔〉
鎌田慧　いじめ社会の子どもたち
鎌田慧　壊滅日本〈17の致命傷〉
桂米朝　米朝ばなし〈上方落語地図〉
覚張貴子 宮城由紀子　インテリアの本〈快適な住まいをつくるために〉
上之郷利昭　教祖誕生
開高健 編　それでも飲まずにいられない
門田泰明　美貌のメス
門田泰明　狂瀾のメス

門田泰明　さらば黒豹〈特命武装検事・黒木豹介〉
門田泰明　黒豹忍殺し〈特命武装検事・黒木豹介〉
門田泰明　暗闇館 くらやみやかた
桂戴作　自分発見テスト〈エゴグラム診断法〉
河原敏明　昭和と平成の皇太子妃〈美智子皇后と雅子さま〉
河原敏明　美智子皇后
河原敏明　美智子さまのおことば〈愛の喜び・苦悩の日々〉
過労死弁護団全国連絡会議 編　過労死
加藤仁　ディーリングルーム25時〈「円」の戦士の栄光と挫折〉
川田弥一郎　白く長い廊下
川田弥一郎　白い狂気の島
川田弥一郎　死の人工呼吸
加茂周　モダンサッカーへの挑戦
加来耕三　「三国志」の謎 徹底検証〈諸葛孔明の真実〉
加来耕三　信長の謎 徹底検証
門野晴子　老親を棄てられますか
神田憲行　ハノイの純情、サイゴンの夢
加納喜光　知ってるようで知らない日本語辞典〈目から鱗が落ちる言葉の蘊蓄〉
河上和雄　知らないと危ない「犯罪捜査と裁判」基礎知識

講談社文庫　目録

講談社文庫　目録

2000年12月15日現在